U0727905

像本这样的朋友

〔英〕朱莉亚·罗普／著

姚瑶／译

A
FRIEND
LIKE
BEN

时代出版传媒股份有限公司

北京时代华文书局

图书在版编目（CIP）数据

像本这样的朋友 /（英）罗普著；姚瑶译 . -- 北京：北京时代华文书局，2014.1
ISBN 978-7-80769-231-7

Ⅰ . ①像… Ⅱ . ①罗… ②姚… Ⅲ . ①长篇小说－英国－现代 Ⅳ . ① I561.45

中国版本图书馆 CIP 数据核字（2013）第 304915 号

北京市版权著作权合同登记　字：01-2013-8968

像 本 这 样 的 朋 友

著　者｜[英] 朱莉亚·罗普
译　者｜姚　瑶

出 版 人｜田海明　朱智润
图书策划｜陈锦华
责任编辑｜陈丽杰　陈锦华
责任校对｜陈锦华
装帧设计｜王艾迪　陈喜艳
责任印制｜刘　银　訾　敬
营销推广｜孙向雷

出版发行｜时代出版传媒股份有限公司　http://www.press-mart.com
　　　　　北京时代华文书局 http://www.bjsdsj.com.cn
　　　　　北京市东城区安定门外大街 136 号皇城国际大厦 A 座 8 楼
　　　　　邮编：100011　　电话：010 - 64267120　64267397

印　　刷｜北京中印联印务有限公司　010 - 84488980
　　　　　（如发现印装质量问题，请与印刷厂联系调换）

开　　本｜880×1230mm　　1/32
印　　张｜8
字　　数｜200 千字
版　　次｜2014 年 7 月第 1 版　　2014 年 7 月第 1 次印刷
书　　号｜ISBN 978-7-80769-231-7

定　　价｜35.00 元

动物让我们活得更像人

目 录
Contents

为爱找一条路

姚瑶

其实每一次为翻译的作品写序，都非常小心翼翼，因为很怕不小心剧透遭记恨，又坚决不愿意写成无趣的评述，但还是要写，因为我可能是这部作品的第一个中国读者，或许是比所有人都深入、都认真、都漫长地阅读过，所以那种迫切的心情，让我必须与你分享。

本书是英国单身妈妈朱莉亚·罗普的生活纪实，可圈可点之处非常多，并且代入感极强，那些快乐的瞬间与悲伤的时刻都带着强烈的感染力，共同构建了这样一部内容丰富且情感丰沛的作品。

你很难说，这本书的主角究竟是年轻的单身妈妈朱莉亚,还是她患有重度自闭症的孩子乔治,亦或是那只名叫本的流浪猫。就是这样的三个个体,在各自的世界,用各自的语言,一直在寻找通往爱的途径。

也许你会觉得奇怪,妈妈爱孩子,人类爱宠物,这是天性,有什么道路可循?但是对于一个自闭症孩子来说,感受爱都是困难的,何况表达。在阅读这本书之前,我对自闭症的认知非常浅显,也许我只能简单地理解成天生不快乐,天生恐惧外界。但是,真实的病征却远比我所能够想象的要更复杂、更艰难。一年又一年,朱莉亚面对乔治,都仿佛是面对陌生人,她没有办法像普通的母亲一样,去抚摸他,拥吻他,教育他,责骂他。她是母亲,却做不了母亲,也没有任何人任何方法能够真正帮助她。直到本的出现。

本是一只有些神奇的流浪猫,有时候它甚至不像猫,它似乎明白朱莉亚需要什么,乔治又需要什么。从某种程度上说,它似乎也在用自己的方式去索取乔治的爱,再教会乔治去爱。它的形象,同爱做梦的年轻妈妈朱莉亚,以及偏执、拒绝、自闭的乔治一样,有着独特而让人过目难忘的个性。它带给你笑声,也带给你泪水。

在翻译的过程中,我的情绪起伏会非常大,尤其是在后半部分,那种迫切想要看到结尾,想要寻找光明尾巴的心情,俗气,又美好。我相信,你们也会同我一样,被这个故事裹挟其中,与作者一起经历那些痛彻心扉的时刻,也一起分享生命里的美丽传说。

有时我会想,如果没有本呢?朱莉亚会怎样,后来的乔治又会怎样?可是生命的际遇总有意想不到的转折,而人的心,究竟为什么被损毁,又为什么被打开,都无法被解释。但至少,我们应该一直尝试下去，为你爱的人，为爱你的人，去行走迷宫，否定死胡同，寻找新路途。也许现实生活给予我们太多沮丧，但朱莉亚、乔治，还有本的真实故事，却告诉我们，在最深的绝望中，总还会有被爱点燃的希望。只要你不奢望，就会满足。

如果你愿意，就请把它当成圣诞夜的传奇故事，当成一份冬去春来，最温暖的礼物。

2013 年冬，于北京

第一章

没有本的日子

1. 伦敦，城

　　伦敦是一座国际化大都市，但它同样也是一座小城市，如果你是在这里出生，并在这里成长的话。远离那些皇家宫殿与市政公园，摩天大楼与博物馆，鸣笛冲过转角的红色巴士以及行人拥挤推撞的街道，在这些你所熟悉的地方之外，才是属于我们的地方。在那里，我们熟悉周围的邻居，而当你渐渐长大，你会发现那些你日日行走的街道依旧是你小时候走过的那些街道，不曾有任何变化。我就是出生在这样一个地方：豪恩斯洛区，伦敦的几个外围区域之一。有许多家庭世代居住在这里，还有一些人则是刚刚搬来不久，在这里，人们全都相互认识，彼此邻近，隔着花园栅栏聊天是件很容易的事情。

　　所以，你看到了，伦敦并不仅仅是由金碧辉煌的官邸以及印在明信片上的那些摩天大楼组成的。如果你稍稍远离市中心那么几英里，你就会发现这些你所期待的建筑几乎很难找到。取而代之的，是一排排带有露台的房子，拼命争夺着有限的空间，有些房子装饰得很漂亮，但是大部分都是灰头土脸的。我所生活的豪恩斯洛区，不是那些第一流的地方，但也绝不是最糟糕的。我们居住在一栋建于 1930 年代的半独立住房里，而隔壁就住着我的爷爷乔治和奶奶多丽丝。我出生于 1973 年，正是流行喇叭裤、比吉斯[1]和滑板运动的时代，就像最新的《王牌大贱谍》[2]电影中的情形一样，只是更严肃一点。每当听到人们谈论这些属于那个年代的潮流时，我都很确定，我真的度过了一个快乐的童年。

我们是一个六口之家：我的妈妈卡罗，她照顾我们所有人；我的爸爸科林，开一辆黑色的伦敦出租车维持全家生计；我的姐姐叫维多利亚；还有我们的弟弟，他们分别是柯林和安德鲁。当然，这并不是说大家都会用名字来称呼我们。维多利亚总是被叫作多尔，柯林是男孩儿，安德鲁是诺布（很怪异是不是，我真不知道这个昵称是怎么来的），而我则是莱。为什么不依照我们原本的名字来称呼我们呢？对此我们竟然从来没有过疑问。也许是因为我们从不质疑任何事情。我们在一起的日子，就像穿着一双旧拖鞋一样舒适安心。

在那个年代，孩子们的生活与今日真是大相径庭。在周末以及学校假日期间，我们会在早晨九点多就离开家，并且只在中午的时候，才回来吃一顿匆忙的午饭，或者是给受伤的膝盖涂点膏药。多尔、男孩儿、诺布还有我，我们会在附近的公园和小伙伴们一起玩耍，不过总有人会在那里看护我们。最糟糕的事情大概就是因为打水仗而闹翻，而一天之中最美妙的声音则是雪糕车的叫卖。每逢节假日，爸爸就会把我们统统塞进他的出租车，一路疾驰把我们带进城，有时他会带我们经过购物中心，去观看白金汉宫的卫兵交接仪式，有时也会飞驰过长长的河堤，去看壮

---

[1] 一队来自澳洲的三人兄弟乐队组合。

[2] 由杰·鲁奇导演，麦克·梅尔斯主演的喜剧片，1999 年上映。讲述邪恶博士挟持美国华盛顿的搞笑故事。

美的伦敦塔。而更多的则是一些零零碎碎的时间，我们会去看望爷爷奶奶，或者去妈妈的配给地里，她在地方军营后面的一小块地里栽种了所有我们需要的蔬菜。

"我们要不要来一杯茶？"在数小时的不停挖掘之后，妈妈总是会这样问，并且用她总是随身携带的长颈瓶倒出满满的一杯茶来给我们。

如果说美国的孩子们最早爱上的是奶昔，法国孩子早早就迷恋上淡化酒，那么英国的孩子们，则是从爬出摇篮的那一刻，就把自己泡进了茶里。用我爸爸妈妈的话来说，茶可以回答生命中遇到的每一个挫折。十六岁那一年，我离开学校，茫然无措，不知道自己的人生将会怎样，在那样的时刻，一杯茶，如同小时候在配给地上一饮而尽的一杯茶，会再一次浇灌我曾经的梦想。我曾梦想像《野姑娘杰恩》[1]里的女牛仔一样，为修补社会的阴暗面做些什么。从那以后我就没有再继续上学了，因为我是一个白日梦患者，我的老师不厌其烦地告诉我，我在读书上不可能有什么远大发展。但是就在我离开学校之前，我有了在一家花店打工的经验，就这样，一个全新的世界展现在我的面前：我很享受工作，并且擅长应对变化，每天获得十五英镑的报酬。这让我迫不及待地想要离开学校。

而我也确实这样做了。只是一杯茶的时间，我和父母进行了谈话；许多年之后，他们又倒了一杯这样的茶，那是在当地一位年轻牧师想要同我结婚的时候。我是在花店工作时与他相识的，我几乎一整天都在电话里与当地的入殓师艾伦交谈，而艾伦和牧师哈利通电话的时间也不会比这少。葬礼，就像婚礼一样，对任何鲜花商来说都是一笔重要的大生意。每当我在制作花圈时，我总会想，我是在帮助那些悲恸的家庭完成一场优雅的告别。而后，在一个忙碌的工作日即将结束时，我见到了艾伦和哈利。他们

---

[1] 1955年由华纳兄弟发行的喜剧电影，讲述一个喜爱逞奸除恶的牛仔女杰恩的故事。

看起来比我大不了多少，下班后我们就一起出去了。

　　"你们不是鲜花商、入殓师和牧师吗？"看到总是投身于悲伤的事业，给死亡做美好完结的三个人坐在一起，并且看似很享受生活的样子，人们总是不禁要惊讶地发出疑问。有几次我们甚至去当地的舞厅蹦迪，看着人们因为诧异而合不拢的嘴巴哈哈大笑。随着我对哈利的了解，我越来越喜欢他。他很善良，并且体贴，他从不对任何进入教会青年俱乐部的人妄加评判。那个俱乐部是他成立的，而我则是其中的志愿者。他一直都活在所有人的世界里——无论白天黑夜——当你需要时，他总会在那里，而我正是喜欢这样的他。

　　问题是，尽管我很喜欢他，但是在他问我的父亲是否能和我结婚时，我完全是毫无准备的。我以为哈利只是来喝个茶，但他表现得则更像是来告诉爸爸，他要把这个问题提上日程了，是不是？我还很年轻，那时只有二十岁，几乎不敢相信这一切。虽然我一直都梦想着能拥有与父母一样美好的家庭生活，但我确实还没有为此做好准备。当哈利与爸爸说话时，我的眼泪夺眶而出，因为我还不想离开我那可爱又舒适的家。我的大多数朋友依然都和父母住在一起，而我自己也仍旧喜欢这样的生活。

　　"来吧，我们来喝杯茶，茉。"哈利走后，爸爸对我说。

　　当我开始哭泣时，这位牧师可能已经得到了某种讯息，那就是我或许并没有准备好成为他的妻子。并且，我也不是唯一一个对他的求婚感到惊讶的人。在哈利和爸爸谈话时，爸爸笑得非常大声，我想他的震惊程度一点也不亚于我，因为竟然有人认为我可以成为一个妻子，我还这么年轻，这么茫然。但是当我小口小口喝着那杯甜茶时，我怀疑自己是不是犯了什么错误，因为哈利真的是个非常好的男人。

　　我并没有去想太多，因为当时的我，对什么事情都不会想太多。我就是相信，事情总会按照我希望的那样发展；会有另一个值得尊敬的男人到来，要求娶我。我毫不怀疑总有一天，我会和我的白马王子一起安顿下来，过上幸福生活。在那个时候，我真的整天都在做梦，对我来说，最糟糕的事情，就是在我换到伦敦最上流街区的花店工作后，却发现原来的花店竟然为住在隔壁酒店的迈克尔·杰克逊提供花束。他可是我的偶像，知道自己竟然与他失之交臂，我的心都要碎了。正如我自己说的，我从来都没有意识到我所拥有的东西，其实已经足够好。

转眼来到一个下午，我的父母不得不再泡上一壶茶，因为我告诉他们，我意外怀孕了。那时我二十二岁，和当地一个叫霍华德的男孩在一起。我被告知患有多囊卵巢综合征，因此要怀孕是很困难的。但是，正如你所猜到的，当怀孕这件事突然砸中我时，我年轻又无知，不得不把它告诉我的父母。

"让我们来喝杯茶。"当我一面哭一面同他们一起坐下来时，爸爸说道。

爸爸妈妈看起来很严肃。他们为我们建立许多行为准则，我知道现在的我，一定让他们很失望。

"你打算怎么办？朱莉亚？"妈妈问道。

"我不知道。"我的眼泪落进了茶水中。

但，我是知道的。我知道我会生下这个孩子，就算霍华德对此也感到非常震惊，这我可以理解。虽然一切都不在计划之中，但是这个孩子是我的，而我会是一个好妈妈。霍华德试着同我并肩作战，于是我到了他那里，试试看我们能否完美地度过这次事件。但是六周之后，我就给家里打去了电话，让爸爸来接我回去，因为我和霍华德都觉得很难受。当我坐在副驾驶上泪如雨下时，我简直沮丧到了极点，因为我觉得我让所有人的情绪都因为我而一落千丈。

一到家，我就跑上楼，冲向自己的卧室，急不可耐地推开门，要看一看为我装饰好的房间。墙面的底部由白色木板包起来，而顶部则是布满玫瑰的墙纸。曾经，我和姐姐多尔一起睡在这个房间里，现在，这里则多了一张婴儿床。我哭得更大声了。

"好了，茱。"爸爸拥抱着我，说道，"把你的眼泪擦干，然后下楼。妈妈已经准备好茶壶了。"

我想大多数的初孕妈妈都对将要发生的事情充满着梦幻的想象，而我的幻想不仅仅是玫瑰色的，它应该是樱桃色的。随着我越来越胖，我想象着我将拥有一个可爱的小女孩儿，她会像小时候的我一样，有一双蓝色的大眼睛，一头活泼的卷发。无论我走到哪里，我都会情不自禁地去看别人婴儿车里的孩子。我总是会思索，究竟该给自己的孩子穿上怎样的漂亮衣服呢？我喜爱他们的气味，他们的笑容，还有他们脸颊上小小的酒窝，我爱着属于小婴儿的一切。

但是乔治出生了，并不是我所期盼的可爱女儿。他全身僵硬、赤红，在他与这个世界第一次相遇时，他的方式是尖叫。当护士把他带走照料时，他的哭声在整个房间里不停地回荡。她们不得不把他带走，因为他吞下了胎便。而且，当他瘦小的身体从产道里勉强挤出来时，他的头部有一点变形了。我禁不住有点担心。我一直以为宝宝们降生时会面带微笑，并且浑身上下充满滑石粉的味道。

几分钟后，乔治被带了回来，护士们建议给他喝一点水。是我的妈妈在抱着他，因为我实在太过紧张，根本无法信任自己去抱那个小生命。但是，当他陷进我妈妈的臂弯时，乔治依然在持续尖叫，我看着他们，能看出她很艰难地在喂他把水喝进去。我很担心，如果连妈妈做起来都费尽的话，我自己又怎能办得到？她是养育了四个孩子的专家，但是此刻，她遇到了麻烦。

"他会学会的。"妈妈说话的时候，笑意温柔，看着包裹在毯子里的乔治。他的小脸蛋因为哭号不止而发红，出现斑点，"这些都需要时间，但是都会水到渠成。不用担心，茱。"

当时我并不知道，在接下来的几周、几个月甚至几年的时间里，我都在听着同样的这些话。妈妈一直都很温柔，但她却也是在对乔治的怪异出现千百种解释之前，第一个提出疑问的。

"他的屁股有点僵硬，他是不是不太舒服？"自从他出生以来，一天又一天，他的哭号就没有断过，因此护士才这样问。

"从母体离开，环境转换确实有点困难，他需要一点时间来适应。"另一个护士则这样对我说。

如果每个对我说"这需要时间"的人都给我一英镑的话，那么今天我一定是个非常富有的女人。但在当时，我相信他们对我说的话，相信只要我带乔治回到家里，他就会镇定下来。我几乎看遍了所有育儿书籍，所以我知道，有些宝宝确实需要一些时间来适应新的生活。只要冷冰冰的医院病房被家所取代，爱与温暖能够围绕着他，他一定能够安稳下来。我做了很多事情，我把他带回了豪恩斯洛，给他洗了热水澡，把他放进他的婴儿床，抱着他在花园里来回散步，把他扛在我的肩膀上，让他面朝上躺着，还把他放在一张充气椅子上轻轻摇晃，我做了这么多事情，却没有任何一样能够让他镇定下来。

如你所知，从我看到乔治的那一刻开始，我就深深爱着他，想要为他做我所能做的一切。他是我的宝贝，是我创造出，并将永远为之负责的，弱小而毫无抵抗力的新生命。他就是我身体的一部分，我会倾尽所有去爱他，保护他。但是，随着日子一天天过去，一天天变成一周周，我开始渐渐发觉，他似乎并不需要我给他的爱与照顾。这样说一个小婴儿也许听起来很愚蠢，但是每当我走近他时，他会叫得比以往更大声，我完全无法理解这情形，因为在我的认知里，小婴儿应该是非常喜欢被拥抱爱抚的。

助产婆来造访时，她认为我应当带乔治去看医生，她让我去了地方医院，医生说乔治可能是因为便秘而痛苦，所以给他开了一点药。但是他依然没有停止哭泣。于是助产婆又建议说按摩可能会有效，但是只要我一触碰乔治，他就会变得很僵硬，仿佛我的手灼伤了他的皮肤一般。当我的皮肤和他发生接触时，他会把小小的脑袋抬起来，一旦我去触摸他，他会突然地抽搐。每当我轻轻摇晃他或者让他躺在自己的胸口试图使他镇定下来时，也会出现同样的情形。他就是不愿我亲近他，并且一天到晚都在尖叫。

每天我都会告诉自己，事情总会变好的，但是从来没有。我在乔治的小床上挂了一个会移动的小玩具，以为这种活泼的色彩会让他开心一点，但是他的目光直接越过玩具，盯着远处。我把各种各样色彩鲜艳的玩具在他面前晃来晃去，但是他把脸扭开了，并且开始哭泣。然而最困难的还是他的失眠问题，他最多只能睡上一个半小时，而后整天整夜，就这样清醒着。

我能够看得出，当我告诉助产婆乔治没有办法入睡时，她显得非常焦虑。"所有的婴儿都嗜睡。"她说，"这对他们很重要。"

但是乔治不。

"他最终是会睡着的。"妈妈总是这样告诉我，"他吃过了东西，也很暖和，还有干净的尿布，所以，他会睡着的。"

但是，在每一个所有人都试图入眠的深夜，乔治的尖叫声总是在整个房子里久久回荡。我们家有四间卧房：多尔一间，诺布在另一间，他们两个每天都要早起上班。我和乔治在第三间，爸爸妈妈则带着我三岁半的外甥路易斯在最后一间。男孩儿和他的女友桑德拉，在仅仅十几岁的时候就生下了路易斯，由于太过年轻，他们根本没有办法应付生孩子这种事情，以至于路易斯在二十二周的时候就早产了，只有两点五磅重。在他刚刚来到这个世界的几个小时里，路易斯在医院接受了洗礼，因为医生们都认为他不可能活下来。但是，他活下来了。他在满九个月之后回到家中，由爸爸妈妈照顾。他的肺部依然存在问题，需要吸氧，因此他一直和爸爸妈妈睡在一起，这样他们每小时都能检查一下他的情况。这就意味着，乔治的尖叫会让所有人都睡不好觉，虽然尖叫能够让这个不开心的宝宝获得安慰，但我同时也为其他所有人担忧，所以这令我非常烦恼。因此我开始在白天花更多的时间待在房间里，我觉得，有一面墙壁将乔治的哭喊声阻隔起来，大家至少能休息一下。

"不要担心，茱。"每次爸爸推开门，看到我怀抱的小宝贝，在被我举起来时变得僵硬且浑身通红时，他都会这样宽慰我，"都会好的。他会摆脱这种状况的。"

有时候，妈妈觉得我快要濒临崩溃了，就会提议出去兜兜风。她用皮带把路易斯拴在后座上，我也会把乔治以同样的方式固定在路易斯旁边。我们都希望车身颠簸摇晃的节奏能够让乔治入睡。豪恩斯洛距里士满公园只有几英里，那是一片巨大的绿色空间，查理一世曾经在那里避难，我们常常去那里野餐、散步，所以对我来说，那里存留有太多美好的回忆。但这一切的美好，都在我眼前渐渐褪色，当我们开车穿越公园时，一直伴随着乔治的尖叫。

"他会好起来的。"妈妈依旧这样对我说，"有些孩子就是需要一点时间来适应这个世界。事情总会好起来的。"

然而，当我目不转睛地盯着奔跑过公园的鹿群，以及远方地平线上的伦敦城时，我第一次感到疑惑，这一切，是否真的，会好起来。

$\mathcal{2}.$ 一个自己的房间

即使你一个星期只有八十五英镑的生活费，你依然还是可以负担一桶油漆。当我带着乔治搬进自己的公寓时，这就是我买下的第一样东西。我希望这个地方能够亮堂起来。我离开了爸爸妈妈的房子。有时候，一个家庭就像一只气球，他们会不断往里吹气，使之膨胀再膨胀，但是终究会来到临界点，太多的压力最终会让它爆炸。我很清楚，我爱着的每一个人，都因为乔治而背负着沉重的压力，虽然他们从不愿意告诉我。所以，当乔治六个月大时，我决定把自己的名字放进住房理事会的需求名单里，因为我的家，已经是一只快要膨胀到临界点的气球了。

妈妈现在，不仅仅只有路易斯一个人需要担心。在我十几岁的时候，爸爸就得了类风湿性关节炎，但是当时，我并不知道他的疾病带给他多大的痛苦，因为爸爸妈妈从来不在我们面前提及这些。当我毫不知情地坐在沙发上看《超人》时，以为生命都是完美无缺的。但是当我渐渐长大，我已经能够通过自己的眼睛，看到爸爸所遭受的病痛。在我刚刚怀孕的时候，他就已经放弃了全职工作，即使这样，他还是坚持通过注射大量的类固醇药物来缓解疼痛，好让他能够从床上挪到驾驶室里，赚取一点微薄的收入。然而，当我带着乔治从医院回家时，他连这份工作都不得不放弃。那个时候，爸爸的手指已经开始变形，像尖锐的钩子一样蜷曲起来，他的背弓了起来，甚至不得不借助拐杖才能行走。

　　这就是为什么，我知道是时候，我需要一间自己的房子了。尽管我是那么痛恨活在新闻中不断提及的"单身妈妈"这个概念里。在1997年的一月份，我拿到了自己房子的钥匙，有两间卧室，离父母家差不多有几英里。我带着一张婴儿床，一张单人床，父母买给我的冰箱以及炊具搬了进去，对了，还有用蓝色绳子五花大绑起来的沙发。我很开心能够找到这么一个干净的房子。一位名叫鲍勃的老人曾居住在这里，直到离开人世，他将这里保持得很好。如果说有什么问题的话，就是我从邻居们那里听说，如果我不好好爱护他留下的那些木制品的话，他一定会出没于我周围萦绕不去，这话我听了不下千遍。尽管鲍勃这样爱干净，但还是掩藏不了这个房间里裸露的混凝土地板，我想我可以在这个昏暗的房间里种蘑菇了。

　　当爸爸妈妈把我留在新家时，我知道他们陷入了深深的思索：尽管看着我离开他们令人难过，但，我已经是成年人了，我做了自己的选择。现在，我不得不离开他们了。但很快我就知道，他们的担忧是对的，当他们驱车离开时，我想要追上前去，请求他们带我回家。我甚至无法相信此刻发生的一切竟然都是真的。这个世界，原来并不是我曾经想象过的样子。

　　虽然我的新家很阴暗，但是我至少可以让它变得色彩斑斓。虽然鲍勃可能希望一切都简单整洁，但我还是不太能接受单调的墙壁。所以，在家人的帮助下，我把客厅刷成了黄色，走廊涂成淡绿色，卧室则是粉色的。但是，我没有试图去接近最里面那间卧室墙壁上覆盖的墙纸。那面墙覆盖着硕大而迷幻的蓝色花朵，它实在太老旧了，并且可能有什么纪念意义。我恐怕要弄不知多少油漆才能将它完全覆盖，而且，当我踏进房间，试图对其进行改造时，它似乎有什么特殊的力量，令我简直无法直视那面墙壁。

公寓里其他房间的新油漆让我的精神好了起来，而且，霍华德和他的妈妈也住在附近。虽然我和霍华德早已不在一起了，但我希望乔治了解他的爸爸，所以我会带他去看望爸爸，还有奶奶泽娜。我也会每天都去看爸爸妈妈，因为我喜欢有人陪伴身边。然而，尽管我见我该见的人，试着把一切做到最好，但乔治的人生并没有因此而变得轻松，现在再回头去看，我才发觉，正是最初和乔治单独在一起的那几个月，让我开始学习隐藏起自己的担忧。你不能一直哀怨不休，不是吗？你不能总是在人们询问你一切如何时泪流不止，难道所有你能做的就是哭泣吗？曾经我可能会告诉人们我的生活就像一场噩梦：我和一个整天整天大哭不止的小婴儿在一起，有时候，他更像一个我难以取悦的访客，而非我自己的孩子。但这样的抱怨根本起不了任何作用，所以，我不再这样做。

而且，我还很肯定，乔治之所以不开心，是因为我把事情弄得一团糟。我有眼睛，我能够看到，别的女人比我做的好得多。看着她们的小宝贝对她们微笑，咿咿呀呀，天知道我多么渴望乔治也会这样。但是他不想玩拨浪鼓，也不愿被拥抱，每次我带他去看医生，得到的答案也总是如出一辙。

"这是你的第一个孩子，"医生如是说，"不要太过担心，朱莉亚。你是个很棒的妈妈。你只是需要稍微放松一点，这样小宝贝也能放松一些。"

可我总觉得哪里不对劲，但是，在被告知我一直都是在杞人忧天数百次之后，我把内心的质疑压了下去。你一定无法想像，人们竟然可以自欺欺人到这种地步。每天晚上，当我要哄乔治入睡时，我都知道，在他进入梦乡前，我们将经历漫长的数个小时的煎熬，而我也都会告诉自己，明天情况就会好转了。每天早上，他醒过来，开始哭喊，我都对自己发誓，只要我挺过去这一次，明天一定会是崭新的一天。但是，郝思嘉[1]的名言，在我这里，从未应验。

有时，在乔治连续几天没完没了的哭喊声中，我觉得自己到了一个临界点，我只能把他留在楼上的卧室里，任他哭嚷不止。关上门，我会径自到楼下去，只想躲开这无休止的噪音。自责会将我填满，我觉得是我没有照顾好乔治，我在孩童时期所获得的那种幸福，我没有能够给到乔治。我知道对于乔治来说，他的童年注定不同，他有一个陪伴在身边的妈妈，而爸爸却在街道的另一边。他是用他的哭声在告诉我，我做的并不够。随后，我会回到楼上去，看着襁褓中的乔治，他圆圆的、胖乎乎的脸蛋，还有蓬松的卷发，那么小，那么无暇。我真的好疑惑，我究竟是个怎样的母亲。渐渐地，我开始沉默，把自己和乔治隐藏起来，远离这个喧闹的世界，我们的公寓变得如同一个小小的牢房。

我们的居所没有真的给我什么精神支持。这个世界就是这样，无论你身处何方，都会有好的也有坏的公寓，从好莱坞到印度贫民窟，但我只想说，相比我原来住的地方，现在这里的一切，只是更加糟糕。伴随着各种争执，吵架声总是在深夜回荡，穿透墙壁，我还能听到醉汉们相互挥拳的声音，还有雇佣了我的邻居当小时工的男人认错了门，把我的房门敲得咚咚响。这栋晦暗的水泥公寓就像是监狱，而住在这里的人们都心知肚明。

也就是在那个时候，我第一次看到毒品对一个活生生的生命究竟会有怎样的影响。在此之前，我连烟都没有碰过，但是现在，我会看到一些人，他们的目光既空洞，又满含绝望。大多数时候，都会有人来敲门，我打开门，就会看到推销抗皱面霜或者婴儿服装的一些人，而他们真正的目的只是伺机偷盗，能顺走什么就顺走什么，以此来偿还自己欠下的账单。

「1」著名小说《飘》中的女主角。

我讨厌自己置身于麻烦中，所以，在搬来这栋公寓的六个月之后，我抓住了一个机会，离开了这里，换到了位于另一个街区的两层公寓里。可是，天花板上都是烟渍，前门根本锁不上，这该怎么办？但是，就是在这栋新的公寓里，透过窗户，我可以看到湛蓝的天空，并且还很快结识了在这里的第一个朋友，一个名叫简的女人，她是在我爸爸来过后的某一天过来做的自我介绍。爸爸现在已然需要很大计量的类固醇，才能让他的手勉强维持工作。那天，在诺布的帮助下，他帮我装了一扇新的前门。

"如果夜里有人按门铃，不要答应。"我们喝了一杯茶，简这样告诉我，"只要你自己保护好自己，就没有问题了。"

简瘦瘦高高的，每一次看见她，都是浓浓的妆容，踩一双大高跟。她总是看起来像坐着豪华轿车要去哈维·尼克斯[1]，而不是要走在豪恩斯洛的街道上。她似乎很照顾我，而她的男友马丁也是，非常友好。有时候他会敲响我的门，端着一口锅，给我送来他们自己做的猪头肉切片，我每次接受的时候心情都很沉重，我不想告诉他我其实是素食主义者。他和简是这样一类人：善良并且大方，是非常照顾我的好邻居，会尽其所能来帮助我。没错，我很快就发现他们其实都是拜金主义者，但这并没有让我担心什么，因为我是谁呢？我根本就没有资格去评判他人。作为一个名下没有一丁点儿财产的单身妈妈，我怎么可能不知道天高地厚。

🐾 🐾 🐾

在爸爸妈妈的房子里，乔治坐在电视机前面，挨着路易斯。

"看看他们俩，茱。"妈妈微笑着说道。

---

[1] 起源于伦敦的顶级时尚消费场所。

路易斯和乔治正在看儿童电视节目，这是他们平时总会一同做的事情，因为他们谁也无法满足于三个破布娃娃带来的乐趣，这三个娃娃的名字分别是蒂莉、汤姆，还有媞妮。

"亲爱的，他是个好孩子，不是吗？"妈妈看着乔治说道，此刻节目已经结束了，乔治尾随着路易斯出了房间。

那是1998年。乔治两岁了，开始学会走路和攀爬，那本该是在他出生后几个月就学会的东西。一年以来，他一直跟着路易斯，如同影子一般，而爸爸妈妈也从未停止过鼓励我。当他们做这些时，我从不说什么。我知道每个人都是好意，但是我越来越肯定，我和乔治之间的问题绝不仅仅是我一个人造成的，因为我已经做了一切我能做的事情，希望让他开心起来，但是，我仍旧像是同一个陌生人生活在一起。他会在眨眼之间就从开心变成暴怒，虽然大家都努力去相信那些常规准则对乔治会有用，但我已经不相信了。

就拿睡觉来说。夜深人静，乔治总是裹在自己的被子里，数小时数小时地醒着，当他开始知道怎样从襁褓里爬出来开始，每隔几分钟，他就要起来，如果我试图把他弄回被窝里，他就会开始无法停止的尖叫。这并不是说我惧怕他的脾气或者不愿意制定规则。事实恰恰相反。我能从乔治的眼睛里看出来，他其实根本不明白我想要教给他的东西。所以，我别无选择，只能让他在公寓里东倒西歪地蹒跚游荡，而后精疲力尽地睡过去。我确信我们已经通过在这个小公寓里的绕圈活动走出了好几个马拉松的长度了。甚至有时，我把他弄进被窝后，他就一直清醒地躺着，嘴巴里念念有词，不厌其烦。

"巴斯光年[1]。巴斯光年。巴斯光年。"他会一遍又一遍地重复，

---

[1]《玩具总动员》中的主角之一。

这是他目前会说的极少数的几个单词之一，除此之外还有"爸爸""妈妈"以及"勤务兵"。

"这不可能，"当我去医生那里时，他这样说，"所有人都需要睡觉，尤其是孩子。"

"但乔治不。"

医生看着我，而后微微一笑："我想你可能只是自己睡着了，所以你才没发觉乔治其实也睡着了。"

我知道我根本没有睡着，但我已经学会了保持沉默，但是每当出现什么新情况时，我依然会带乔治去看医生，因为我希望能够确定他身上没有什么明显的健康问题。只要医生告诉我他很好，我就不会再多问什么了。毕竟，我得相信医生，而且每个人都对我说，乔治的行为会如何最终还是取决于我。

这也就是为什么我要付出一切努力，去为我们营造更好的生活。为此我还报了课程，参加考试，想要取得伦敦出租车司机的许可证。我想要回到工作中，想要好好养育乔治，所以，在过去的八个月中，我把所有空闲时间都用来学习，爸爸也一直都在鼓励我。"开出租车对你来说是再好不过的工作了。"他对我说，"你可以在家学习理论知识，时机一到，你就可以出去工作，就像我以前一样。"

然而，就像生命中的许多事情一样，学习理论知识，总是说起来容易做起来难。为了生计而开车，听起来可能很容易，但是你如果想要在伦敦市中心搭载乘客的话，那么以特拉法加广场旁的查林十字街站为圆心，半径六英里以内的每一条街你都必须要记得清清楚楚。总数是两万五千条街道。而理论知识的训练真的非常困难，它向你证明了这会是一次头脑的成长，并且绝不止是记住一个个地名。你还得知道如何"跑"。从 A 到 B 有非常多的路径，各种街道的名称塞满了整本书。我不太确定我的大脑是否能把这些全部吸收进去，而且另一个问题是，我非常讨厌在伦敦市中心开车。

"快一点，茱，快一点。"每当我开着爸爸的银色野马送他去大西路时，他总要对我喊上一路。

然而，一旦我把放在油门上的脚往下踩一点，马上就会感觉到这辆宽敞而老旧的车几乎要飞起来，出于恐惧，我又会把速度降下去。对于伦敦市中心来说，我太慢了，所以我决定还是去考一个郊区行驶牌照，这样的话我就可以在伦敦郊区搭载乘客，包括豪恩斯洛。当然，这仍旧意味着要记住上千条街道的名字。在通过面试，被许可进行理论知识学习后，我开始在家中自学，这样就可以和乔治在一起。我把他放在充气椅子上，自己则被地图包围起来，我盯着地图，努力去记住那些街道和路线，乔治的哭声与我暴躁的情绪简直是完美搭配。

"新布伦特福德公墓到豪恩斯洛火车站"，我自言自语，"左萨顿巷，往前是威灵顿路，左转到斯坦斯路，右转海伯尼亚路，左转到汉沃思路，右转到希思路，再右转到威尔顿路，最后停在车站路的左边。现在你已经抵达目的地了。"

要知道，这只是很简单的一条路线，有些线路会经过多达五十多条街道。虽然这一切对我来说如此陌生，但是有这么个东西能够让我集中注意力去处理，就会让我在和乔治的相处中感觉好过多了。我会定时检查他的尿布是否干爽，是否暖和，肚子饿不饿，而他则依旧尖叫不停。每当我看着他小小的脸颊，我都会告诉自己，我正在学习的这些知识会带我们离开此刻困窘的生活。一旦我通过考试，开始工作，我就能够赚到足够的钱，让我们的生活变得更好。然而我却不得不最终因为乔治而选择了放弃，因为随着年龄的增长，他的举止越来越奇怪：如果有什么人出其不意地出现在这栋公寓里，他就会把自己蜷缩成球状，瑟瑟发抖；外出的时候，他会用自己的脑袋狠狠去撞婴儿车的边沿，所以我不得不在那里裹上比较柔软的毛毯，这样他就会直接拉过毯子藏起自己的脸。我甚至开始在夜晚去超市购物，因为晚上的超市几乎没有什么人，这样乔治就不会被惊扰。

你根本不会知道，你究竟有多长的路要走。而我所知道的一切就是，对于乔治来说，想要接近快乐，真的非常非常困难，所以我像所有的母亲一样，愿意为他做任何他所需要的事情。但与别人不同的是，他的情绪就仿佛是一壶沸腾的开水，无法被控制，而我则要把他保护起来，以免他因为自己的情绪而伤害到自己——他会一直咬自己的手臂直到流血，一直扯头发直到头皮都露出来。所以，尽管乔治已经到了学走路的年纪，更多时候我还是会抱着他，因为他想要弄伤自己就是分分钟的事情。

在某些日子里，我会觉得，我们仿佛是两个溺水的孩子，尤其是我蜷缩起身子，躺在乔治旁边的瞬间。在那些时刻里，他终于能够入睡，我们就这样躺在一起，好像暴风雨刚刚过去，这样的时候，我觉得我可以坚持下去。这是我能够触碰到他的最近距离了，当我温柔地卷起他额前的头发，他的脸庞看起来那么平静，我真希望我能够发现某种方式，能够让他在醒着的时候也能有这样的神情。他看起来似乎被生活的痛苦所折磨着，而这正是一个母亲所面临的最糟状况，不是吗？

此刻，我注视着路易斯回到房间去，他的鼻子下面，依旧拖着长长的输氧管。随着路易斯席地而坐开始玩耍，输氧管会从他的鼻子里脱落，而这时，乔治就会跪下来，帮他复原。这是他们俩在一起时，乔治常常会做的事情。每当我看到他这样做，我都知道，在他的心里，是有爱的。

"在我们走之前，他需要先换一下尿片。"从沙发上站起来的时候，我和妈妈说。

我朝乔治走过去，在抱起他之前深深吸了一口气，因为我知道，在他开始尖叫之前，我只有一瞬间的空隙。当我把他抱向已经在地板上摊开好的尿片时，他开始浑身紧缩，向我的手臂里钻。他又是踢又是咬，尤其是当我用一只手臂环绕过他的胸把他放在地板上，并用另一只手取下他的尿片时，他几乎是愤怒地狂吼着。乔治的脸庞因为愤怒而涨得通红，但我并不去看他，也不试图用任何语言或者微笑让他开心一点。如果我这样做了，只会让事情变得更糟，因为乔治不喜欢与任何人对视。这只是我所学到的许多事情中的一件：没有人能够让他得到安慰，让他表现友好，不仅仅是我。

在公寓中度过的日子，从一年变成了两年，而我也在继续学习驾驶知识。不要去想以后会如何，因为这次的学习，对于愚笨的我来说真的是个漫长的过程。没错，我在学校里就不是什么优等生，但是我相信，对于绝大多数人来说，这些课程也需要至少两年才能通过考试，我自然也不例外。爸爸设法给我借了一辆很老的车来练习，因此，不像大多数人那样使用两用助力车出行，我一周可以有至少两次开车去实践那些路线，努力把它们都印刻在脑海里。

所有这些练习都需要经过测试检验，为此我不得不在公共交通管理办公室做一场表演，办公室位于伦敦北部的旁顿街。它对我来说，就像是白鹿巷球场对热刺迷的意义一样，所有重要的事情都会在那里发生。有许可证的司机去那里是为了做出租车的例行检查，或者搞定一些文书工作。而新手，则要在这里接受路线知识的检测。

我们全部等在一个灰色的房间里，一个挨着一个，等着被叫进办公室，气氛几乎紧张到了用一把刀就可以直接切断所有人神经的地步。是两个穿制服的中年男人负责测试，他们要求我们背诵那些路线，而后从 A 到 D 给我们划定等级。这被称之为"召之即来"，因为你会通过你的分数，知道你一直以来是不是做得足够好，同时也会知道，你将会在多久之后再次被叫回来进行下一番表演。如果有十四天的时间，你会做得更好；如果有超过两个月的时间，你还可以准备很多。但最糟糕的就是，这一切根本就没有一个明确的结束日期，也没有明确的等级告诉你怎样通过测试。你会被一次又一次地召回来直到其中一个制服男认为你已经准备好可以上路了。这种感觉就好像是在跑一场根本不知道终点在何处的马拉松。

我每个月都要去伦敦接受测验，这已经令我恐惧了。如果那个穿制服的男人拿一盏灯照着我的脸，对我说我应该睡在一张钉床上，我都不会觉得惊讶。他们确实很懂得怎样发号施令，他们希望看到良好的心态、周全的礼貌以及自信；如果你在复述一条线路的时候表现得很犹豫，或者糊里糊涂，那么他们会眼睛都不眨一下就给你一个 D；如果有谁的领带没有打直，那么他们会让他第二天再来；一个蠢蛋在测试中说了脏话，直接被很耻辱地赶走了。在他们面前我噤若寒蝉，当他们中的一个人走进等候室时，屋子里静得连一根针落下来都能够听到。会有一些女司机驾驶伦敦出租车，但并不多，而在我整个的学习过程中，我没有见到一个女人，这是一个完全属于男人的世界，那些制服男总是盯着我卷曲的头发，无论我怎么梳理它们，它们总是一副刚被电过的样子。有时候，当他们那样看着我时，我真的很想尖叫。他们知道什么？我家里还有乔治。想睡觉实在太困难了，我已经在外貌方面尽了自己最大努力了。然而他们并不想听任何解释。

尽管如此，爸爸还是在这个过程中一直鼓励我。

"茱，你出去练习了吗？"当我转来转去寻觅一杯茶时，他总这样问我，"你会很快再去交通办公室吗？"

我尽了自己最大的努力，在经过了两年的学习之后，我基本已经弄清楚了这整件事情。1999 年四月，我的成绩终于好了一点，我被叫回去测试的频率也越来越快，然而与乔治的相处已经让我精疲力尽，我只想选择放弃。另一件让我想要放弃的事情，是爸爸的病。他现在的状况实在太糟糕了，总是围着医院打转，不停进进出出。我唯一真正想做的事情，就是陪着他，而不是盯着路线图，试图去往那些我这辈子可能都不会去的地方。所以，在我应当去交通办公室的那一天，我去了医院看望爸爸。

"你在这里做什么？"爸爸躺在病床上，惊讶地问道，"难道你现在不应当在旁顿街吗？"

"我今天没办法去，爸爸，我只想来看看你。我下次再去。"

"你在说什么？"

"我今天不去。"

仿佛是有一颗炸弹，在他的身子下面爆炸了。

"你现在的笑容真是血淋淋，茱，难道不是吗？"爸爸一边挣扎着坐起来，一面哭喊，他各种扭动，似乎是想从床上下来。"让我起来！拿上我的东西！我的烟盒！不要忘了我的火柴！"

"医生不允许你离开医院，爸爸。"

"好吧，但是我要出院，如果只有这样才能让你去测试的话。"

"别这么幼稚爸爸，你现在的状况根本去不了任何地方。"

自从住进医院以来，他去过的最远的地方就是下楼抽根烟，而且还是我推着轮椅带他去的。他甚至从未深入伦敦市中心十英里。

"不需要你来告诉我要做什么，我的姑娘！"爸爸继续喊到，"我们现在就进城去。"

一旦有什么想法进入了他的脑袋里，那么就完全没有商量余地了。医生甚至都不准许他离开医院，但他就这么决定了，他要去。虽然我们并不需要像《大逃亡》里一样去挖一条通道出来，但是当爸爸要求我把他弄进轮椅，推到停车场，然后坐进我车里的副驾驶座位时，我还是觉得我们像是两个被通缉的逃犯。我们都知道，如果护士们知道了我们做了什么，一定会疯掉的。

"我今天有不错的预感，真的。"终于离开医院，爸爸说道，"你会做到的，茱，我很确定。他们今天会让你通过的。"

但是无论爸爸说什么，在进入伦敦市中心时，我仍旧很惊慌。我并没有为这一次的"表演"做任何准备，根本不知道自己是否能够面对它。我觉得很狼狈，也很担心此刻坐在前座的爸爸，我得把座椅向后调节到最大限度让他躺着，因为坐起来对他来说实在太痛苦了。

"我不知道自己在朝哪儿开。"似乎是绕着同一个圈一直在打转，我绝望地哀嚎。

"坚持住！"爸爸说道。他抬起头来，努力让自己的视线越过仪表板，好马上知道我们在哪儿，"到右边去，茱！"

我试着开过去。

"右边，右边！"爸爸吼道。

我驱车穿过三个车道，并为这个不好的行为祈祷。

"左边。"爸爸的声音透露着疲劳和痛苦。

我们最终抵达了交通办公室，但直到我走进去进行自己的"表演"时，我还处在大脑一片空白的状态里。我在复述线路的时候一定像个机器人，以至于当我完成测试时，那个制服男显得很是茫然。

我抬起头来看他，想知道下一次，他会想在什么时候见我。

"就这样吧。"他说，"你合格了。"

我猛地盯住他。我搞定了？我可以拿到证书了？

我完全没有办法相信，从我下车的一刻起到现在，我都浑浑噩噩，而此刻，这一切都将结束了。我把爸爸留在了车上，当我回到车上时，我发现他的胸口有个新鲜的灼伤痕迹。在我离开以后，他把烟弄掉了，并且无法用他那双近乎残废的手把它捡起来。他只能孤独地躺在那里，等着这支烟整个在他胸口烧完。

"哦爸爸！"我喊道，眼泪夺眶而出。

"都还好吧茱？"爸爸面带微笑地问道。

"你的胸口，爸爸。你还好吗？"

"别担心，亲爱的。没关系的。"

"你确定？"

"确定，忘了这个，告诉我你怎么样？"

我看着他，就这样躺在那里，我的心里充满了对他的爱："我做到了，爸爸，我做到了。"

一个大大的笑容在他的脸上蔓延开来，"我就知道你会做到的。"他说。

伴随一声叹息，爸爸把头向后仰，重新靠在了椅背上："现在，让我们回医院去吧。那些护士该拿我的肠子做吊袜带了。"

3. 女出租车司机

从我成为出租车司机起，我真的希望这会是一个真正的喜剧故事。我载了一个电影明星，而后我们一起奔向夕阳。然而现实生活并不是那个样子，对吧？至少我的不是，在我通过测试之后的两个月里，真正的情形是，我的生活变得让我觉得我再也不可能快乐起来了。

在爸爸去世后，唯一能够让我爬下床的，就只有乔治了。失去他让我觉得世界已经到了尽头。我们给了爸爸他应当得到的告别——他的遗体躺在一辆双面玻璃的轿式马车里，由一匹身披黑色羽毛的马和一个带着高帽与拴着尾巴的男人牵引，后面则跟着长长的出租车队伍，是他的亲人与朋友。这一切都显得这样不真实。一个将你与地面紧紧联系起来，用他的软语玩笑与安静的爱让你不要飞走的人，你该如何与他说再见。这不仅仅是我的失去——妈妈和爸爸是从他们的少年时代就未曾分开过。我们都用我们所知道的最好的方式来面对这场死亡：紧紧抱在一起，学习如何应对没有他的生活。

爸爸葬于当地的公墓里，而我则痛恨将他留在那里，在那冰冷的地下。

所以我尽可能多地去看望他，乔治和路易斯一起在四周跑来跑去时，我就会坐下来和他说说话。

"我们可以填这个洞吗？"有一天，路易斯在一个刚刚挖好，等待被填满的墓穴旁发现了一堆土。

"只能填一点点。"我说道。

几把土应该没什么关系，在看着路易斯玩得哈哈大笑时我这样想。同时他也开始气喘吁吁，因为大笑几乎耗尽了他的所有呼吸，那声音听起来就好像是个每天都要抽空一整包烟的八十岁老人。路易斯拼命喘息近乎嘶吼的时候，乔治就在一旁静静地看着他，仿佛他在努力搞清楚这个奇怪的声音究竟是什么。而后当路易斯因为大笑而开始咳嗽时，乔治把他的背弯下来，轻轻拍打，直到他的呼吸恢复正常。过了一会儿，我注意到乔治会突然停止玩耍，非常机警地站起来，神色紧张，就好像是一只留心狐狸动静的兔子，他是在听一列火车的声音，直到这列火车轰隆隆地从公墓旁的铁路驶过，其他人才能够听到这动静。乔治对声音太过敏感，我们出去散步的时候，他会因为身旁经过的每一辆车而尖叫，仿佛飞驰而过的不是小小的福特嘉年华，而是什么可怕的重型卡车。

就是这样，乔治和我一起去公墓，有时候会和路易斯一起，有时候就只是我们两个，日子就这么过了好几个月，每当我坐下来的时候，我都会疑惑，现在我做出租车司机的梦想已经落空了，那么等待着我们的未来，究竟会是什么模样。在完成只是部分的测试之后，我只需要在伦敦市中心进行一次驾驶测试，就可以获得正式牌照，但是爸爸还在世时，我失败了两次，在他去世之后，我没有办法再面对测试。他总是鼓励我坚持下去，每次我坐进一辆出租车，都能够听到他的笑声，看到他的脸庞。这对我来说太沉重了，所以我放弃了所有的努力。我觉得自己是一个彻头彻尾的失败者。我不是一个好妈妈，现在，又成了一个毫无所长的人。

时间继续前行，一如既往，尘土开始在爸爸的墓碑上累积起来，墓前出现了一个很大的坑，我决定在上面铺一些草皮，就因为这，我差点被逮捕。几分钟之内，一对警察出现在我身边，头上戴着黑色钢盔，随身无线电噼里啪啦地响着。我费了很多口舌才说服他们相信，我并没有在做什么见不得人的勾当。撇开被当作盗墓贼不说，我还是很喜欢待在墓地里，因为这里非常安宁，适合思考。

无论我做些什么，我依然觉得自己的生活仿佛是被包裹在粘稠的糖浆里，停滞不前。每当乔治在玩的时候，这种想法都会贯穿我的脑海。我给乔治构建的世界，同我小时候爸爸妈妈给男孩儿、诺布、多尔和我构建的世界截然不同。而且，无论我怎样努力，似乎都不可能找到有效的方法让一切好起来。我也曾想要努力获得属于自己的人生，这理想中甚至包括那间小小的花店，在乔治出生前，我一周在那里工作七天。然而，当我成为一个妈妈后，我不得不放弃。现在，理论知识什么也不是，我不知道应该做什么。这一切都让我觉得自己是那么没用，在爸爸离开后的几个月里，我一直都坐在那里思考，怀疑自己根本没办法改变自己与乔治的生活。

然而越是这样想，我就越明白一件事：我的不幸并不能让我变得更好，现在是时候给自己一个新的开始了。

🐾 🐾 🐾

2000 年九月，乔治四岁，开始上学。就是那时候的一天里，我看着他，疑惑于我怎么能够这么大惊小怪。蓝色的眼睛，美好的卷发，我给他穿了一件鲜红的毛衣和一条黑色裤子，他看起来完美无缺。我很肯定，学校是他现在最需要的。我们已经搬到了新的公寓，比上一个看起来要好得多，对我们两个来说，这都是一个新的开始。

就像我自己说的，我就是个异想天开爱做白日梦的家伙。仅仅几个星期之后，我就被老师找去谈话了。

"我们觉得乔治可能有听力方面的问题。"其中一个老师说道。

"我们喊他名字的时候他没有反应。"另一个告诉我。

"他似乎听不懂指示。"其他人尖声说道，"如果我们告诉孩子们，我们要坐下来几分钟，乔治会马上照做，但是当把孩子们围成圈开始讲故事时，乔治会爬回去，躺在一条长凳下面，并且用手捂住耳朵。"

从某种程度上来说，听到老师们说的话我反而松了口气，因为他们是专业的教育人员，他们花了适当时间与乔治相处，并且看出了问题，而这正是这么多年来我一直试图告诉所有人的。然而我依然感到恐惧，因为，当那些问题还隐藏在暗处时，你总觉得自己能够处理，一旦它被放在明处，只会显得更加严重。我把乔治送到当地的诊所接受视力和听力测验，我告诉自己，我不能害怕：我已经 27 岁了，是个成年人，如果他真的有问题，那么这些问题确诊得越快，也就会解决得越快。

与此同时，我还得让自己把精力放在新的公寓上，就像我在旧公寓里做的那样，目前最重要的事情是要把我们的新家整理好。因为在我们之前，住在这里的女士，上了年纪，并且养了十三只猫，所以整个房间里到处都爬满了跳蚤。理事会派人来给屋子喷杀虫剂时，我和乔治待在妈妈那里，当房子最终交到我手上时，一切都准备就绪了。虽然我觉得自己或许就是个"独立小姐"，但我仍然需要家人帮忙装修。

我在小时候就对整理房间很熟悉，毕竟，你的房间是你自己需要使用的。"边上，顶上，然后是前面。"我的奶奶多丽丝总是会指着衣橱这么对我说，而后她会把抛光剂和掸子递给我。每个星期六早上，我都会去她那里，帮她做扫除。通常我都能做得很好，但是突然有一天，她一声不吭就用力敲了一下我的后脑勺。

"站在那！"在我眼冒金星的时候，奶奶喊道，"别动。我去叫你妈妈。"

她跑到了隔壁，和妈妈一起回来，他们都盯着我的脑袋不放。

"看看它们。"奶奶说道。

"是那些整天在路上晃荡的孩子们传染她的。"妈妈说。

"怎么了？"我问道。

"你身上有虱子。"妈妈对我说，而我立刻就哭了起来。

用香波和乳液好好洗了个澡之后，我又恢复了正常。奶奶再次让我回到了屋子里，继续帮她做扫除。而那些年与灰尘奋战的工作，教会了我生活的苦工，现在我正好用在了我们的新公寓里。很快，厨房就重新上了漆，走廊刷成白色，卧室是粉色，而乔治的房间则是黄色。而且，我并不仅仅只装饰了房间内部。我们位于三楼的公寓，有一个大露台，从那里可以远眺到一片空旷的田地，一棵柳树孤独地起舞。于是我充分利用了这种视野，把露台地面铺上彩虹条纹的地毯，墙面则刷成绿色，在罐子里放了很多花朵。站在这里给乔治吹泡泡的时候——他总是对泡泡咬个不停——我能看到下面的棚顶，我觉得在上面弄一点草皮可能会看起来更好些。你根本不可能在房顶上种草，但我就是这样的梦想家，不知道何时该停止，不是吗。

尽管如此，现实生活还是伴随着一声巨响，轰然回归。我总要离开天台，和乔治一起面对生活的其他部分，有时候送他去学校几乎要花去一个小时。他会咬我，或者在走路的时候紧紧抱住路边的栏杆不放，又是尖叫又是怒吼，或者死死盯着当地军营门口站岗的士兵，拒绝往前挪动一步。由于这种情形，我只能把他放进婴儿推车里，跌跌撞撞冲下楼去，由此我开始见到住在我们楼下的女人。我不太肯定她会怎么看我，因为我们的墙壁简直如纸薄，而乔治又总是制造出激烈的噪音，但我能肯定的是，她对打扫房间相当钟爱，几乎每一天，每时每刻，她都在做这件事情。

这个女人看起来和我同岁，有两个孩子：一个和乔治差不多同龄的男孩儿，四岁左右，还有一个稍微大一点的女儿。尽管每一次在楼梯上擦身而过时，我们都相互微笑示好，而且她看起来很正常，但我从未停下来与她交谈，因为我刚刚从一个噩梦般的地方离开，在那里，无论人们看起来有多么的无辜，多么正常，表象之下的他们总是醉生梦死，不断地从晾衣绳上偷窃别人的衣物。

可是有一天，当我带着乔治上台阶时，她的目光落在了我的身上。

"很恶心，是不是？"她一面说，一面看向了楼梯间里灰色的混凝土墙壁。

它们被涂抹得乱七八糟，而且还有股怪异的味道从楼下的过道飘荡过来，因为人们总是在那里小便。

"很可怕。"我说。

"我是米歇尔。"女人面露微笑回应道。

"我是朱莉亚。"

"很高兴认识你。那么现在，我们是不是可以给这些楼梯做点什么。"

这就是我们友谊的开端。米歇尔和我是"楼梯愤怒联盟"的成员，而且我们把所有人纠结到一起去找房屋理事会交涉。

"如果能够清理那些肮脏的涂鸦和满地的垃圾，人们就会为他们的家而感到骄傲。"我们这样对他说。

于是，房屋理事会答应，如果我和米歇尔能够清理楼梯和走廊的话，那么他们就可以重新粉刷墙壁，不过需要我们挑选颜色。所以，我们应该选什么颜色呢？也许可以用奶油色？白色？甚至蓝色？不：粉色，淡粉色，婴儿般的粉色，因为这种颜色与水泥地面搭配在一起会非常可爱，不是吗？最终，我们对楼梯无比自豪，甚至还往墙上钉了假花，而且会站在露台上，看着那些爱惹是生非的家伙走进这栋公寓，"希望你不要再让你的狗狗在那里撒尿了。"我们冲一个男人喊道，我们知道他总是让他的宠物在走廊里随意活动。他一点都不喜欢我们做的这些事，但是我和米歇尔很喜欢。尽管那些突然见光的臭虫会咬我们，但我们依然坚持，最终是以粉刷了位于一层的，每一家的储物柜结尾。我们想让这个地方的色彩更加丰富。

但是，无论我和米歇尔相处得如何，对于更近一步建立起亲密朋友的关系，我总还是有点却步。在我这个年纪，我应当是渴望朋友的，渴望有人能陪自己看一场电影，或者逛逛街。然而，我知道，我是唯一能够让乔治平静下来的那个人，所以留下他一个人在家，对于他或者其他人，都是不公平的。他的需求现在是第一位的，而且，我也不想和乔治一起出门。

虽然有时候日子过得真的很糟糕，在乔治终于入睡后，我轻声哭泣，但很快我就会收拾好自己的心情，继续面对这一切。我是乔治的妈妈，我必须要帮助我们两个人去习惯现在这种与大多数人都不同的生活方式。我们当然也会遇到其他的家庭，但是我不希望乔治不分场合席地而坐无理取闹的时候被盯着看，或者当他由于听到了什么而爆发尖叫时被"嘘"。而且，我也不想一遍遍去解释乔治的与众不同。由于乔治和其他小朋友产生了问题，我又被老师找去了学校。因为大家没有按照乔治希望的方式去玩游戏，乔治就对他们又打又咬。我也同样不想多说我又一次被要求带乔治去做听力和视力的检测，虽然上一次的检测结果是一切正常。我只知道，乔治现在上学了，而我因此更加肯定，一定有哪里出了问题。在只有我们两个人的情况下，我可能已经习惯了他的方式，但是我依然不能忽略这种方式并不寻常，这也就是为什么我同样希望再做一次检测，万一上一次的检测有什么失误呢？

让我怎样去和米歇尔解释这所有的一切呢，她的孩子瑞吉还有阿什莉都那么完美。难道要我告诉她，乔治开始会脱口而出一些非常不礼貌的话，并且无论我告诉他多少次，他都依然如故？

"肥婆！"一个尺码稍大的女人走过时，他会这么说。

"长毛怪！"另一个编着辫子的女人走过时，他会这样说。

"鼹鼠！"他会冲脸上有雀斑的人这么叫。

"臭死了！"他会这样说每一个靠近他的人。

在继续走他们的路之前，人们都会用非常奇怪的眼光看他，但是，无论我告诉他多少次不要这么做，他依然不能闭上嘴巴。学校完全不知道该拿他怎么办，他们甚至开记录日志，将他所有的行为都记录在案，比如拒绝在人前喝水，每次去厕所都要消失一个半小时，因为他在如厕前要脱掉自己所有的衣服。那里有太多太多的细节，我根本不知道是从何时开始的，这也就是为什么我恐惧交朋友。

幸运的是，在我和米歇尔共处的时间变得越来越多时，我发现没有什么会使她惊讶。或许这是因为她已经是个训练有素的"儿童专家"，或者她只是真的很有耐心。但是米歇尔似乎对一切都很有把握——尤其是某一天，我们一起去那片田野，我看到乔治把瑞吉按在地上拳打脚踢时。

"停下！"我一面尖叫一面跑向他们。

听到我的声音，乔治连头都没有回，而当我终于冲到他们身边，乔治只是茫然无辜地看着我，而后再次开始殴打瑞吉。

"乔治，不可以！"我说着把他从瑞吉身上拉下来，心想这下好了，他做到了，米歇尔再也不会和我说话了。

然而，她对此却表现得出奇平静："孩子们总是会这样的。"在我把乔治拖走时，她这么对我说。

但是，这件事真的让我非常沮丧，因为我意识到，乔治没有办法交到朋友。我看着他和瑞吉还有阿什莉在一起时，我能够看得出，他根本不知道怎样与别人相处。但我仍旧没有足够的勇气，和米歇尔说明这一切，直到一天晚上，我们坐在公寓之间的楼梯上，她主动提起了这件事。随着时间的推移，我们渐渐达成了在这里见面聊天的默契，我发现自己总是满怀期待地等待米歇尔的敲门声响起。我们会把各自公寓的门打开一条缝，确保可以听见孩子们醒来的动静，我们会一起坐在那里，也是那一天，她主动转向我的地方。

"乔治是不是有什么问题？"米歇尔问道。

在此之前，从来没有人这么直接地说出来过。

"我想是的，"我说，"但是他已经做过了听力和视力检测，他们说他一切正常。我基本已经放弃追究这些了，我很肯定他有问题，但是没有一个人愿意听我的。"

米歇尔用她那大大的眼睛望着我："你知道吗，茱，你必须要停止对他的负疚感。乔治就是乔治，人们只能选择接受那样的他。你给了自己太多负担。你根本不需要那么在乎别人怎么想。我能看出别人的眼光给你带来了多少困扰，但你不应当被这些困扰。"

"那么他打瑞吉的时候呢？他说阿什莉难闻的时候呢？"我问道，"我应该怎么做？"

"你已经做了你能做的一切。我知道的。但是有时候，你得让孩子们自己去解决问题，而且你要知道，人们必须接受乔治的这种方式，因为他不可能在短时间内有什么改变。"

我一直都相信，人与人的相遇，是有因缘的。而米歇尔就是我命中注定会遇见的人。随着我们对彼此了解的加深，我会和她讨论关于乔治的问题：每个夜晚，我都是怎样艰难地哄他入睡，仅仅希望我们能够一起度过没有他的几个小时，因为他醒来之后又会开始拼命砸墙；每每看着别的孩子一起融洽玩耍，我都会希望乔治能够学着加入他们。

"就让他那样吧，茱。"米歇尔会这么对我说，"你不可能让乔治成为不是他的那种样子，而且，大家都能看见，你是个多么好的妈妈。应该是别人去改变自己的态度，而不是乔治需要改变。如果他们不愿意接纳，那么就证明你根本不值得为他们烦恼。"

米歇尔实在太善解人意了，我甚至很快就觉得，带着乔治去她的公寓非常舒适。无论是他把蛋糕往墙上扔，还是把阿什莉的洋娃娃抓起来，把脑袋往墙上撞，都没关系，因为米歇尔根本不在意。

"你是想把灵魂敲进芭比的身体里吗，乔治？"她会笑着对他说，"这样很好。"

尽管瑞吉和阿什莉都对乔治很友好，他依然还是无法与他们好好相处，但我知道，他喜欢米歇尔。当然，他从来没有拥抱过她，或者对她笑过——大多数时候，乔治和米歇尔说话时根本就不看她，也不会表现出知道她就在那的样子。但是，几个月之后，他会开始做一些事情，让我能肯定他确实喜欢米歇尔：他会嗅。每一天，我们离开公寓时，他都会深深呼吸一口新鲜空气，然后告诉我，他能够嗅到米歇尔的味道。尽管我们的公寓相隔一层楼，乔治却总能够知道米歇尔什么时候洗衣服了，而且对于他来说，这就是米歇尔的味道。不知为什么，米歇尔通过了乔治心里的防线，并且他以自己特殊的方式告诉我，她做到了。

4. 谜一样的乔治

当我走进卧室看到乔治的时候，我猛然停下了。我想要放声尖叫，但是我知道，我得冷静。他不知道怎么打开了窗户上的门闩，爬到了外面去。他站到了玻璃的另一边，光着脚踩在打开的窗户旁的壁架上。我们现在是在三楼。我不能移动得太快，以免惊吓到他。

"你要做什么，乔治？"我问道。

他的目光越过我的脑袋，静静地盯着一个污点。他的双手紧紧抓着窗框。

我慢慢地把手伸进口袋找出电话，拨打了999，"我需要帮助"，我对接线员说。

接线员在电话那一边询问了我的详细资料，而我的眼睛，始终不曾离开乔治。我挂掉电话，祈祷着有谁能快一点过来。一旦他挪动的话，他就会掉下去。我应该知道他会做这种事情的。在认知习得的最佳时期，乔治没有形成对危险的概念，并且似乎对疼痛也没什么感觉。如果他掉下去，他绝不会哭着跑向我，他会直接站起来，然后拖着血肉模糊的腿走开，如果他真的受伤的话，他一定会那么做。但是最近，在我们散步时，他总会跳上跳下，告诉我他是在飞翔。

"是吗，亲爱的？"

"是的。"

"在哪飞？"

"在一栋高楼上面。"

"真的吗？还有其他地方吗？"

"一棵树。"

我告诉自己，乔治拥有广袤的想象力，我很高兴他会做梦。

但是现在，我的心脏仿佛被锤子一下一下敲打着，而乔治就那么看着我，我知道，我必须要更密切地关注他的一举一动。我真的很想尖叫，但我明白，我只能站在原地，虽然我很想奔向他身边。才不过是几分钟的时间，但我觉得已经漫长得如同永远，终于，我听到了鸣响的警笛。我已经告诉消防员，准备好在乔治掉下去的时候接住他，因为我没有办法让他进到公寓里来。而且，我非常肯定，如果他看到了陌生人，一定会马上松开握着窗框的手。他根本就不会明白，如果他放开手，他就会掉下去。乔治以为他可以像鸟儿一样飞翔。

我往前迈出了一步，准备好了如果他松开双手，我就马上冲上去把他拖下来。而后我看了一下手表，装作同往常一样，并没有什么特别的事情可担心。

"我们要迟到了，乔治。"我对他说，"我们得去外婆家了，路易斯在等我们。"

乔治看着我，仿佛是在思考他是否想要挪动脚步。

"他们会担心我们的。"我说道，尽量让声音里没有恐慌。

一点一点地，乔治开始沿着窗台往回挪动。随着他的每一点挪动，我的心几乎都提到了嗓子眼。在他的一只脚踏进窗台的一瞬间，我用力抓住他的腿，这样他就没办法把脚缩回去了，而我则一把将他拉进了房间里。

"好孩子。"我松了口气，我很想拥抱他，但我不能，"但是你知道吗，你绝不能再这么做，好吗，乔治？"

他用手去擦拭他身上被我触碰过的地方，他的眼睛里也没有任何信息告诉我他听懂了我的话。尾随乔治走出房间的时候，我的双手不可遏止地在颤抖，同时我也知道，从现在开始，我要锁好公寓里的每一扇门和每一扇窗，并且藏好钥匙。那天晚上，我和米歇尔说起这件事时，我觉得自己黔驴技穷了。

"我们得向他展示，茱。"米歇尔说，"乔治自己是看不到的，所以我们得让他看到，如果他那样做了，究竟会发生什么。"

于是，第二天早上，米歇尔抱着一盒鸡蛋来到了我们的公寓，我们把乔治带到卧室，我把那里的窗户打开了。

米歇尔把鸡蛋从窗口扔了下去，乔治眼看着鸡蛋下落，并且在水泥地面上砸了个粉碎。

"现在你来试试看。"米歇尔说着把鸡蛋递给了乔治。

在丢出去了半打鸡蛋之后，我们跑下楼去，找寻公寓楼下覆盖满蛋黄和碎蛋壳的地面。

而乔治，则挂着一张茫然的脸，左顾右盼。

"如果你掉下去了，你也会摔得粉碎，就像你如果往汽车前面跑，你也会受伤一样。"我蹲下来，看着乔治的脸庞，说道，"你就像一个鸡蛋，乔治，你是易碎品。你看到了吗？"

他没有看我，也没有说一个字，但至少，我们试过了，而且我现在明白了，只要你把一件事情对乔治说的足够多，它们最终会被听进去。如果大部分妈妈需要对她们的孩子重复一百遍的话，我则需要对乔治重复一千遍。但是，要融入这个他完全不理解的世界，还有许许多多其他的东西需要他一一学习，而那些东西，他又该怎样去学会呢？

而且，他在学校的问题也越来越严重，我知道大多数人都觉得他就是个非常淘气，难以被控制的孩子：他会爬围栏，对老师的阻止充耳不闻；他会藏在保育员的披肩下面，把其他的孩子推倒。但他必须要上学，所以每次我被老师喊去之后，我都会试着和他交谈，但是乔治就是不知道自己做的事情是错误的。他不知道轻轻敲打与用力抓之间的区别，所以他会很粗暴地撕开其他小朋友的毛衣，他甚至不知道该怎样待在满是家长和孩子的环境里：每一次我们离开学校，他都会风驰电掣地冲出大门，冲向人群中，留下一堆目瞪口呆的旁观者。我绞尽脑汁希望他能和我走在一起，但是只要他出了学校大门就会变成一支离弦的箭，我只能在后面用力地追，一旦我抓到他，他就会尖叫着在地上打滚。

乔治自己并不知道自己是特殊的那一个，因而我每每想和他讨论一下他做的那些错事时，他都会告诉我，他没错。我试图教给他的东西根本就毫无意义，而且他非常肯定，有问题的是其他孩子。但是我知道，就算如此，我还是必须要不断地去尝试，去帮助他认识到这个世界的运转规则，因为我越来越感觉到，学校基本已经放弃教给他这些了。

在乔治进入学校第二年的十二月，也就是他五岁半的时候，我被告知，乔治不能参加圣诞音乐会，因为他很可能被触碰到什么敏感点而突然爆炸，这样就会把所有事情都毁了。我知道就算没有参加音乐会，乔治也不会在意到这件事，但是我会在意，这不就是一个妈妈的心情吗？

老师们并不是二十四小时都和孩子们在一起。他们并不像我那么了解乔治，也看不到那么多他生活中的小细节，在他糟糕的行为里，有那么一小部分，是美好的。例如，虽然他看起来对大部分课业并不感兴趣，但是历史，却是唯一能够让他聚精会神去倾听的科目。所以，我开始带他去所有我能够想到的，有历史渊源的地方：汉普敦宫，伦敦塔，温莎城堡，还有旧时贵族的居所，我希望给予他这样的外出时刻，那是我曾经也拥有过的，爸爸妈妈给我们讲述伦敦那些老建筑背后的故事，而我也学会欣赏并喜欢上这些地方。我的最爱一直都是汉普敦宫，每当我走在它那宏伟的走廊里，走过大理石铺就的台阶，流连过古老的油画和巨大的烛台时，我都会想象这里就是我的家。

当然，这种出行并不那么容易。外面所有的人乔治都不喜欢，我需要弄清楚，什么是他可以应付的，什么是他不能应付的。进入人群真的是件很可怕的事情，我已经计划好，如果我们去的地方人真的太多，那么我们就待在车里，我会让乔治躲起来。乔治从来没有同我谈论过我们参观的那些地方，但我知道他最喜欢的是温莎城堡。我们在冬季去到那里，黄昏时候，灯光开启，整个城堡的墙壁都散发出亮光，乔治的眼睛里充满着好奇，睁得大大地看着这一切。水，细微的存在，还有光，是最让他着迷，也是最让他迷惑的所在。

所以，尽管乔治已经不继续通过学校去学习那些他本该学会的知识，我也知道他是聪明的。通过他的一些举动，我知道他能够模仿在他周围发生的一切。有一次，妈妈在他面前提起，我的奶奶曾经因为迷信而将盐洒过肩膀用来辟邪，他就开始做同样的事情；一旦有什么事情让他感兴趣了，无论是温莎城堡，还是树、鸟，或者水和鱼，他都一定要获得的足够多。

但是，他的老师们所能看到的，就是一个不听话的小男孩，而且有点分裂，对学习没有兴趣，有时候还具有破坏力。在一个囊括了四十人的班级中，他们根本没有时间来浪费在他身上，因此我非常担心，乔治永远也不会得到帮助。所以，当我被要求再次带乔治去同一家诊所做听力和视力检测时，我同意去见两位辅导员，因为第二次的检测结果依然是一切正常，于是有些人就会认为乔治的问题是因为我。

在最初几次和辅导员的见面中，我带着乔治和我一起，在他们说话时，乔治会藏到我的椅子后面。

"乔治躺在地板上不愿意起来的时候，你会怎么做，朱莉亚？"其中一个女人问道，她的声音非常柔和，看起来就很博学多知。

他们觉得我会怎么做？抓着他的头发把他拎起来吗？

"在他撕扯娃娃的时候，你有没有告诉他，不要这么做？"我被这样询问。

难道他们觉得，在乔治撞坏了巴斯光年的玩偶时，我连一句话都不敢说吗？

"你为什么觉得他不用勺子吃饭？"

"乔治和他爸爸的关系怎么样？"

"你有男朋友吗？"

这两个女人的态度概括起来只有一个词，那就是：自以为是。她们所能看到的一切，就是一个单身妈妈和一个不听话的孩子，而我试图告诉她们的那些不同寻常的地方，对她们来说根本不重要。

"你们为什么不和学校谈谈？"我问了一遍又一遍，"他们会告诉你有关乔治的更多东西，以及他怪异的举止。这并不是规矩的问题。我知道有更严重的问题。"

但是答案总是一样的："乔治还很小，朱莉亚。对他进行评估还需要时间。"

所以，我只能去到学校，问问他们为什么不能为乔治做得更多一些。

"你的这种情况我们正在评估，朱莉亚。这是需要花费时间的。"

我想把他们的脑袋全都撞在一起，撞开花，因为拖得时间越久，情况只会越糟糕。当我被送去参加问题儿童家长会时，我越发觉得沮丧挫败。

而这也是第一次，我觉得自己可能是班里的第一名，因为大家讨论的建议都太基础了。

当你的孩子被放进了标有"淘气"的盒子里，就很难再让人改变看法了。有时候，我甚至希望学校能够稍微纵容一点乔治。例如，他对自己要吃和不吃的食物划分非常仔细，这不能强迫。虽然他不曾用语言告诉过我，但随着时间的推移，我渐渐知道，他不吃相互接触的食物：他喜欢鸡蛋，喜欢烤豆子，但是如果这两样食物同时放在一个盘子里，他就只会盯着盘子看。这就仿佛是在乔治的脑海里，有一道分割食物的柏林墙，他就是认为万事万物都必须是各自独立的。所以，在我发现这是能够让他进食的唯一方法后，我开始把所有食物都分装在不同的碗里给他。

而且他还有进食顺序——首先只能是饼干，接着是酸奶，而后是奶油蛋羹——而我知道，这真的不仅仅是挑食，因为有时候，乔治盯着面前的盘子，会显得非常紧张，呼吸也会加深。所以，我会满足他的一切需要，好让他能够平静地吃饭。正是在果酱三明治方面，我希望老师们能够给他一点空间。乔治的三明治非常特殊，如果有黄油从面包边里挤压出来，他是绝不会吃的；而且，就算我做的是正确的，他也可能会在咀嚼三明治之前就把它吐在了饭盒里。老师们恰恰很讨厌这些，尽管我已经再三解释过。我咨询过一位营养学家，他告诉我乔治每天依靠牛奶、酸奶和面包果腹是没有问题的，而且在他回家之后我会整理他乱七八糟的餐盒不用老师们动手，他们依然不愿意接受我的说法。我觉得自己真的无能为力了。为什么人们要一直问个不停？为什么他们不能仅仅去做一些能够有所帮助的事情？

一半的我对自己说，一定要相信医生，相信他们说的，乔治还太小，要诊断他是否在发育过程中有所缺陷，还为时尚早；辅导员们告诉我别着急，想发脾气的时候先数到三，老师们则说孩子们的学习速度是不同的。然而另一半的我，则想告诉他们，能不能做点什么，任何事都可以，他已经上学一年、两年，眼看就要三年了。在参加了第一次的学校旅行之后，我被告知，乔治不能再参加下一次的旅行，因为他不愿意坐在被指定的位子上；当他去游泳时，由于霍华德教过他，他很喜欢这项运动，并且做得很好，可是老师却说他完全不听话，出于我的再三解释以及恳求，他们才没有禁止他去参加游泳活动；我去接他放学的时候，由于他在晚上很难入睡，所以又一次在课堂上睡着了，因此老师又和我打了他的小报告。在我被告知所有这些的时候，我能够看到他们眼中闪烁的疑问。现在，乔治会花越来越多的时间，待在一条长廊里，坐在小桌边，由一位教学助理陪伴左右。看起来就好像是故意离开人们的视线，眼不见心不烦。

当然，我并不能完全肯定，乔治自己是否明白这一切。他总是避开人群，他似乎越来越觉得那些人都是他的敌人。

"他在看我。"去学校的路上，我们身边经过一个男人，乔治就会这么说。

"不，他没有，亲爱的。"我对他说，"他只是在去上班的路上，在思考自己的事情而已。"

或者就是，乔治会把他神奇宝贝的棒球帽压得很低，告诉我说太阳在盯着他，或者云朵在尾随我们。带他去看牙医更是难上加难，如果他需要拔牙的话，我必须得带他去医院打麻醉，当他醒过来的时候，他会告诉我，医生想要杀了他。

我想，这就是为什么，当我们两个在家里时，我想要给他尽可能多的爱，这样的话，就算世界带给他再多恐惧，他也能够在我这里感受到安全。但是，无论我给予他多少的爱，他从来就没有回应，所以，尽管我有个孩子，但很多时候我觉得，我没有。我发现，我会情不自禁地盯着其他孩子看，看他们跑出校门，奔向妈妈的怀抱，送上亲吻，我渴望乔治也会想要拥抱我，但是他从来不让我碰他，也从不向我表达任何感情。每天早晨，他醒过来，都好像是第一次见到我一般，我日复一日地与这种情形做斗争，有时候，我甚至很想遇见一个什么人，再有一个孩子，好让我能够知道做一个能够得到孩子爱的回应的妈妈，究竟是什么感觉。

他唯一允许我碰他的时候，就是在我们玩一些很粗鲁的游戏时。当我们并肩坐在一顶帐篷里时，他会扮演成恐龙战队的成员。我把帐篷支满了整个公寓，因为乔治很喜欢它们。我甚至在我的床上也支了一顶，盼望着他也许会在那里睡觉，乔治常常会连续数小时地待在帐篷里。大多数日子里，我都会放下一切活计，和他一起在帐篷里关上三个小时之多，我们就在那里玩战斗游戏。当乔治爬到我身上时，我可以短暂地抱上他片刻，去感受他圆鼓鼓的双腿，和瘦弱的胸口。我喜欢那些瞬间，因为在其他时候，乔治根本不让我碰他。而且他也从不真正同我说话：他依旧谈论那些非常具体的东西，比如恐龙战队和巴斯光年。他经常只说简单的几个字，或者把一个词语重复一遍又一遍。

"哦还有飞机，哦还有飞机。"在需要把注意力转移到别的事情上之前，他总要哭喊上几百遍。

我试图用猜谜和油漆桶来转移他的注意力，但是只要他答错了做错了，他就会开始尖叫。这让游戏很难继续，因为每个人在六岁的时候都会出错。在他极少的兴趣中，有一个爱好是玩面团。在我用面做各种东西给他看时，他使劲儿把面团攥在手里。所以我给他买了一个塑料人，头部开了个小洞，可以把橡皮泥弄进去，做成头发。一开始，乔治看我做的时候露出了微笑，但是当我拿出剪刀准备给头发做一下修剪时，他开始尖叫。他一下子扑到地板上，伴随着愤怒的吼叫，他整个人变得僵硬无比。他的叫声实在太大也太突然了，以至于我以为他是不是弄伤了自己，于是我在他身边蹲了下来。

"乔治，"我恳求他，"告诉我怎么了。"

但我从来都不可能知道到底怎么了，因为他从不告诉我他的感受。他又该如何告诉我呢？他甚至连自己是谁都不知道。当有一天，我把他领到镜子前面，他开始哭个不停，于是我不得不把房间里的其他镜子都反扣过来。所以，这又让他如何去解释那些感受呢？他表达出的愤怒是否仅仅因为不快乐？乔治就像一道我解不开的难题，一个谜一般的拼图，那些碎片拼出的图画，我没有办法明白它的意思，虽然我真的很想了解他。

5. 复活节彩蛋

你会知道，在一个寻常的早晨，一张从门缝里塞进来的传单，却有可能引发巨大的转变吗？我一定不会知道。在我搬到新公寓之后，有一张传单一直在毯子上躺了一年之久。自从放弃了出租车司机的考试，又搬到了新的公寓，我便想要回到工作中去。靠救济金生活让我觉得自己很没用。所以在乔治上学之后，我在一家酒吧找了工作。在我去厨房协助厨师之前，我做一些清洁工作。我很喜欢出门，喜欢回到人群中，但是渐渐地，我意识到自己根本没有办法坚持在外工作，因为在一个又一个不眠夜之后，我会焦虑一整天。而且，我还会频繁地因为乔治而被叫去学校。几乎是用了一年多的时间，我才接受了这个现实，那就是，我所有的能量都要用来照顾乔治。所以我最终不得不放弃了工作，因为照顾乔治就是我的全职工作了。所以，这就是为什么，当这栋公寓的居民协会往我们的门里投递传单，呼吁妈妈们的加入时，我觉得自己要去，因为我希望自己能保持忙碌。

现在我不能说加入居民委员会是我做过的最激动人心的事情，因为坐在那里，听着协会的人说他们准备在哪里放置隔离带，实在不怎么有意思。

但是通过听他们的交谈，我知道了一些事情。原来公寓旁边的那片空地曾经是一个社区花园。这让我深思起来，自从搬进这间公寓，有了一个露台，我和乔治一直在种东西。他很喜欢照料植物，也很喜欢把泥土弄得到处都是，所以我们的露台上，现在种满了一盆盆的香草、番茄、向日葵和吊兰。他最喜欢做的事情是浇水：乔治会一直把水浇得从花盆边沿溢出来，所以这些花朵得拼命挣扎着让自己活下来不溺死，而楼下米歇尔的阳台则会因此而满地浑水，一而再再而三地摧毁她的清洁成果。

所以，当我听说公寓旁的那块空地原来竟是为人人提供欢乐的公园时，我决定去看看，有没有可能把这份愉悦带回来。一个已经在这栋公寓里住了很多年的邻居，有曾经那个公园的照片，我想把那片空地恢复成原来的模样。这栋公寓一共有四个单元，每个单元都有五十户人家入住，所以，要做出些成果，人手应该是足够了。向居民委员会要求赠款时，我说，一个园艺俱乐部会带来非常多的好处，因为我们的公寓已经有一点年头了，组织一些大家都能够参与的事情，可能会有所裨益。就像其他很多事情一样。许多年过去了，时间会给这栋公寓，也给我们每个人都带来变化，这里真的可以说是一个多民族多种族混合的聚居地。但不同的是，这里并没有那么友好，这里有很多自以为是的流氓白人很不喜欢这种混杂的状况，而在我搬进来之前，有一户亚洲人家就不断地遭受无礼骚扰。虽然我并不是非常肯定，但我想，这或许就是人们筑起壁垒，把自己同他人隔绝开的原因。每个人都把自己圈禁在自己的世界里，并且禁止孩子们一起玩。这对社区精神真的是一点好处也没有。

也许有人会说我想的太简单，但是我们能活多久？把生命浪费在同他人对抗上，究竟有多重要？无论我们有多么大的不同，多少的分歧，说到底，我们的心都是一样的，当公寓里出现不和谐音符时，大多数人都是看不惯的。邻里之间，总是好的多过于坏的。并且随着事情的进展，我对园艺的意见被证明是正确的。当我从居民委员会拿到赠款时，大家已经为此做好了准备。爸爸们负责比较繁重的工作，并且在柳树旁边清理出位置，让我们可以种草。而妈妈和孩子们，自然就是帮我和米歇尔做种植的工作。

在拥有了足够的钱之后，我们购买了四个长椅，从当地商店买来玫瑰花丛，园艺俱乐部很快成为了每周一次的必须环节。老人们来到这里聊天，孩子们则带着小铲子而来，我会向他们演示，怎样种植物，怎样把根茎周围的土拍打紧实，并且鼓励他们自己种玫瑰，或者给花浇水，剪下枯枝，好让更多的花蕾能够如期绽放。

随着与米歇尔、瑞吉以及阿什莉一起度过的时间越来越多，我和乔治同他们一起出门的次数也多了一些。我和米歇尔聊天的时候，孩子们会在一边骑车，有时候我们也一起去园艺俱乐部。我暗暗希望这些努力能够鼓励乔多治融入大家一点点。虽然他依旧保持着事不关己的旁观者姿态，但是看到他短暂地拿起铲子，我还是很高兴，因为这是一个开端。至少，园艺俱乐部是我们可以一起去参与的事情，每周一次，我们就这样一同度过春夏。最重要的是，这激发了我和米歇尔潜在的火花，我们很快就开始思考，还有什么别的事情可以做。之前我们有过"楼梯愤怒联盟"，现在我们有了"社区精神热潮"。

于是，接下来的复活节，我们打算给所有的孩子准备一次彩蛋搜寻。我觉得这是个很棒的主意，因为我童年最精彩的记忆之一，就是小时候亲手做过的一枚复活节彩蛋。那是在我的表姐萨利家，她的家里有一个背靠泰晤士河的花园，那一天，妈妈给我穿上了最好看的裙子去过复活节。当时的情形真的很梦幻，我们在灌木丛中寻找彩蛋，美丽的游船就在身边漂过。我的瑞塔阿姨是个非常有学识的女士，她的人生很成功，我还记得，当时的我，默默在心里比较我和萨利的生活有多么的不同。尽管在我将很多彩蛋收入囊中后，爸爸却让我分给大家，我因此放声大哭，但是那一天至今让我记忆犹新。而我一直尝试着想要给乔治的，正是类似这样的童年回忆。它们会让你感受到爱，不是吗？如果这栋公寓里的一些孩子没有得到最好的人生，那么一次搜寻复活节彩蛋的活动，或许将是个不错的回忆。

关于复活节彩蛋搜寻这项计划，我和米歇尔没能从居民委员会那里获得任何赞助，但是我们还是有一点积蓄的。所以我们买了巧克力，并且做了招贴海报，让所有人知道这件事情。彩蛋搜寻定在中午，在我和米歇尔分发传单时，孩子们无不欢呼雀跃，跃跃欲试，所以我希望到时候我们能够有足够的彩蛋给每一个孩子。所有个性不同的孩子都来了：有懂事听话的，也有那些淘气包。他们每个人都兴奋不已，甚至连乔治也是。一个架着硕大眼镜，一头美丽卷发的女孩子，在一棵树下不停地跳上跳下，想要拿到放在树枝上的彩蛋，她一直在咒骂，以至于气氛都被她弄得阴沉了。

这些日子里，社区精神几乎供不应求。在我和米歇尔做了这么多事情之后，我明白了，就算你没有办法改变那些只想坐在家里喝酒看电视的成年人，你至少可以让他们的孩子多出来活动活动。在接下来的几年里，我和米歇尔一直在做着类似的事情，虽然她也会告诉我，有一半的人都觉得我们很愚蠢，而另一半的人则认定我们是希望从他们那里得到些什么好处，但我一点也不在乎。我就是这样的我，是我的爸爸妈妈造就了这样的我。

如果你能，就请你打破心中的壁垒，就像我们做的一样。有一天，我们决定把公寓门口的晾衣绳取下来几个小时，取而代之的是提供给孩子们的羽毛球网。

"你们现在是在干吗？"人们看到我和米歇尔在做的事情时大吼道，"我们的衣服需要晾干！"

"不会太久的。"我们喊了回去。

他们的内衣裤等得上几个小时了。在我还是孩子的时候，我常打羽毛球，爸爸会手把手地帮我。现在，我们带着孩子打球，米歇尔和我，会做同样的事情。游戏间，我看到一个小女孩，正站在自家的阳台上。她只有六岁的样子，而且，我能看出来，她被告知不可以下楼来，因为每当我想要迎上她的目光时，她总是看向别处。所以，下一次我们打羽毛球的时候，我敲响了她住的公寓大门，我告诉她的妈妈，我没有什么专业证书，也不可能整天和她的孩子在一起，但是我希望她能让这个小姑娘下楼来。她的妈妈什么也没有说，这让我有点担心，我怕她觉得我是个爱多管闲事的麻烦家伙。但她显然没有这样觉得，因为在那之后，这个小女孩儿开始下楼来和我们一起玩儿。

我和米歇尔做过的最棒的事情，是举办了一个"棒球之夜"，虽然在开始的时候我都有点犹豫不决。在那之后，我们都有点沾沾自喜，仅仅是园艺俱乐部和羽毛球还不够，我们希望所有人都能够加入我们的"棒球之夜"，甚至包括所有的爸爸妈妈们。为了传播消息，我们使用了秘密武器：小道消息。你能明白我说的吗？人的嘴巴是最好的传播利器，只要人们聚在一起聊上几个小时，什么消息都会满天飞。我假装不经意地说起我们正在计划的事情，心里非常肯定他们会很快把这些消息传播出去。可是，在我们的新俱乐部成立的第一天晚上，我和米歇尔带上了乔治、瑞吉和阿什莉来到绿地，却只看到我们的朋友雪伦带着她的孩子在等我们，另外还有两个老太太。流言并没有达到我们预期的效果，但我们必须得继续，因为人们正在他们各自的阳台上观望着，想看看这些疯狂分子现在会怎么样。

在那之后，我们开始思考，怎样才能让我们的游戏之夜发挥作用。我们必须要制定一个大计划。于是，米歇尔和我拟定了宣传"棒球之夜"的最佳方案，那就是在绿地上举办"家庭欢乐日"，告诉大家我们究竟要做什么。我的家人同意提供经济援助，所以在同他们讨论过之后，我们购置了一个便宜的戏水池，又租了一个充气城堡。"家庭欢乐日"的那天早上，仅仅是看着那个戏水池，就足够让我们兴奋不已了，因为几桶水根本不可能将其填满，它完全可以用来进行奥运比赛了。

"我们得用厨房里的水龙头。"米歇尔说。

于是，我们用长管把水引到戏水池，而那一天，也最终成为了我人生中最美好的回忆画面之一。来了很多人，孩子们绕着戏水池跳进来又跳出去，围着充气城堡进进出出，米歇尔留心照料着他们每一个人，而我则组织了一个圆圈游戏，好让大家都参与进来。乔治也出来了，他一面看着那么多人一起围成圈玩游戏，一面踢着自己的足球。甚至连住在我所在单元最角落的那个男人也来了，他总是醉醺醺的，根本连球都打不到，但是，他加入了。

"我知道你现在想喝点，我也是。"我说道，虽然我最多就喝过一点白兰地，外加一点可卡因，但是他看起来至少是已经有八罐啤酒在肚子里了，"但是我觉得，在和孩子玩游戏的时候，最好还是别在手里拿着啤酒。这会给他们树立坏榜样，不是吗？"

这个男人斜着眼睛看着我，在把他手中的罐子扔向空中前，他露出了一个微笑。之后我们开始交谈，我知道了他已经父母双亡，所以他无家可归，并且开始酗酒。这恰恰告诉了我们，真的不能仅凭表象去判断一个人，对不对？人这一辈子，总会遇到各种各样的情形，我知道这个男人有充满乐趣的一面，即使他没有办法把注意力集中在球上。那一天，我们都过得很愉快，唯一的一点小麻烦，就是屋顶上的水箱破裂了，因为我们忘记了关阀门。于是那些中年妇女们开始抱怨不休，因为他们的水龙头里连一滴水也没有了，我们只好打电话给委员会，请他们派人来维修。

"发生什么事了？"男子看着硕大的戏水池、浑身湿透的孩童，还有湿漉漉的草地，他问道。

我不得不告诉他发生了什么，感谢上帝，他听完只是哈哈大笑，而后起身去屋顶修理去了。

我总是会面带微笑，回忆起那天晚上的情景。有那么多来自不同公寓的人们，拥有不同的年龄，在此之前，甚至都不曾真正与彼此交谈过，而"欢乐日"完成了他们之间的破冰之旅。在那之后，更多的人愿意下楼来同我们一起打棒球。最终，它变得广受欢迎，老年人会过来坐在长椅上聊天，孩子们则翘首企盼着我和米歇尔，等着我们开放所有的娱乐设施。我很享受做这一切的过程，这同时也让我了解到，每一扇门背后，都有一个不同的故事：我以为儿孙满堂的老婆婆，其实孑然一身；一直觉得这栋公寓不太安全的那家亚洲人，现在带着孩子出门觉得舒服多了，因为他们发现，其实我们中的大多数人都是友好的。而我明白的最重要的一点是，当你为别人做些什么的时候，同时也是为自己在做，送人玫瑰，手有余香。当我和乔治开始去认识我们的社区时，就仿佛是拥有了属于自己的位置，或许整个世界正在为我们两个而打开。

乔治的学校，可以说是真正的儿童聚居地。大部分孩子都以一个平均的速度在学习，在进步，但同样也会有一些孩子觉得困难，跟不上，因为他们会有一些特殊的学习需求。我的意思是，那些有注意力缺陷性障碍或者身体残疾的孩子，他们比正常的孩子需要更多的帮助。有些会在特殊学校学习，而另一些，则会在做任何事情的时候，都有教学助理陪伴在身边。从几个小时，到一个星期，甚至一整天，每一天，教学助理都会在正常的课程中给予他们一对一的关注。

自从见了辅导员，并且参加了问题家长会后，我觉得乔治似乎被学校遗忘了，我进出学校的次数已经基本和乔治差不多了，不是因为他又惹麻烦了，就是因为又需要我做些什么。这种感觉就好像是，拿脑袋撞墙的那个人，不是乔治而是我。我这个可怜的妈妈，在老师同我一遍又一遍谈论这些的时候，几乎已经自动屏蔽，不予接收了。

然而，当乔治被转移到学校的婴幼儿课堂时，确实发生了事情。孩子们通常在这个课堂里度过最初的三年，然后他们会进入大班，需要在那里再经过四年的学习，他们才能够最终在十一岁的时候，进入中等学校学习。在这期间，学校认为他需要从特殊教育学校获得帮助，因为他的学习过程非常困难。现在看来，这种说法实在有点过于轻描淡写：乔治七岁了，无法认字，更不谈写字，当你把苹果举到他面前时他连个"A"都说不出来，也认不出自己的名字。我真的很高兴发生这种事情，我没有办法完完整整地告诉你我全部的感受：某些深夜，我把自己锁在厕所里，埋在一条毛巾里痛哭，我不想让乔治听到我的难过。我在第一天会觉得孤单，第二天觉得难过，但是第三天，我就又会充满希望。

由于乔治开始接受来自特殊教育组织的帮助，我也被要求去见一见他的老师普罗克特女士，她希望了解乔治所有不同寻常的举动，以及他喜欢的和他不喜欢的。在我们交谈的过程中，她并没有说太多，而当我终于停止讲述时，普罗克特女士的眼睛里充满了震惊。

"乔治从上学开始，究竟做得怎么样？"她问道。

"我不确定。"我回答道。

"我知道你很担心，而且，你是对的，罗普小姐。乔治在课堂里处于末位。他不回应任何人，也不会向同组的其他小朋友表达感情，他还时不时会情绪爆发，惊扰到同学，有些时候，他甚至会显得很凶猛。"

在这个令人担忧的时刻，我很害怕普罗克特女士又是另一个把乔治定义为淘气包的人。而后我明白了，她并不这么认为：任何硬币都有两面，普罗克特女士并没有把他看作是淘气且难以控制的小男孩，她看到了一些不同的地方。

"这一直让我非常忧虑。"我急切地说道，我甚至觉得自己快要在充满同情心的普罗克特女士面前哭出来了，这一切太不真实了，你已经一个人应对了这么久，而后突然有人说："很累，是不是？"想想看你会有怎样的情绪反应？

　　"从他出生开始，就很艰难。而且没有人愿意相信我。"我对普罗克特女士说，"乔治对我来说，几乎就像是一个陌生人。我知道这听起来很可怕，但我的感觉就是这样的，而且我也不能让他和其他的孩子们待在一起，因为我根本不知道他会做出些什么。

　　"大多数时候，他看起来，似乎对其他人根本就不感兴趣，包括我。和乔治在一起的时候，没有拥抱，也没有欢笑，而所有人对我说的都是，他会改变的。但这真的很困难，因为有时候，他看起来好像连我是谁都不知道。我的意思是，他知道我是谁，但这和他没有关系。所以这就好像是，他其实根本不明白我是他的妈妈。"

　　普罗克特女士用她友善的眼睛看着我，"我们会帮助乔治的。"她说，"有很多先进的技术和方法可以帮助改变那些从开始就对学习没有兴趣的孩子。很显然乔治有困难有障碍，但也是有方法的。"

　　从我见到普罗克特女士的那一刻起，我就很喜欢她，我很高兴乔治在特殊教育学校和正常课堂之间的转换是由她来负责监护。不要误会我的意思：这并不是像童话故事里那样，魔杖一挥，一个美好的仙女就来拯救我们了。普罗克特女士在一所有很多孩子的学校里工作，但至少，乔治是可以得到一些帮助的。又过了几个月之后，一位名叫迈克·史莱辛格的教育心理学家进入了我们的生活。我被告知他要对乔治做一个鉴定，希望能准确地了解他的学习和社交技能究竟到了怎样的程度。而我所能做的，只有焦虑不安地等待他的鉴定结果。

　　"我今天看见了一个男人。"在见史莱辛格教授的那一天，乔治回家后怒气冲冲地说道。

"是个怎样的男人？"我问道。

"他闻起来像咖啡。"

"真的吗？"

"他坐得离我很近，他的眼睛又大又突出。"

"是吗？"

"是的，我不希望他再那样坐在我旁边。"

我能够看得出乔治很焦虑，但我真的希望史莱辛格教授能够为他做些什么。长久以来，我都觉得自己和乔治就好像是经过海难之后站在荒岛沙滩上的两个人，眼睁睁地看着海上的人们向我们挥手，却得不到泅渡。现在，也许真的有人能够做一点尝试，来营救我们了。

几天之后，我去见史莱辛格教授，我发现他非常高大，谈吐得体，目光友善，我瞬间就觉得很舒适，因为他的身上有非常冷静的气场。史莱辛格教授的开场白，是向我讲述他如何对乔治进行了鉴定，那是一系列的测验，包括给他看图画卡片，而后问他画面里是什么。

"棕色。"在盯着一张绘有钢琴的卡片看了数分钟后，乔治吐出了这唯一的一个词。

史莱辛格教授告诉我，大多数孩子在看到这张卡片后，都会说音乐或者唱歌，同时，乔治对于识别面部表情也有障碍。

"他在学习上具有多方面的障碍，并且在社交方面也有非常突出的问题。"史莱辛格教授告诉我，"乔治的学习水平差不多只相当于三岁幼童。这是一种非常复杂的情况，而且我们仅仅处于了解这种情况的开端。但我可以肯定的是，乔治需要很多帮助，而我们会把问题进行细分，而后一个一个去解决它们。"

我静静地望着史莱辛格教授。

"你还好吗？罗普小姐？"

说实话，我不确定自己好不好。在经过了这么多艰难的岁月和这么多担忧之后，一位二十四克拉钻石级别的专家终于白纸黑字地列出了问题有多么严重。但我一点也不沮丧，反而觉得释然了。史莱辛格教授透过乔治金发碧眼的完美外表，看到了他身体内那个一直在挣扎着的，孤独而恐惧的小男孩。我发誓，这种感觉就好像是从云朵背后探出的一束阳光，我甚至能够感觉到它落在了我的身上。

第二章

遇见本

6. 流浪宝贝

那只流浪猫看起来就好像和拳王泰森激战了十个回合一样狼狈，在我第一眼看到它的时候，我一点都不知道，就是它，将会开启乔治心中蛰伏良久的爱与想象力。本是在 2006 年的夏天到来的，那正是在乔治刚满十岁之后，也是我被最终告知他有自闭症之后。他的确诊用了两年的时间，在见过史莱辛格教授之后，我本以为他是介入到其中的那么多人中唯一握有打开乔治心扉钥匙的人，但很可惜，他并不是。参与到乔治治疗中的这些人，有医生和心理学家，有老师也有语言治疗学家，但他们都不是能够最终治愈乔治的那个人。虽然这些人都有着丰富的经验，并且为帮助乔治做出了很多贡献，但，是本，最终永远地改变了乔治的人生，也改变了我的。

确诊乔治的病情用了很长时间，因为情况非常复杂。我被告知他有注意力缺失过动症，这就能够解释为什么他无论是在教室里还是家里都坐不住的原因。然而，在参加了过动症家长的小组会，并且看到那些孩子把家具砸个粉碎而家长们都沉默地坐在一边时，我觉得这个结论不对。他们看起来似乎已经完全放弃了自己的孩子，但这不是我想要对待乔治的方式。

后来，在他开始见一个认为他可能有自闭症的心理学家后，整个凌乱的情形才渐渐变得完整清晰。她是第一个和我谈到这种可能性的人，而她这样一说，我突然意识到，这或许就是那把可以深入乔治内心世界的钥匙。医生告诉我，自闭症有着非常多的特征，所以会以很多不同的方式表现出来，而乔治本身又很特殊，因为他还有着其他方面的问题，包括过动症和偏执狂倾向。而另一样让这件事情变得复杂的情况是，和许多自闭症儿童相比，乔治又显得很爱说话，但是他同时又拒绝同任何想要对他做鉴定的人说话，所以他们没有办法完全弄清楚乔治的状况。

随着心理学家一周又一周地约见乔治，她会和我谈论她从乔治身上观察到的东西，而她所指出的每一点，包括他对气味和声音的敏感，他无法与人对视，也无法与任何事物发生联系，他暴躁的脾气，以及他对各种礼仪乃至日常生活的困惑，似乎都非常符合自闭症的诊断。她同我谈论有关自闭症的问题越多，就显得越有意义。她告诉我，乔治的感官要比大多数人灵敏强悍得多，所以一辆小轿车发出的声音对于他来说，就等同于是一列货运火车。所有的气味对于他来说，更是强烈到无法忍受。而别人的触碰对于他来说，非但不会带来舒适，反而只会让他觉得受到威胁。听着她所说的这些，我开始能够更好地理解一些事情，我终于明白为什么乔治不让我靠近他，为什么他的眼睛总是越过我看向别处，甚至有时候他会把我当成他的敌人，我此刻都明白了。我很高兴，我终于能够看到属于他的世界，因为在此之前，我依旧为乔治似乎并不知道我是他的妈妈，是那个无论发生什么都会一如既往爱他的妈妈而烦恼，我一再努力，一再无功而返，但现在，我终于明白了。

在一个如往常一样的早上，我们必须得匆匆忙忙冲向学校，因为乔治一直到清晨五点才睡着，所以他根本不想起床。而后他的穿衣流程又出现了问题，因为他的 T 恤不够柔软，所以我们必须把所有衣服都脱下来重新再穿一遍。然后早餐也出现问题，因为我把吐司烤得有点过了。乔治跟我说，和我放在下面的面包相比，上面那个面包边的棕色太深了（通常我会准备四片面包，然后乔治来决定他会吃哪一片）。接着，由于我涂抹黄油的动作太过匆忙，以至于在我放下餐刀时，它掉到了地上。

"我回家以后会处理干净。"我把早餐递给他的时候这样说。

几个小时后，我把他送去学校然后回来了，这时电话响了起来。

"是罗普小姐吗？"电话另一端的人问道。

"是的。"

"我在豪恩斯洛社会服务站工作，我想要和你谈谈，你的儿子提出了申诉，所以我们必须要进行调查。"

"你是什么意思？"

"乔治说你虐待他。"

"这是在开玩笑吗？乔治没有被虐待。我才刚刚把他送去学校。"

"好吧，恐怕是他和一位老师说，他被一把刀弄得很痛。"

"你是认真的吗？"

"是的，罗普小姐。"

我对自己听到的一切难以置信。当然，接下来是一番大调查。我被问话，乔治被问话，程序繁多，直到所有人都意识到我并没有攻击他，这件事才得以结束。但是，不知怎么的，餐刀掉在了地上竟然就会让乔治觉得我要伤害他，而从那之后，他看我的眼光，令我万分心寒。这情形就好像是，我是个玻璃人，是透明的，他根本看不见我，他开始横冲直撞地经过我，一个字也不说。

"我妈妈想要杀了我。"他一遍一遍地重复着，"我妈妈想要杀了我。"

你能想象到从自己孩子的口中听到那样话的感觉吗？依旧是心理学家帮助我去理解这些，他说对于乔治的自闭症来说，日常生活中的很多小事，比如餐刀掉在地上之类，都会被他认为是威胁。

最初，"自病症"这个词吓到我了，因为我并不能完全地去理解它。但是医生非常耐心地回答了我所有的问题，我记下了一些东西在笔记本里，回家之后在电脑上做了查询，这让我开始对他的世界了解得更多了一点。

千万不要觉得现在有专家的介入，我们的生命就完美了。因为我和专家们并不总是能够达成一致，而且，要反对那些获得学位并持有专业证书的专家的意见相当困难。比如说，心理学家认为，如果乔治服用药物的话，他的过动症很可能会有所改善，于是我同意了。但是在我看到乔治服药后，躺在沙发上，口水竟然从他的嘴里流出来，他的目光也散乱而茫然，我便马上停止了用药。在这种情况下，我根本不需要教科书或者白衣天使来告诉我这种治疗不正确。

"我宁愿像之前一样同他相处，也不愿意看到他那种样子。"我对医生说。

一半的我觉得恐惧，在求助了这么多年之后，我们可能真的没有办法再得到更多帮助了，因为我并没有按照他们给我的建议去做。但是我又必须要去做我认为正确的事情。药物是经过测试的，人们也肯定是经过了很多年才把这些药物投放市场，但是，就算这些药丸对于其他一些孩子来说是最好的治疗方式，可是它们对乔治来说，绝对不是。

尽管我和他的心理医生在这件事情上有分歧，她依然还是对我很友好。虽然一个诊断结果并不能马上就让乔治好起来，但也让事情变得轻松了很多，因为我至少知道自己面对的究竟是怎样的情况。这也就意味着，我可以学着帮助乔治更好地与这个世界相处。尽管如此，还是有一件事情让我觉得真的非常艰难，那就是，心理医生告诉我，其他的孩子向妈妈表达爱意的方式，乔治可能永远也学不会。

"他的余生可能都会以现在这种方式度过。"她说，"通过了解自闭症，你可以让你的生活有所进步，也能明白乔治是怎样理解一切的，但你要知道，自闭症是无法完全治愈的。乔治永远也不可能成为你所希望的那种讨人喜欢的男孩，罗普小姐。这就是他的全部病情，并且，没有痊愈的奇迹。"

这就是我要面对的最重要的问题。忘掉那些行为问题、食物问题、易怒以及波动的情绪。这些都没有那么重要。事实上，乔治看起来并不需要任何事、任何人，甚至不需要我，这是我一直以来最为挣扎的一点，而我将终其一生，与这一点战斗不止。我一直都试着给予他我在孩提时代曾得到过的那些美好，期望着有一天，他能够从他周围的家人和朋友中发现幸福的存在。但是现在看来，我一直以来怀抱的希望或许是太愚蠢了，因为医生认为这永远也不可能实现。

所以我该怎么做呢？放弃？接受现实，接受乔治永远也不可能爱我的现实？不。绝不。我对自己说，医生只是医生，而我是他的妈妈。只要我还有一口气在，我就会一直坚持下去，我要让乔治知道他可以成为这个世界的一部分，并且帮助他找到自己在其中的位置。每一天，眼睁睁看着乔治同他的挫败和愤怒纠缠斗争，是这个世界上最痛苦的事情。然而，在他被确诊为自闭症之前，我就已经学着去接受他的与众不同，也能够去爱那个不同的他。我对待他的方式，和他是否确诊没有关系，所以，就算现在他的病情被给予了一个名称，我也依然不会因此就放弃，我还是会坚持去帮他改变。

在心底，我很肯定，在某个时候、某个地方，我一定会找到打开他内心之锁的那把钥匙，就算不能给他我一直以来所期望的幸福，至少也能让他获得安宁。但是话说回来，就算你给我一千年的时间去找寻那把钥匙，我都不可能想象到，它会以那种样子出现在我面前：一只有着翡翠般绿色眼睛的黑白猫咪。所以，当我在一个再寻常不过的早上第一次看见她时，我根本不可能知道，这只猫咪将永远地改变我们的生活。

我盯着这只猫看了看，她显得瘦小而病弱，就站在花园里小仓库的棚顶上。这里是我和乔治的新家，没错，我们搬家了。一年之前，房屋理事会给了我们一栋有两间卧室的小房子，非常可爱，而且离妈妈和路易斯非常近。房子外面有一处十二英尺左右的空闲空间，与其说是小花园，不如说更像是大土坑。但是我在上面铺就了草皮，并且还搭建了一条贯穿其中的小石子路，之后又种下了玫瑰、忍冬和铁线莲。我还从网上找到了这个二手仓库，我把它刷成了淡绿色，并且画上了花朵。而后我又买了一个同样是淡绿色的小凉亭。每每我望向窗外，看到这漂亮的小花园，我都无法相信我们有多么的幸运。

　　我第一次远远地看见这只猫咪，是在 2006 年夏天的一个早上，我立刻就看出它的情况不太好。这只猫是黑白相间的皮毛，但它实在是太脏了，白色的部分简直像被染上了棕黄色，而且，在我瞥向它的同时，它就飞快地从我的视线中消失了。我为它感到心疼，所以那天晚上，我在那里留下了一点牛奶和面包，第二天早上，碗就空了。接下来的几天，我再次看见了那只猫，但也仅仅只是几秒钟而已，它总是在我打开花园门的瞬间就消失得无影无踪。又过了几天之后，我决定蹑手蹑脚地穿过草地，这样可以离花园边沿足够近，就可以更好地看看它的样子。在这只猫之前，我见过许许多多生活在野外的流浪猫，但是这一只看起来有点不太一样。它看起来应该是生病了。它需要帮助。

　　在我靠近它的同时，这只猫抬起了脑袋，在它的脖子上，环绕了一圈光秃秃的伤疤，覆盖着凝固的血迹。看起来就好像是有人曾试图把这只猫吊起来。它的臀部也是同样红彤彤的。极不协调的是，在它枯瘦如柴的身体上，却有个硕大的肚子，我恍然大悟地意识到，它一定是怀孕了。事实上，从当时的情况来看，这只猫似乎很快就会分娩了。但是以它此刻的状况来看，它怎么可能有足够的力气去把小猫生下来呢？

　　我又往前挪了一步，想要看得更清楚一点，但这只猫显得非常慌张。它冲我发出嘶嘶的警告声，挥爪挠我，而后跳上围栏，再越上仓库的棚顶，倏忽不见了。我知道，我已经吓到它了，我怀疑我可能再也不会看到它了。但是，我自有办法，要知道，如果不贪吃，还会是猫吗？那天晚上，这位流浪猫再次为了它的面包和牛奶回来了，而后很快又像往常一样，开始在白天造访花园。

　　它看起来很喜欢待在那里，可是看着它来了又走，我却越来越担忧。我去敲了很多人家的门，希望是什么人遗失了自家的猫咪，因为对于一只猫来说，走失并且找不到回去的路，并不是少见的事情。我也给当地的动物慈善机构打去电话，询问是否有人报备走丢过一只黑白相间的小猫。不管怎么说，它都是特征很明显的那种。它的鼻子下面，有一片白色的毛长成了蝴蝶一般的形状，它的眼睛是翡翠般的绿，虽然显得苍白无力，但非常明亮，这种绿色的眼睛是我此前从未见到过的。但是，没有任何人在寻找一只怀孕的黑白母猫。我知道我必须尽快带它去兽医那里，因为它的孩子们很快就要来到这个世界上了。

　　而我做这一切的原因，则是我也不知道为什么，就很偶然地成了一个小小的宠物救援者。这是从我和乔治仍然居住在之前那所公寓里开始的，米歇尔带回来一只拉布拉多，据说它的训练课程完成得不太好，无法讨得主人的欢心，所以她将其带了回来。但是米歇尔的公寓里根本没有足够的空间，在让一只猫咪自由穿梭之余，还能容纳一条活蹦乱跳的小狗。但是这只拉布拉多实在太漂亮了，周身巧克力棕色的皮毛，一双忽闪忽闪的大眼睛，所以我完全能够理解她为什么不能丢下它不管。然而，唯一的问题是，我们被禁止养宠物。所以，当米歇尔开始在楼里给狗放风时，想要把这条拉布拉多藏起来不被发现几乎是不可能的。于是流言蜚语开始充斥："她养了一条狗？"我听到其他人在谈论："我们绝不能那么做！我们已经在这个楼里住了快六十年了，这里禁止养宠物！委员会是不会同意的！"

我告诉米歇尔，她必须得让这只狗离开，或者想出一个别的应对方法。结果，我们并没有做出什么明智的决定，比如把狗狗送到相关慈善机构之类。我们的做法，是越过了一层楼，把它从米歇尔的公寓偷渡到了我的公寓里来。当然，我的公寓和米歇尔的一样，都是禁止饲养宠物的。别无他法，除非能够确定这只狗狗可以找到一个温暖的家，不然我们是不会让它离开的。所以，我们把它放在了我的公寓里，我尽可能悄无声息地照料它。然而麻烦的是，每一次门铃响起，这只小幼崽就会异常躁动。

"你养了只狗吗？"把门打开一条缝的时候，我会听到一些人这么问。

"没有，是电视。"我面不改色地说道，虽然嚎叫声的始作俑者就在我身后不到几英寸的地方。

到最后，我不得不说，这只狗只是周末的时候和我在一起，其他时间，我都把它送去了豪恩斯洛的妈妈那里，虽然他可能更希望在豪恩斯洛度过周末。因为，这么说吧，就算是对一只拉布拉多来说，我这间公寓也不可能是适合度过周末的巴巴多斯。[1]幸运的是，几星期之后，我终于给它找到了一个家，是我认识的一个男人，住在肯特郡，就这样，它过上了在海边的美好生活。

这就是我从事宠物救助事业的开始，并且搬家之后，这项事业还在继续，而这，要归功于乔治。他一直都很喜欢动物，妈妈的狗狗波利去世之

---

[1] 是一个小巧玲珑的岛屿，面积有 430 平方公里。灿烂的阳光、湛蓝的海水、洁白的沙滩、油绿的树木、绚丽的鲜花、安静的旅店小楼，组成了一幅迷人的风情画卷。

后，他在她位于花园里的墓前画了一个十字，并对他的外婆说，她再也不能搬家了，因为搬家就意味着把波利独自留在这里。所以，还住在以前的公寓里时，我只能向乔治解释，这栋属于房屋理事会的公寓是不能养宠物的，同时为了转移他的注意力，我会带他去城市农场看望动物。所以，当我们搬到新家时，他马上就知道禁止宠物这项规则可以作废了，所以他一直不停地在询问各种关于动物的问题，从鱼到小鸟再到狗狗。于是我给他买一只相思鹦鹉，周身覆盖明晃晃的黄色羽毛，我们管它叫波利。然而，它仅仅在这里度过了几周的时间，因为它的歌唱声对于乔治来说太吵闹了，所以它只能搬去和妈妈还有路易斯住在一起。而后，他决定养兔子。由于饲养波利的效果似乎并不怎么好，所以我不太确定是不是要满足他的愿望。于是，我把他带去了当地的宠物市场，希望转悠一圈下来能让他打消这个念头。问题是，在踏进宠物市场的第一天，我就看到了那只又大又漂亮的垂耳兔，乔治说他想要，于是我买给了他。我们叫它夫拉菲，并且很快将它安置在了绘满花朵的仓库里。然而，再一次的，乔治的兴趣并没有持续多久，于是我告诉自己，无论我多么希望他能够和宠物建立起亲密关系，这对他来说也是不可能的了。

邻居们都知道我们有一只兔子，在这里就是这样，每个人似乎都知道所有的事情。所以，一个住在附近的女人才敲响了我的门，她在路边捡到了一只活蹦乱跳的小兔子，她不知道该怎么办，于是我把它留了下来，而我非正式的宠物寄养之家便由此开始开张营业了。

在那之后，事情就像滚雪球一样越滚越大。在接收了这只兔子，并且通过询问周遭邻居帮它找到了一个新主人之后，我的家里开始不断地有各种动物孤儿进进出出：一个孩子在公园里发现了一只野兔，这只兔子有白化病，我们帮它找到了好人家；还有几只豚鼠，是人们买给孩子，但是最后又不想要了的。我没有办法对它们中的任何一个说不。无家可归并不是这些动物们的错，而且我很喜欢看兔子们因为看到豚鼠而兴奋地在草坪上跳来跳去，或者笨拙地走动的样子，我可以从中得到乐趣。

虽然我自孩提时代起就非常喜欢动物，但是我也决定了，除了兔子之外，我不会做任何动物的主人。尤其是猫，它在我最不想饲养的动物名单上名列前茅。是妈妈把我和它们绝缘的。在我还是孩子时，她带回来很多流浪猫，以至于我后来在学校被喊做"长毛怪"，因为我的校服上会沾满了猫毛。所以从那时起，我就对自己发誓，我绝对不会让自己的房子里满是动物。因而，当兔子和豚鼠来到家中时，我很高兴可以照顾它们，但同时也非常小心翼翼地同它们保持着安全距离，以确保不要接触太过紧密。我不给它们取名字，因为他们是要去到真正属于它们的，永久的家庭中的。它们只会被叫作"豚鼠"或者"兔子"。这是一件很严肃的工作，或者说是一种慈善。

而后，这位流浪猫就来了，从它越来越多地造访我们的花园开始，一切都随之改变了。关于它，我很在意义的一件事情，是它用那双绿色的大眼睛看我的方式。它看着我，就仿佛它是个充满智慧的长者，虽然它坚决不让我触碰它，但它的目光，却是那么平和，那么充满安慰。我发现自己每天都很期待看到它怎么样了，想知道它曾经生活在哪里，遭遇了怎样的变故，它究竟过着怎样的生活，以至于它会最终出现在我的花园里？我必须要帮助它，因此我知道我得先抓住它，然后把它送去兽医那里。很快，我开始把食物放在仓库门略微靠里边一点，旁边就紧挨着一个猫笼，我在那里准备了一张舒适的小床。只要它睡进去，我就会马上锁上笼子，把它带去见兽医。

当然，它一点也不傻。床毯上很快就留有了它身上的毛，但每次我去看它的时候，它却都不在笼子附近，所以我只能回到房间里，独自吞吐满腔的挫败感。

"仓库里是什么东西？"有一天，乔治走进房间问我。

"是只流浪猫。"我对他说。

"我能看看它吗？"

"恐怕不行，乔治。它不喜欢人类。它很胆小，所以，如果我们两个同时出现的话，它恐怕会被吓坏了。"

"它为什么在那里？"

"因为它要生小猫了，我要帮它。"

就是这样。乔治听到了小猫这个词，于是在我第二天去看那只猫时，没有任何办法能够阻止他跟我出去，就像其他十岁的孩子一样，他对动物宝宝非常着迷。

"就站在那里，"我对他说，"如果你靠得太近的话，它可能会抓你，我不想让你受伤。"

我打开仓库大门时，乔治躲在我的背后，凝视着蔓延的黑暗。我环视四周，在黑暗中，我看不见任何东西。

"它在那里。"乔治说着，指了过去。

我顺着他指的方向看过去，就看见了我们头顶上一双闪闪发亮的绿色眼睛。这只猫正坐在一块隔板上俯视着我们。乔治正是按照我告诉他的那样做的，没有朝那只猫冲过去，而是静静地站在我的身后。

"它马上就要生宝宝了，是不是？"他问道。

"随时都可能。我想。"

从那之后，他每天都会跟着我出来。但他从来都是静静地围绕在那只猫身边，因为他明白我想抓住它，而它则像之前一样，一副坚决不要我帮忙的样子。每一天，我们都会在不同的角落发现它，除了笼子里，并且，只要我们尝试着迈出一步去靠近它，它就会一如既往地发出"嘶嘶"声，并挥舞利爪。

"它怎么了？"乔治总会问。

"我想它是害怕了。"

"为什么？"

"因为它不太习惯同人类接触。"

"它知道我们想要帮助它吗？"

"我想它并不知道。"

我喜欢这样的乔治，他看着静静蹲坐于黑暗中的猫咪，想要帮助它。正如他同路易斯在一起时一样，乔治总是会被任何他认为需要他帮助的人或事吸引。对于乔治来说，世界被划分为两部分：一部分是那些举止怪异的人，他们身上有所有他不停抱怨的各种问题，而另一部分，则是需要被照顾的人。

"嘘！"乔治突然笑着对那只猫开口了。

那只猫纹丝不动。

"嘘！"乔治再次说道，而我则有点诧异地盯着他。

乔治在尝试游戏。他希望这只猫咪加入他最喜欢的游戏——捉迷藏，虽然这只猫看起来对此毫无意愿。它盯着乔治，在他说话的时候，它的眼睛一动不动。当乔治往仓库里迈近了一小步时，它猛然站了起来，就好像是看到了蒜瓣的吸血鬼。

"嘘！"乔治看着它喊道，"巴布！"

"那是什么？"我问道。

"它的名字。"

"巴布？"

"是的，巴布。"

这个昵称就这么固定下来了，一天天渐渐变成一周周，每天早上我醒来时，都相信自己能够看见一窝小猫，而乔治则依旧保持着对它的盎然兴致。但是它仍旧不愿靠近我们，我开始疑惑，我到底怎样才能得到它多一点的注意呢？而且，无论我给巴布喂多少食物，它始终都很瘦，当然，除了它大大的肚子。

所以，在一个早上，我觉得，这种软磨硬泡的方法已经到头了，不可能起作用。在把乔治送去学校后，我来到了花园，蹑手蹑脚地来到仓库门边。我偷偷地往仓库里窥探，十指交叉，因为今天，我真的需要一点好运气。

我找到它了。这只猫正在笼子里睡觉，我悄悄地拿起一个根扫帚，而后把它的长柄伸入了黑暗之中。我屏住呼吸，用扫帚关上了笼子，而后等着这个流浪汉因为意识到自己被关在了猫咪监狱里而爆发。但是，它并没有像一只卡通猫一样，发出嘶吼声或者吐口水，在我关上门的时候，它就那么安静地坐在笼子里。我敢发誓，那神情就好像是在问我，是什么原因让我浪费了这么多时间才把它关起来，我明明早就可以这么做。

7. 缘分这件事儿

当我把这只猫放在兽医那里时，我试着说服自己，这只猫是不会和我有关系的。但是，到底是谁在跟我开玩笑？我已经帮助了那么多的动物，但这一只真的有点不同。我想，还是因为它的眼睛，和它看我的方式，它显得很智慧。我一直都认为动物是有灵魂的，就像人类一样，而这一位的灵魂，显然很苍老。看起来就仿佛是，它想把这一生所学到的东西告诉给我一样。但，那究竟是什么东西呢？

在把它交给兽医之后，我等着他为它做检查，看看到底还要多久，它才会生下小猫。然而，兽医却带来了其他的消息。

"不是她，而是他。"在他大概看了一下之后，他说道。

我盯着他："这是什么意思？"

"是个男孩子。"

"可是肚子里如果不是小猫的话，那会是什么？"

"是一个很大的囊肿，需要切除掉。这只猫被阉割过，所以他一定曾经是有主人的。"

这可怜的小东西一定是被抛弃了，或者是遭遇了其他的什么。离开兽医院的时候，我对自己说，这只猫现在已经得到很好的照顾了，有人将会好好照顾它的。他们要给巴布动一个手术，而后它就能够康复了。现在是时候回去看看我收养的那些小动物了，事情总算可以变得简单点了。我必须要忘掉那只猫。

　　可是我能做到吗？能吗？

　　我留下了自己的电话号码，这样在手术之后我能够得到康复进程的反馈，没错，我时常会想起它。我重新为它做了招领广告，不是一只怀孕的母猫，而是一个小男孩儿，我对自己说，帮它找到主人，是其他任何人都会做的事情。但与此同时，我又很担心，那位流浪汉不知怎么样了。给兽医院打了电话之后，我被告知，即使做了手术，它可能仍旧活不下来，因为这只猫身上长的可能是恶性肿瘤，我听了后觉得极度难过。

　　即便如此，我还是很犹豫我是否能够打破自己"禁止宠物"的规则。而我每次给兽医院打过电话之后，乔治都会问我那只猫怎么样了。我绝不能让自己改变主意。但我怎么才能做到呢？我知道如果我把这只猫带回家，接下来会发生什么。它一定会成为下一个波利或者夫拉菲。况且我自己手上也有很多事情，光是照顾乔治，就已经是我的全职工作了。我只有三十三岁，但是有些时候，我觉得自己有一百岁了，因为乔治仍旧每晚只睡三到四个小时。随着年岁的增长，他变得越来越易怒。这也给我们的生活带来了一连串的新难题。

　　这一切都开始于2005年的七月之前，那一年，伦敦遭遇了非常可怕的一天。因为一辆公交车和三辆地铁发生的爆炸，有五十二人失去了生命，而乔治通过新闻得知了所有这一切。曾经，他会很快就忘掉那些让他担忧的事情，但那一次的爆炸案，却在他的脑海中，根深蒂固。他总是不断地谈论起这些事情，听着他的讲述，我明白了，他坚信，那些棕色皮肤的人，就像这次制造了爆炸事件的元凶一样，是一定会伤害他人的。无论我告诉他多少次，所有人种里都是有好人也有坏人的，无论他的肤色是白色、黑色还是紫色，可他就是不能接受这个说法。所以，一天中最糟糕的时候，就是送他去学校的路上，把他弄上公交车，车厢里满是要去工作的上班族。

"车上有炸弹。车上有炸弹。"只要他看到有背着帆布包的亚洲人，他就会这么反复念诵。

要么，他就会看着他们上车，然后开始倒计时："十，九，八，七，六，五……"他会大声喊叫，仿佛在等待爆炸一般。

这当然很恐怖，所以每当乔治这么做的时候，我都希望能有个地缝让我们两个钻进去。我根本不可能让他闭嘴，所以在人们盯着他时，我只能用手捂住他的嘴巴。

"不要离我这么近！不要碰我！"他大喊大叫，"我要下车！离我远点！别碰我！"

于是我只能按下电铃，在距离学校一英里的地方下了车，而后不得不步行走完剩下的路程。

有一天，巴士司机向我表示了抗议，在乔治反复念叨时，他猛然刹车，对我说道："你们必须下车！他打扰到其他人了。"

我不知道该怎么办。"他不知道他自己在说什么。"我对司机说，"他不是那个意思。他不是个坏孩子。只是因为他很担心。他并不是想要骚扰别人。"

"他可以不知道他在说什么，但我知道我在说什么。你们两个必须下车。我不能允许这种行为。"

在人们的指责和注目中，乔治站了起来，完全不知道发生了什么事情，我只得把他带下了车。在车门猛然关上的那一刻，我几乎要哭出来了。

从那之后，乔治的焦虑表现得更加严重了：他拒绝走在路口纵横交错的黄线区，因为他觉得自己会掉进一个洞穴里，然后再也爬不上来；如果我的脚踏上了地砖之间的缝隙，他的呼吸就会立刻变得紧张起来，所以，为了不踩上它们，我们只能很缓慢地挪向学校。如果有车辆经过，他就会把他的脑袋紧紧贴在围栏上，因为车子发出的声音会让他心惊胆颤。

仅仅是送他上学，就已经痛苦万分，我怎么还能同时照顾好一只猫呢？就算我很希望能照顾它，也是心有余而力不足。我知道，照顾一只猫并不会花费太多时间，但是我有一半的时间里，都觉得自己好像是一根马上就要断裂的橡皮筋，所以，我没有办法再承担一只生了病的猫。

乔治仍旧持续在见他的精神病医师，虽然我看得出，乔治足够信任她，所以才愿意踏进她的办公室，并且在她同自己说话时，乖乖坐在她面前。但是，他仍然表现得很疏离，同他对待其他任何人一样。在他玩娃娃的时候，医生试着同他说话，他会看向窗外，或者告诉她，他不需要见任何人。他不喜欢任何一个他参与过的治疗小组，并且同从前一样，大部分时间，他都是活在自己的世界里。所以，就算我最终决定养一只猫对他是有好处的，难道那不应该是一只他可以看着它长大的小猫咪吗？这样才能更好地给他机会，让他去同自己的猫咪建立起情感联系。所以，怎么也不应该是一只看起来好像是从动物福利海报上走出来的老弱病残的猫。

想到这里，电话响了起来。

"猫咪已经可以回家了，"兽医对我说，"你有人选了吗？"

"很抱歉，没有。"我回答道。

我必须要坚定。要坚持自己的决定。我不能败在这一回上。

"好吧，你有没有想过来看看它？"兽医问道，"它看起来很沮丧。它总是垂头丧气地坐在笼子里。也许它会喜欢你们的探视。"

我不会把那只猫带回家的。我绝对不会。

但你已经知道接下来发生的事情了：乔治走进了房间，那只猫盯住了他，而他回应了这目光，直直地看进猫咪的眼睛。他从未这样做过。他根本就不能忍受和任何人对视超过一秒钟。而这种一秒钟的目光接触，也仅限于我、妈妈和路易斯之间，并且绝不会包括那些陌生的猫咪们。而后，乔治就用歌唱般的声音大声同这只猫说话，这也是我从未听到过的声音。这是一种，人们和小婴儿或者小孩子说话时才会用到的声音。就是这种声音，从他的嗓子里蹦出来，带着明媚的情感，而猫咪立刻就听到了。这位流浪汉住在我们的仓库里时，根本就不想让我们靠近他，而现在，当乔治温柔而甜美地同他说话时，他好像已经换过了一颗心脏。他上上下下摩挲着笼子栏杆，仿佛是随着乔治说话的音调在起舞。他们看起来都对这次毫无准备的会面很满意。就是在这一瞬间，我看到了他们之间擦出的火花，而我所能知道的就是，我的疑虑已经被打消了。巴布会跟我们回家。

巴布就像是个动物秀冠军，如同它那不太正式的名字一样，它很快就有了一个正式的名字。它将会被叫做"本"。因为妈妈曾经有过一只叫做"本"的猫，所以乔治想用这个名字。我并不在乎这只猫有多少个名字，我在乎的是，对于它的即将到来，乔治非常兴奋。

"它什么时候来？它什么时候来？它什么时候来？"它整天都在问我，一直问到我们把本从兽医院接回来的那一天。

我被告知，要把本在一个小一点，好控制一点的房间里放上几天，兽医提醒我，第一次让它出房间时，它可能会尝试逃跑。我在一个盒子里给它做了床，铺上了非常柔软的毯子，而后把它放在了楼下的厕所里。我一直密切注意着它。每当我推开门给它送食物和水时，最常看见的情形，就是从它的小床里，露出一点点的鼻尖，偷偷嗅着。它仍旧很害怕。即使它从自己的藏身之处出来，那样子看起来好像也很为自己的形象感到抱歉。在实施手术的部位，有很明显的一块补丁以及缝合线，并且，在脑袋上还套着一个锥形的塑料防护圈，以防它撕咬到缝合线。它看起来就好像是真的经历了重重战火一般。

但乔治并没有因此而宽心，他总是不断去检查本是不是还在厕所里。

"它在它的营地里。"他会在门边巡视一圈，而后用那种我在兽医院听到过的，清亮而温柔的声音说："你还好吗，巴布？它是不是想要吃饭了？它想，它想，它想。"

无论乔治何时同它说话，它都会像个迪士尼卡通里的猫一样，聚精会神地听他说，仿佛真的能听懂一样。

他那高而略紧的声线，充满了爱意和温柔，那是仅仅对本才会有的特殊声音。我很快反应过来，在他告诉我本在哪，它在做什么，以及它是否想要食物时，它的话说得越来越多。所以，我开始用同样明亮而柔软的声音去回应他，希望能够鼓励到他。尽管我不知道我们这种猫调是怎么来的，也不知道它意味着什么，但是我想看看它会把我们带往何方。在很久以前我就意识到，我必须要配合乔治想要的交流方式。在他五岁的时候，有一段时间里，他只吠叫。于是我慢慢弄清楚，有两种叫声意味着好，有一种意味着不。猫调不会永远继续，但此刻，乔治觉得这样说话很舒服，那么我就只能参与进去。我希望在每一种不同的情形里，都能够找到对他有益的方面。

乔治简直迫不及待地希望本能早一点从厕所里出来，但我还是想多给本一点时间来更好地恢复，想让它在重获自由的时候，能够变得强壮一些。

"在放它出来的时候，我们一定一定要非常安静。"我对乔治说，这时本已经在厕所里生活了一周，"它会很害怕，所以我们必须保持镇定，不要吓到它。"

我把厕所门打开了一条缝，而后去了起居室，乔治正坐在沙发上。在波澜不惊的几分钟之后，本突然冲进了房间。它就仿佛是一道肉身闪电，带着黑白相间的皮毛，直直地冲向窗户，冲向属于它的自由。它的防护圈先于它的身体撞上了玻璃，直接把它弹飞到了地板上。看着本一通乱抓，窜入了电视柜后面，我觉得自己快要晕倒了。我用尽了各种方法想要抓住它，让它好过一点，可是它很可能已经让自己受了很严重的伤。

"哦不！"乔治哭了起来，"它怎么了？我们失去它了。巴布不见了！"乔治突然爆发出尖利的笑声，是我从未听到过的笑声，从他的身体里源源不断地涌出来，在整个房间里爆发，仿佛是一座喷发的火山。

我抓住这个机会，和他一起游戏。"叫救护车！"我用猫调说道，"本需要医生。"

"但是它藏起来了。它害怕。"

"是吗？"

"是的，它觉得电力别动队要抓它。"

"他们要做什么？"

"他们要袭击它。本真的很害怕。"

"那么，你为什么不同它说说话呢？这或许会让它好受一点。"

乔治趴在了地板上："出来，巴布。出来看看我们。"

乔治继续用他柔软的猫调说着，想试着让本出来。这件事的意义，不仅仅是乔治明白了本在害怕，也给我们之间带来了此前并不常有的对话。乔治又担心，又烦躁，但是他一直非常明确地通过说话，以及不停重复的问题，来与本交流。他并没有像我们刚刚一样，使用想象中的场景去持续同本说话。

"巴布？"他一面往电视柜下面看，一面呼唤着，"你害怕吗？"

本一步都不动，不愿意去任何地方；我们能做的一切就是等待，等着它感觉好一点，做好准备从它的藏身之处出来。但是，当它终于这么做了，它走到了屋子正中间，同我曾经看见过的一样，那么冷静，令人意外。似乎刚刚躲在电视柜下面的时候，它做了一个非常艰难的决定，究竟是出来继续斗争，还是安于室内。现在看起来，它应该是选择了后者。它的眼睛，又恢复了之前的平静，从我第一次在仓库里看到它时起，它就一直是那么平静。在它给我们两个人投以长时间的注视之前，它在房间里优雅地巡视了一圈。

你们为什么要这么大惊小怪的。它看起来好像在这么说。我现在很好。不需要担心。

本嗅了嗅空气里的味道，而后温柔地迈着猫步朝乔治走去。它把身子直了起来，开始挠乔治，来来回回，反反复复。乔治会对这种接触有何种反应？我不希望他大声呵斥让本走开，从而再惊吓到本。

但乔治并没有退缩，也没有把本推开，或者挪动自己的身体好避开这种接触，亦或是大喊大叫让本走开。通通都没有，一直到本挠够了他走开了，他依然还好端端地坐在原地。我不知道，这是一件事情的终结，还是一种新气象的开端。

不过第二天，我就找到了肯定答案。乔治一个人，裹着他的专属蓝色毯子坐在沙发上看电影，这条毯子是任何人都绝不能去碰的。几分钟之后，我再回到客厅，我看到本在乔治身上伸展着身躯，就躺在那条毯子上，仿佛是躺在西班牙的沙滩上晒太阳一般，而乔治看起来似乎很习以为常，仿佛抱着一只猫没有什么不寻常。

"本喜欢电视，妈妈。"乔治说。

"是吗？"

"是的。它想看神奇宝贝。它想看彼得潘。它就在彼得潘里。"

"它能飞吗？"

"是的，它很善于飞行。它也见过奇妙仙子和超人。它上了很多次电视了。"

也就是在那个时刻，我很肯定，本不仅仅是一只猫，它还意味着更多，更多的东西。

8. 爱吃冰淇淋的喵星人

你有没有见过喜欢在弹簧床上蹦来蹦去，喜欢吃冰淇淋的猫？你有没有见过在上床睡觉之前能因为玩捉迷藏而把自己搞得筋疲力尽，并且睡相还是四脚朝天的猫？至少，在遇见本之前，我没见过。如果在此之前，有人告诉我这些全都是一只猫会做的事情，我一定会觉得他脑袋有点问题。但是本就是这么做的，而且还有更多不可思议的事情。

自本从厕所出来的第一天，并且拥抱了乔治之后，它就如同胶水一般黏住了乔治。与其说是猫，不如说它更像是狗：它既不冷漠，也不矜持，那些用来描述猫咪的著名特征它一个也没有。本就像一只忠实的小狗，一整天都尾随着乔治，从他早晨起床开始一天的生活，一直到晚上他爬上楼去上床睡觉，本都一直围绕在他身边。而且，每次我去给乔治掖被子的时候，它都会跟在我身旁。好多次我夜里起来去看乔治，它必定会跟随左右。乔治每天早上醒来时，都会在我卧室里的同一张椅子上，发现本一动不动地坐在那里。当乔治来同它亲热时，它就会很舒服地伸展四肢，而后乔治才会去洗漱间刷牙。在我给乔治穿衣服的时候，它会上窜下跳，而后喵喵叫着索要一个最后的拥抱，因为乔治要去学校了。

每天都是这样。本似乎明白乔治需要绝对的秩序，所以在它来到这个家中的第一天，它就把这秩序给了乔治。它确确实实是只家猫，在房间和花园里时，它都非常快乐，而这也正是乔治需要的。我们第一次让本去到花园里时，乔治非常慌张。

"它可能会逃走的，它可能会逃走的。"推开门时，他一直在说。

而本，仅仅在草坪上走了走，一直溜达到花园的尽头，抬头巡视了一下四周，便倏忽跑回屋子里来了。而后它便跳上沙发，蜷缩起来睡了一觉。有两天的时间，它都没有再出去。后来它再出去的话，只会在花园里四处嗅嗅，或者直接在凉亭里，一待就是几个小时。它不想去任何远一点的地方，而且大多数时候，都是我们人在花园时，乔治打开窗，一直喊它，它才最终愿意出来玩一会儿。

到目前为止，乔治最喜欢的游戏就是跳蹦床，那是搬家之后，我买给他的。当我第一次看到他们两个一起在上面跳上跳下时，我简直不敢相信，本竟然会和他一起玩这个。本已经拆线了，它的身体也在恢复，但是仍旧需要再多静养一段时间。乔治在玩游戏的时候，会很粗鲁，并且在事情失去控制后，仍旧不知道适时停止，所以我担心本因此受伤。

"我想我们最好别这么玩。"我走进花园的时候，对他喊道。

乔治突然就坐了下来，一动不动了。于是我开始意识到，由于本的存在，我已经习惯于期待一些乔治意料之外的反应。

"你还好吗，巴布？"他用他歌唱般的猫调说道，"你喜欢和我一起在蹦床上吗？"

现在的乔治，总是很担心路易斯，首先是因为他的氧气管，其次是随着路易斯年龄的增长，其他孩子总是嘲笑他，因为他显得特别小。而乔治总是会捂住路易斯的耳朵，让他听不到那些恶意的玩笑。但是他从未真正地去谈论过这些事情，也没有像此刻询问本一样，询问路易斯对他的做法是否感到舒服。

"你喜欢还是不喜欢蹦床？"他问道，"这会让你紧张吗？"

本看起来并不想从蹦床上下来，但我还是得确保万无一失。

"我想是时候该让它下来了。"乔治抚摸它的时候，我说道。

本看了看乔治，又抬起头来，用它那双绿色的眼睛，注视着我。别管我们。难道你看不到我们在玩吗？乔治和我就是想找点乐子。

我不太确定究竟该怎么做了。如果我听从一只猫的话，是不是就太软弱了。我不能让乔治把本四角腾空抛起来，就算他们两个都很享受这个过程。

"我不觉得它真的会喜欢蹦床，如果它用爪子抓的话，橡胶会坏掉的。"我把本从蹦床上抱下来，说道。

"它不会那么做的。"

"我不认为它能够控制住自己，乔治。"

我把本抱到地上，放在我的脚边，而它只在那里停留了片刻，随后就身子后倾，一个箭步跳回了蹦床上，尾巴还轻轻摇了摇。

你看到了！本似乎想告诉我。我想玩。不要打扰我们，拜托了。我们很开心！

我知道我被打败了："好吧，但是，小心一点。"

乔治起跳的时候很轻很慢，但是很快他就高高跳入了空中，而本也几乎是跳到了同样的高度。

"它在笑！"乔治向上跳的时候叫道，我确实亲眼看到了，本真的在笑，当他一跃而起，跃入空中时，他的嘴角牵起了一个向上的弧度。

接下来的几天里，情况也大抵如此，无论乔治玩什么，都难不倒本。但是由于它曾经在仓库里又是嘶吼又是吐口水，我还是很担心，如果局势失控的话，它会不会抓乔治。但是，本对乔治做的任何事情从不反抗，无论乔治是抓它的尾巴，还是摆弄它的耳朵，它都没有任何反应。它就那么平静地趴在乔治旁边，在乔治去学校之后，它会一整天都安安静静地待在房间里，直到前门有了乔治回家的动静，它就会立刻冲过去迎接他。

"巴布！"乔治说着蹲下来抚摸本。

他们之间的和谐融洽，仿佛是来自上天的礼物，乔治和本在一起时的那种放松，与他在学校里的表现形成了鲜明对比。本来到的时候，正是学校里的事情变得更糟糕的时候，乔治处于被大家排挤的困境中，为此我被一次又一次叫去学校，这让我心烦意乱。我知道普罗克特女士已经做了她能够做的一切，并且乔治身旁还有一位名叫巴哈新的教学助理，乔治对他的反应也还好。和普罗克特女士在一起的时候，她几乎使尽了浑身解数连哄带骗想让乔治学习。自从发现他喜欢闪闪发亮的东西之后，只要乔治完成功课，巴哈新就会奖励他一些小礼物，比如有银粉覆盖的橡皮，希望以此来鼓励他，帮他建立自信。巴哈新先生和普罗克特女士为他制作了可以贴上贴纸的图表，帮他融入小朋友们中间，他们会带他在都是软性设施的场地做游戏，并且只伴随几个孩子一起。可是即便如此，乔治在学校的表现还是越来越糟糕。

"我有过动症。"每次我们讨论完他的情况后，他都会一遍遍地重复这个。如果我让他同我一起看书的话，他会直截了当地告诉我他做不到，因为他无法像其他孩子那样读写。

你看到了，从大家对待他的态度里，他明白了自己的特殊，对于这种情形来说，最糟糕的场合莫过于是操场。甚至与孩子们的反应相比，妈妈们的反应才更强烈。当乔治用他学会的那些脏话叫喊着骂人时，当他冲出操场横冲直撞推开他人时，他们会呼吸急促，心惊胆颤。乔治虽然不能自控，但他也知道，他是被讨论的对象。我知道在他的身体里住着两个乔治：

一个是想要让其他穿着特殊学校制服的孩子们快乐的乔治——所以他才会推着他们的轮椅绕着操场疯跑，好让他们尖叫着大笑；而另一个则是好像带着炸弹爆炸般的怒火横冲直撞的他，而这也是大多数人眼中的乔治。

"那个孩子，他失控了。"我从一些妈妈身边走过时，能够听到她们窃窃私语，而她们投给我的，也都是非常冰冷的目光。

"如果他靠近我的凯西，我一定会去找老师。"

"你听过他说话吗？"

操场给我的感觉就如同战场，我去到那里，就是为了战斗，一天又一天，即使我想试着不理会那些风言风语，可我毕竟没有那么厚脸皮，不是吗？每一天，我都会带着固定的微笑走进去，对每一个看着我的人说一句轻松的"你好"。尽管有两个妈妈意识到乔治不太对劲，并且打算和我聊一聊，但是乔治却打了其中一个人的孩子，所以，她们中断了这计划。在走进学校的那一刻，我简直要疯了，因为我看到乔治把一个孩子死死按在地上。

"乔治，不！"我尖叫着把他从地上拖起来，完全无法理解他这突然爆发的怒火究竟是从哪里来的。

那个被打男孩的妈妈面色愠怒地望着我，我们很快就一起被老师喊去了。

"乔治就是个流氓，"那位妈妈一直在控诉，"我已经听说了所有关于他的事情，现在我也亲眼看到他都干了什么。"

而我唯一能做的，只有道歉再道歉，但是那位妈妈并不接受。从那一天开始，她再也没有同我说过一个字。

"我不明白，"后来我对老师说，"我以为乔治和那个孩子相处得不错。"

"有时候确实不错，"她说，"但是大多数孩子对他都很小心翼翼。他们同他保持距离。"

像那样的言辞怎么可能不打碎你的心呢？最终，我们还是找到了症结所在，那个被乔治揍了的小男孩，是因为拿了乔治神奇宝贝的卡片。这当然不能说明乔治做的是对的，但至少能够说明，为什么他做了那样的事情。但是没有人愿意听这个理由：乔治是个大麻烦，所有的家长都让他们的孩子以及他们自己同我们保持距离。于是，我们开始使用一个单独的入口进出学校，因为这样似乎对乔治，以及其他所有人，都好一点。

所以，本就是在这样的时候到来的，它所能给予乔治的正是乔治此刻最需要的：接纳。本喜欢的就是乔治，而我从来都不知道他究竟有多需要这种被喜欢的感觉，正如我也从来都不知道，我究竟有多么渴望乔治能够快乐一点，直到这一切随着本的到来，慢慢在我眼前含苞待放，我才明白。这就好像是一种深入骨髓的疼痛，在我的身体里生根发芽，经过这么多年，我已经对此习以为常。当我开始能够听到他同本在一起时不时爆发出的欢笑声时，这种疼痛终于开始慢慢得到了缓解。

本的性格很丰富，就如同所有人一样，有自己的喜好和厌恶。就食物来说，它喜欢鸡肉、火腿、吐司配黄油、大马哈鱼和碎麦芽，热狗以及一点点乔治的冰淇淋。它对罐头食品的厌恶程度与他对吸尘器声音的厌恶程度旗鼓相当。吸尘器会让它抱头鼠窜，仿佛身后有一堆狗在追它似的。而它最喜欢的，除了人之外，就是温暖——充满阳光的凉亭、暖气顶端、刚从烘干机里取出来的一堆衣服，都是它的最爱。它甚至开始钻进我的被窝来取暖。在本刚来的时候，我们试着让他睡在卧室门口属于它自己的篮子里，但是它对此视而不见。本的意志力绝对坚硬如钢铁，一旦它开始在卧室门口喵喵叫，那么就意味着，它会一直叫上几个小时，从柔软的哀嚎开始，而后声音越来越大，越来越大，直到听起来像一个婴儿在哭。乔治希望本能够和它一起睡，但是，本总是会把乔治弄醒很多次，所以，我自然就是必须接棒的那个人。很快，在我的卧榻之侧，本拥有了自己的枕头，它会挨着我，躺在枕头上，在我起来的时候，它才会起来。大多数早上，我醒来时，都能看到本后背朝下、四脚朝天地睡着，而我只要一动，它就会睁开眼睛，看着我。

这就是人生啊，不是吗，茱？可爱而温暖。我睡了多好的一觉啊！

对于本来说，这个世界上最可怕的事情就是独自睡觉，因为不够暖和。随着我越来越了解它，我就越来越不明白，它怎么能在外面独自流浪了这么久。它特别讨厌寒冷，所以拒绝在下雨天出门，我必须得给它打上伞，它才肯去花园。或许它的前世是示巴女王[1]之类的人物，因为它很喜欢被崇拜的感觉。如果它正坐在沙发上，而乔治要是停止抚摸他的话，那么它会一直闹着让乔治再次抚摸它的肚子，而后它便心满意足地往后靠在沙发上，看起电视来。它很喜欢电视，而且，无论何时，只要凯蒂·普莱森[2]出现在电视上，它的眼睛更是会粘在屏幕上，一动不动地坐在那里看她。本很快就成了全伦敦被宠得最坏的猫咪，完全将自己当做是大明星。

本的身上也具有两面性，我看到最多的，是目光平和的智慧老人。在乔治去学校之后，本会爬到我的臂弯里索取拥抱，它会一直很平静地看着我，直到我要起身去做一些家务事。这时，它会躺下睡一会儿。但是很快，它就又会来找我，因为本根本不能忍受离开被爱的感觉太长时间。如果它感觉到自己被忽视了很久，那么它就要很快去确定有人会马上注意到它的存在。如果我人在花园里，那么它就会坐在我正在挖的土坑的正中间，就那么看着我；当我需要在电脑上查看些什么东西时，本就会躺在键盘上；如果我摆好了桌子准备吃午饭，它就会跳上桌子。

---

[1] 公元前非洲东部示巴王国的女王。

[2] 英国明星。

离你上次摸我已经过去整整一小时了！这样很不好！我要抱抱！

而且，需要服从本的并不仅仅是我和乔治。如果有任何人来家中造访，那么它一定要成为大家注目的焦点。如果我的哥哥男孩儿带着他的孩子们，哈利、威廉姆、克洛伊和弗兰克来做客，本会爬上车道边的树上，看着他们到来。在给了我们充足的时间相互问好之后，它便开始满屋子打转，以确定我们已经停下寒暄，并且注意到它了。妈妈来的时候，我们会坐在露台上聊天，本会一直在地板上打滚，直到妈妈给它挠痒，要么它就是昂着头，坐得直直的，好让我们知道，它也是这场谈话中的一份子。在我们交谈的时候，它会把脑袋从一边转向另一边，去看到底是谁在说话；所以，就算有一天，它清了清喉咙，然后说出了几句话来，我都不会觉得有多么不可思议。

尽管本很小只，但它完全能够引导整屋人的注意力，所以，别说我的朋友们和家人本来就很喜欢猫了，就算是一些不那么喜欢猫的陌生人，也都会屈从于它。当一个社会福利工作者为了乔治的事情来见我时，本爬上了她的膝盖，而后猛然坐在了她放在那里的文书资料的正中间。这个女人对于本看她的方式有点不悦，但是本通过自己喵喵的叫声让她知道，除了抚摸它，她别无选择。当我在回家路上同什么人聊天时，它会在我们的腿边转来转去，直到它被注意到。所以，它很快就成为了这一带最受喜爱的明星宠物。阳光好的时候，它会坐在家门前的车道上，等着人们去邮局或者买点东西的时候经过它。"你好呀，本。"在它跑向他们的时候，他们会温柔地同它打招呼。当人们蹲下来在它身边时，它会使劲儿往人家腿上蹭。

虽然本如此喜欢人，但是只要乔治在旁边，它的眼里就只有乔治了。就好像其他人都是不存在的，而我所认识的那个，一天中大部分时间都是缓慢徐行的智慧老爷爷，在乔治进入家门的那一刻，即将变身为精力充沛的小男孩。尽管兽医告诉过我，他认为本可能已经有六岁左右了，对于猫咪来说，正值中年，可是只要它愿意，它仍然能够表现得像只小猫咪。它最喜欢的游戏是捉迷藏。如果它和乔治在一起枯坐的时间太久，它就会突然跳起来，然后迅速跑开，以此为信号告诉乔治，它想要玩捉迷藏，它想被追逐。

"我来啦！"乔治大叫着冲上楼，因为本总是会藏在床下或者衣橱里。

一旦被找到，本就会再次躲起来，游戏便全面开始了，他们两个能够一起这样玩上好几个小时。

他们喜欢的另一样东西是一根玩具棒，上面用橡皮筋栓了一只很可爱的玩具老鼠。每天晚上，在乔治睡觉前一个小时左右，本会在他身旁看着他。

来嘛，乔治，我很无聊。我们来玩吧！为什么不给我看老鼠！

于是乔治就会爬起来，拿起那根棒子，而本则会直直地盯着它，一动不动，好似雕塑，直到乔治开始挥动它。而后，本就如同发疯一般，跳起来围着那只老鼠打转，通过腾空、俯冲、打滚等方式企图将它抓住，整个过程中，乔治都笑得前仰后合。乔治和本玩起来太过轻松自在，即使他们会把很多东西弄得一团糟，他也不会注意到。但是如果乔治是和其他孩子一起玩，而后不小心撞倒了骑士和海盗的塑料模型，那么乔治就会把所有东西都举过头顶，重重丢在地上，而后扬长而去，绝不会回头多看一眼。但这种情况从未在他与本一起时出现过，如果肇事者是本，他非但不会那么粗暴，反而会哈哈大笑。

"你想赢，是不是，巴布？"他会大声说着，并同时把模型好好地摆回去。

不用太多时间，他们就发掘出新的两个人都喜欢的游戏，那就是，沙坑。一天，我走进花园里，看到乔治正坐在沙坑里搭建一座城堡。完成之后，他蹲坐在自己的脚后跟上，等着本缓缓伸展了一下身子，来到他脚边，而后毫无戒备地躺在了城堡顶端。当沙子做的城堡在本身子下面轰然坍塌时，乔治哈哈大笑起来。

"巴布！"乔治用他的猫调说道，"你在干吗？"

这个游戏一再上演，乔治根本玩不够，而且，无论他想重复一个游戏多少次，本都会奉陪。它从不拒绝移动，或者感到厌倦，并且它还会讨厌一切打扰到他们之间的快乐的人或事——比如有一天，乔治在沙坑里发现的一只蠼螋[1]。

"巴布！"乔治大叫着冲进客厅，抱起了本。

乔治把它带到花园，指着沙堆里打转的蠼螋给它看。

"抓住它！"他喊道。

在乔治的注视下，本把目光锁定在了那只蠼螋身上，在它追逐猎物的过程中，它不断地用爪子去扒拉，并且跟在这只小虫子身后跳来跳去，企图将其捕获。

"加油，本。"乔治叫道，"你能抓到它！"

本如飞镖般穿梭来去，目光紧紧锁在这个入侵者身上。但是它的速度实在太快了，每次本的爪子重重落下去时，这只小蠼螋总会再冒出来，并引起新一轮的追击。看着本那么跳来跳去仿佛在跳舞一般，我和乔治开始忍俊不禁，哈哈大笑。它跳上跳下，前进后退，直到它的爪子终于拍进沙子，完成最后一击。它抓到了！它用爪子挖出了那只蠼螋，而后突然放进了嘴巴里。

美味！

"你真棒！"乔治笑着说道。

我忍不住去想，在我此前的人生中，这只猫究竟在哪里呢？它仅仅来到这里几个星期而已，但我们的生活已经发生了诸多改变。本打开了乔治内心的一扇门，穿越那扇门，我们正一同探索一片新的天地。

---

[1] 一种杂食性昆虫，盛产于热带和亚热带，常生活在树皮缝隙，喜欢潮湿阴暗的环境。

"屋里有一只鸟。"我从车里出来时，乔治大喊大叫。

我的心一沉。我知道这是什么意思。在不到一个月的时间里，我发现本喜欢送礼物——死的，或者活的。自从它到来之后，我就会时不时地看到被它的利爪折磨死的老鼠作为礼物躺在起居室的地板上。有一天，它甚至带了一只青蛙回家，那是它在花园的小池塘里发现的。所有的金鱼都被苍鹭抓走了，所以我们觉得水里应该没有多少了。但是本却一定要找到一只幸存者，这就是我人生中那个惊恐瞬间的开始。一天晚上，我起来去关电视，却看到一只青蛙大摇大摆地穿过起居室。本则气势汹汹地蹲在地上，时刻准备猛扑上去。我大声尖叫起来，而乔治则跳上了沙发。最终，我叫来了诺布，把那只青蛙抓走了，因为要我亲自动手去抓它实在有点恶心。由于那只青蛙被弄回了花园里，本用讨厌的目光看着我。

你为什么不喜欢我的礼物，朱莉亚？那只青蛙很难抓的，可是现在你们竟然把它弄回去了。

乔治和我一样，都有点洁癖，最让我们觉得毛骨悚然的，就是本会带回来虽然浑身僵硬，但分明还活着的老鼠。如果我和乔治看见这个东西在屋里，我们会马上跳上沙发，让自己的双脚离开地板，而后再次把诺布叫来。有一次，他甚至不得不在深夜赶过来，因为知道房子里有只老鼠，我是无论如何也睡不着的。诺布把老鼠放进罐子里，带出去丢在了花园里，我和乔治一直等着他搞定这一切。

"都搞定了。"他回到房子里来的时候说，"我能回去睡觉了吗？行行好。"

但是此刻，我和乔治一起站在车道边，我知道诺布帮不上忙了，因为他在工作中。这里只有我、乔治和邻居温迪。平时我去买牛奶时，她会帮忙照顾一下乔治。我和她比较熟悉，她和丈夫基思的家和我家隔了几户，他们还有两个女儿，尼基和凯兰。起初，在我刚搬过来的时候，我很怀疑自己是否还能找到像米歇尔那样的朋友。虽然我和米歇尔仍旧保持着联系，但是我们的生活都很忙碌，而且我们再也不能像原来那样每天都见到彼此。但是，当我开始同温迪聊天时，我知道，我遇见了另一个珍贵的人，她能够理解乔治。

"凯兰很兴奋。"我们在门前的台阶上说话时，乔治会告诉她，"基思还没脱发。"

"没错，乔治。"温迪会这么回应他，而不是像其他人一样还他一个白眼。

随着时间的推移，我们渐渐成了非常要好的朋友，如果我要出去一会儿的话，乔治甚至能够允许温迪到家里来照看他。尽管如此，我还是不能离开乔治太长时间，所以，我在医院接受了一个小手术之后，医生希望我能够留院观察一晚上，可我还是不得不赶回家。如果我离开太久的话，乔治会很担心，他会非常焦虑他的日常流程出问题。所以，他能够让温迪进到家里来已经是个不小的进步了。

我盯着温迪，不知道该怎么应对在我出去的这段时间里，屋子里掀起的风暴。

"是只小喜鹊。"她对我说，我知道我得从本的魔爪下救出那个可怜的小东西。

我向前门迈出脚步，乔治则跟在我身后。

"巴布要疯了！"他尖叫着，"那只鸟从它手里逃走了，但是它想扯掉它的翅膀，把它变成囚犯。它能像飞机一样飞，它以前一定是个喷气机飞行员！"

乔治现在越来越多地用猫调说话。在他卡通般的声音里，他开始向我描述本所进行的那些虚幻的冒险。我很喜欢听他讲这些，因为之前乔治从来不和我这样说话。本正在帮助他去讲述一些他此前从来都不会说出的话，而且我知道，乔治会用他的猫调来向我表达他学会的东西。我和其他人这么多年来一直试图教给他的东西，从历史事件到生活中的对与错，我一直在教他，也一直不知道，他是否真的能够学会，但是现在，乔治证明他学会了。而且他同样能够主动去接收其他各种各样的信息。

　　"本每天要分三次进食，但是它骗人了！我看到它把你所有的巧克力一下全吃光了！"乔治会这么说，我知道他已经注意到我开始割舍自己多年以来喜好的美食了。

　　"你得去减肥中心。"乔治每每从本黑白相间的肚皮上摘下黏在上面的树叶和杂草时，都要这样说。听到他提及我和妈妈的对话中常出现的关键词"减肥"，我忍俊不禁。

　　无论我告诉他多少次，本垂得低低的小肚子是个历史问题，可他还是始终坚信本就是有体重困扰。本有个超级大肚子，所以总是沾到地上的灰尘，所以乔治就必须要帮它刷洗。本特别喜欢乔治帮它梳洗整理，因为对它来说，保持干净是头等大事。它会让乔治连续数小时帮他洗刷，如果周围没有什么人可以为它所用的话，它就会投入整整一上午时间专心洗脸。它的爪子是它最珍贵的财产。它的后爪看起来就好像是穿了一双一直到膝盖的白色短袜，而前爪上只有一溜白色，仿佛是穿了一双婴儿鞋。本总是要反复确认它的爪子们是干净的。但是，当它尾随乔治上楼，看护他洗澡时，本总是会被取笑。

　　"你的牙齿是黄色的吗？"本躺在水槽里时，乔治会兴奋地说。水槽是本最喜欢的地方，在那里它可以把整个浴室尽收眼底。"你刷牙吗？你洗你自己的耳朵后面和胳膊下面吗？"

唯一能够诱惑本从水槽里出来的，就是乔治把泡泡吹得满地都是。本喜欢追着泡泡玩。

"我才没有黄色的牙齿！"乔治会代替本说，"我是一只非常干净的猫，你才是那个臭家伙，乔治！"

"我一点也不臭！"乔治会大喊大叫，"我用肥皂洗澡，我很干净。"

听到乔治自导自演的这种对白总是让我发自内心想笑。在他同本的交流中，他会把他曾经听到过的一切，都编织进他丰富的想象中。

"出去！"乔治会兴奋地对我说，"巴布在屋顶上！它要表演降落伞。它正在修所有的屋顶。它在用锤子把新的房顶钉好。"

随着乔治的描述，我的脑海中会出现一幅有关本的图画，是乔治用他的语言描绘给我的，在那里，我能看到本穿着工作服，手里拿着锤子，或者身着飞行员制服的样子，而后我就会咯咯咯地笑出声来。有时候，我们会因为想象着本的各种大冒险而沉醉其中数小时之久，所以，我几乎已经想不起来，在本到来之前，这个房间曾多么寂静。我们的生活，现在充满了欢声笑语，乔治的快乐也一天天、一周周在递增。他通过本来告诉我一些他自己无法直接表达的事情，比如他的想法、他的感受，还有那些天马行空的故事。

本对我们来说，是从不缺席的永恒存在。即使它不在我们身边的时候，它也依然与我们同在。因为我们出门的时候，几乎一路都会谈论它。

"本会从这些安全肩带里跳出来的。"我们去游乐场坐过山车时，乔治对我说。我还是常常会带他去公园之类的地方，同他还很小的时候一样，"我们开始玩的时候，它就会跳出去，去拍那些孩子们的脑袋。"

于是我们一起窃窃地笑起来，而过山车也以缓慢的速度，开始了前行。

"我不敢相信它要工作一天！"我大声喊道。

"是的，它要！它要做安全方面的工作。是它给我造了这个过山车，是它做的，这是它最喜欢的。"

本可以成为任何乔治想让它成为的角色，我很喜欢听他讲述他为本编织的虚幻故事。而且，这些也不完全都是虚构的：乔治有时候会用他的猫调来告诉我一些他想要告诉我的事情，比如说一些他从电视上听来的，让他觉得不可思议的好笑桥段。

但是此刻，对于站在路边的我、乔治和温迪来说，猫调帮不上忙，房间里的那只喜鹊实在太真实了。在我们犹豫不决，不知道该怎么办时，本还在追逐那只鸟，而我必须得去救它。于是，我深深吸了一口气，走进了房子里，推开了起居室的门。

小喜鹊惊恐地飞来飞去，本在下面蹦蹦跳跳。

看我给你们带来了多好的礼物。看看这只鸟！它多大啊？是不是？

看着本无比骄傲地盯着那只喜鹊，我唯一能够想到的，就是希区柯克的那部老电影《鸟》。我猛地关上门，走了出去。

"你是害怕吗？"温迪看着我灰白的脸问道。

我一言不发。

"我帮你把它弄出来。"温迪自告奋勇，"我只是需要一双手套。不用那么紧张。"

我跑进厨房，给她找了一些橡胶手套，温迪把它们戴在手上，那神情就好像是将要进入手术室的外科医生。

"你们两个在这等着。"她说完便消失在了屋子里。

五分钟之后，她夺门而出。"我觉得我做不到。"她说，"我要去把基思叫来。"

我不太确定那只可怜的小鸟还能不能忍受更多折磨。在前门上有血迹，一定是它慌不择路撞上来的时候弄的，我很不愿意去想本在折磨弱小生物。没错，它是一只很有爱的猫咪，但它同时也有不那么美妙的一面。最终是基思拯救了这一天：他来了，抓住了喜鹊，并且在后院放生了。

"你太淘气了，本。"回到房间里以后，我大声斥责它，乔治则把它抱了起来。

就在我给了本一个很严厉的眼神时，它露出牙齿，打断了我。

别告诉我该怎么做，朱莉亚！我只是给你们带来了一个礼物而已。你为什么要生气？我只是想要表现得好点而已。

我看着坐在乔治怀抱里的本，我知道，我是不可能改变它的。我只能去接受，本就如同所有人一样，有自己的怪癖。和它的小恶行相比，它还意味着更多更重要的东西。看看我和乔治：我们现在可以用之前从未有过的方式和彼此交谈，而这一切都归功于本。它给了我们发声的方式，即使音调有点高，有点卡通，甚至有点小小的疯狂，但我一点也不在乎。现在，我可以消气了。如果本就是那么喜欢啮齿动物和鸟类，如果它就是那么不喜欢我禁止它做这做那，那么，我就随它去好了。

9. 我的两个天使

　　乔治交了一个同本一样的好朋友：一个叫做亚瑟的小男孩，他和自己的妈妈住在我们的隔壁，他是那种在做任何事情之前都会思虑周全的孩子，所以，虽然他只有十岁，但是行事风格如同五十五岁。亚瑟非常有耐心，而且很友善，如果他们玩游戏的时候，他没有按照乔治要求的方式去玩，乔治就会大喊大叫说自己受够了，但是亚瑟对此从来没有太在意过。他只是头也不回地回家去，而后第二天再精力充沛地回来，同以往一样。

　　我很肯定，是本把乔治内在的玩闹天性激发了出来，他才因此能够与亚瑟成为好朋友。甚至在本到来之前，那粒种子已经在他心中被悄悄播种。我们搬家之后，霍华德给乔治买了一台电脑。他对电脑游戏如痴如醉，甚至开始通过网络和其他国家的人一起玩游戏。但是，当乔治告诉我他在某个游戏里是全世界最厉害的那一个时，我不知道该怎样利用这一点，因为我甚至连电视机遥控器都摆弄不好。霍华德告诉我，乔治说的一点也不离谱，于是我明白我不应当大惊小怪，因为在互联网的世界里，乔治不需要和人们面对面接触。而且，从我听到的他通过网络和别人的对话中，我注意到他笑的时候，以及和别人开玩笑的时候也越来越多。

"你多大了？"我曾经听到一个来自美国或者澳大利亚的声音这么问他。

"十岁。"他回答。

"十岁？真的吗，伙计？你只有十岁？"

乔治边听边笑，有时候他会和他的聊天对象说他已经 33 岁了，这么说也只是为了想多为自己找些笑点。他是个很棒的模仿者，能够模仿一切他听到过的口音。

而本的到来则把他的潜能激发得更多，当乔治终于把这些表达给亚瑟，那种感觉就好像是，这么多年来我们一直努力尝试让他能够和其他孩子一样冲破起跑线，而这么多年过去了，他终于赢得了这场马拉松。

在最开始的几个月里，他们是朋友。乔治和亚瑟一起玩电脑游戏，看电视，或者在花园的蹦床上度过几个小时，他们总是跳得很高，以至于亚瑟有一次被攀援在篱笆上的蔷薇给困住了。在我帮他把一切理顺之后，他的头上全都是小刺造成的扎伤。

乔治过来看了看。"你想吃点什么甜的东西吗？"他问亚瑟："甜的东西会让你感觉好一点。"

我正把亚瑟牢牢地固定在原地，他什么也没有说，只是揉了揉脑袋，看着那些蔷薇。

"我能让你笑吗？"乔治问他，"我也要跳进蔷薇丛里吗？"

亚瑟开始笑了。"别这么做，乔治。"他拉住了乔治，"我们为什么不来杯柠檬水，或者别的什么？"

一开始，本不是太确定应该怎么对待亚瑟，所以每当亚瑟过来玩的时候，它都会坐在屋里，静静看着两个男孩。不过有时候，它会在蹦床项目上加入他们，而且，当它开始探索亚瑟时，它当然不会让乔治离开它的视线。我觉得我早就应该想到，乔治总有一天会想要去比小花园更远的地方。但是，当他问我，他可不可以和亚瑟一起去家对面的小游乐场时，我仍旧很担忧。有很多孩子在那里踢足球、爬树，而且我还从未让乔治在没有我陪伴的情况下离开过家。我知道我应当适当给乔治一点独立自主的机会，但是对于一个你始终希望他像胶水一样粘在你身上寸步不离的孩子来说，这真的很困难。他也知道，其他在他这个年龄段的孩子都是在没有父母陪伴的情况下出去玩的，正如我也知道，我不可能永远把他锁在这个只有我、他和本三个人的小世界里。

　　最终是两个原因让我决定放乔治出去。一是亚瑟。就像有些成年人永远有颗长不大的童心一样，总有些孩子反而少年老成，有超出年龄的成熟稳重，而且他们中间的名字往往都带有"明智"这种含义。我从来没有让亚瑟坐下来听我向他解释乔治的自闭症，他天生就是明白他要照顾乔治。第二个原因是，那个小游乐场正对着厨房的窗户，所以如果乔治从亚瑟身边走丢了，我是能够看到的。我告诉乔治不要离开亚瑟，如果他这么做了的话，我将不会再允许他出去。所以，只要他们一起去了游乐场，我就很自然地去洗衣服，这样我就能够像间谍詹姆斯·邦德一样监视乔治的一举一动，看看他是不是一切安好。而且，我还有另外一双眼睛帮忙，因为本总是跟着乔治，所以每当乔治出去玩，或者带着他的遥控车去游乐场时，本就会趴在路边，一直看着他。

　　随着乔治和亚瑟一起出去冒险后，我能亲眼看到乔治在踢足球和爬树的时候所表现出来的快乐。当然，这些时候，本都在不远的地方尾随着他。有一天，他们和亚瑟的表哥查理一起出去玩，我甚至还为他们准备好了午饭。他们玩得很好，可是灾难突然降临。乔治决定从一棵树上跳出游乐场。当亚瑟和查理跑来告诉我乔治被篱笆卡住了时，我的心一下就提到了嗓子眼。我一路跑去了游乐场，发现他的衣领被挂在篱笆上。在我把他弄下来的时候，我想我可能再也不让他出来玩了。

"公园里的那些孩子说，我打赌你不敢跳。"回到家之后，乔治对我说，"所以我想看看我到底能不能跳。我想要一下就跳到草地上去。"

乔治说话的时候，亚瑟非常严肃地看着他。"你不能从树上往下跳，乔治。"他说道，"你可能会弄伤腿，那样你还怎么踢足球？为什么你要在意别人嘴里说的那些事情。"

乔治弯下腰对着本，它正挨着乔治坐在沙发上。"听到了吗？"他说，"你不能从树上跳下来，本。太淘气了！"

我不禁回忆起很久以前，我和米歇尔用鸡蛋去教他他究竟有多么易碎的那个场景。而现在，他终于明白了，虽然是从树上跳下来之后才真正明白。看到他对本说话，而本喵喵叫着回应他时，我觉得松了口气。

"不许笑。"乔治用刚刚亚瑟对他说话时那种严肃的口吻说道，"这一点也不好笑。"

我有一种强烈的感觉，乔治再也不会从任何一棵树上跳下来了。

正是那一天，让男孩们的友谊更加牢固。乔治很快就像保护路易斯一样开始保护亚瑟，如果有人胆敢说一些不尊重亚瑟的话，他一定会让他们滚开。

"他是最好的足球运动员，"如果有别的孩子拿亚瑟开玩笑，他就会说，"他很棒！他很能得分！"

乔治对他的朋友有英雄崇拜情节，如果亚瑟需要的话，他甚至会把自己的衣服脱下来给他。但是亚瑟从未利用过乔治对他的信任。

"我生日的时候奶奶给了我巧克力，你要吃吗？"乔治会问他，"你想要我神奇宝贝的卡片吗？"

"所有这些东西都要花很多钱，"他们一起玩电脑游戏时，亚瑟会和乔治说，"所以，为什么要给我一整盒，而不是一颗巧克力呢？"

乔治会把巧克力给亚瑟，而后在亚瑟接过去的时候，他的目光变得有些不同。

"你是我最好的朋友。"乔治盯着远处，说道。而后他们会回到游戏中去，谁也没有再说话。

每一次听到乔治这么说，我的心就会膨胀起来。我知道，对一个十岁的孩子来说，这种情况在很多妈妈看来再正常不过。但是我从未对乔治有过这样的期许，希望他有一个真正的朋友，希望他们之间有紧密的纽带，所以，当他终于表达出了真实的自己，我无比兴奋，他终于释放出了他心里那个充满爱意和善意的小男孩。

当然，也会有坍塌的时候。对于乔治来说，允许他人按照自己的意愿而非他的意愿去做事情仍旧很困难，如果他们之间的游戏没有按照乔治希望的方式去进行，他就会冲亚瑟大吼大叫。而亚瑟唯一一次真的生气，是乔治因为丢垃圾的事情而斥责他。

"你一点也不关心这个世界吗？"亚瑟把一次性纸杯丢在了地板上。乔治嚷嚷起来："你知道地球已经被塑料塞满了吗？"

这引起了一丝不快，因为亚瑟不喜欢乔治对他说教，告诉他这个或者那个，但乔治还是这么做了。斥责别人是乔治现在的新状况。这些年里，我努力往乔治的脑袋里灌输他应当做到的礼貌礼仪，他慢慢懂得了这些东西的重要性，于是，当他认为别的孩子做的事情很粗鲁时，他就会指责他们。虽然我告诉过他很多次，人们有时候并不喜欢被教育应当怎么做，但他依然故我。

"但是有些人需要被告知，妈妈。"乔治会说，"他们需要学习。他们无法自控，真的。"

每当他和我说这些时，我都会喜不自禁。乔治一直都非常坚信环绕在他周围的世界是乱七八糟的，只有他是最正常的。他持有这样的观点也不奇怪，因为曾经我们公寓里的很多孩子都有点小野蛮。但是我尽量让自己不要笑得太多，我告诉乔治，当他在斥责别的孩子的时候，大家可能并不喜欢这样。这就是同乔治一起的生活：仿佛是在一台弹球机上，你刚刚才击中一个目标，马上就要锁定下一个。

很多孩子都不能理解乔治这种说教的行为，但是亚瑟就是喜欢这样的乔治，而且令我觉得高兴的是，乔治回馈给亚瑟的情意只多不少。生命不正是这样吗，不积跬步无以至千里，而乔治与亚瑟的友情，正是本帮他跨出的一步飞跃。

本的领地越来越多。要丈量出它的王国究竟延伸了多远，得花上点时间，一旦它把某块领地确定下来，那么，它是不能忍受任何人的入侵的。

它一直都知道，那只叫夫拉菲的小兔子也是这个家的一份子，所以我也很担心它是不是会虐待那只兔子，但是它却从未注意过它。"它是本的宠物。"乔治对我说，"夫拉菲是它的。它很讨厌猫，因为它对猫过敏。但是它喜欢夫拉菲。"于是，我便偶尔把夫拉菲放到花园里，晒晒太阳，而本就在它身旁舒服地伸展着。也许，就像乔治说的，它根本不觉得自己是只猫，不然为什么在这个世界上，会是一只兔子打动了它呢？

然而，在和其他动物相处时就没有那么简单了，如果面对的是狗或者其他猫咪，本对夫拉菲所表现出的温柔天性就会消失得无影无踪。猫和狗是必定会激发出它斗争天性的两样导火索，而我们素日里熟悉的那个可爱又绅士的猫咪会在这种时刻瞬间化身为忍者战士。

在救了本之后，我又爱屋及乌地把同情心分给了更多的流浪猫，给它们喂食。大部分流浪猫都是来去匆匆，但是有一对成了常客，我几乎每天都会为它们准备一顿饭。其中一只是个小公猫，我会把它的碗放在后院里，就像曾经对本做的那样。另一只是个漂亮的小母猫，它是这些寄养动物里的"雾都孤儿"，因为它总是盯着厨房的窗户，索要更多食物。只要它们老老实实地待在外面，那么本对这两位客人是表示容忍的，但是，如果它们胆敢把爪子踏上前门，可就是另外一回事了。

"你要对它们友好点。"如果那两只流浪猫中有谁试图跨过门槛，本就会发出嘶吼，而乔治总会这么对它说，"你也曾经睡在街边，和它们一样吃不饱饭，不是吗？"

但是本只会生气地瞪他一眼，然后跑到沙发上去。

这是我的房子，乔治。我不希望任何人进来。你明白了吗？我不喜欢其他猫。

大多数时候，我们都避免引起麻烦，但是有一天，那只被我们叫作"小家伙"的小公猫，决定扩大一点探索范围。迄今为止，本都把凉亭完全视为它的私有财产，那里曾是我略坐小憩，凝视整个花园的好地方，现在已经被本接手为它的私人宅邸了。如果它没有在起居室或者床上，那么你总能发现它正坐在凉亭里。从那里，它能够密切地监视着一切事物的发展。

那一天，我和乔治正在摘番茄，小家伙则溜进了花园，朝起居室的前门走去。本正在睡觉。至少，它看起来是在睡觉，直到小家伙经过凉亭时，它的眼睛猛地睁开了，在小家伙又向前门靠近了一步时，它的眼睛密切地注意着它。突然间，仿佛一道闪电划过，本以迅雷不及掩耳的速度跳下了它的椅子，怒发冲冠地跑过草坪，如同狮子般大声咆哮起来。

滚出去！滚开！你竟敢闯进我的房子！

本全速冲向小家伙，小家伙回过头来，看到它的敌人仿佛一列货运火车般气势汹汹地冲了过来。小家伙看了它一眼，耳朵向后倒伏，撒腿就跑，在本凶狠的追逐中去寻找躲避的地方。最终，它纵身一跃，跃过花园的篱笆，消失了。乔治和我目瞪口呆地站在那里，手里满是番茄。本高昂着头颅蹦蹦跳跳凯旋而归，乔治笑得前仰后合，而本还不断在他面前甩动尾巴。本看起来对这次出击很满意，而后它就一直趴在门口的露台上，以确保小家伙不会再来一次偷袭。

本在那一天的胜利让它信心大增，于是它开始想要扩张自己的领土，而其中最奇怪的一部分是我的汽车。无论我什么时候去洗车，它都要跟着我出来，钻进车里，跳上仪表板，透过挡风玻璃看来往的路人。伴随着汽车音响里的音乐，我和乔治把整辆车都涂满了肥皂泡沫，而本就那么看着我们。

干得好。继续。我觉得你漏掉了一点，就在那边，是不是？

即使它在车里，它还是要坚定不移地监视它的领地，这便导致了各种各样的问题。我拆下了两间卧房里的百叶窗，因为本总是用脑袋去撞它们。取而代之的一对窗帘也没能有什么改善，本总是用它尖利的爪子顺着窗帘攀援而上，把窗帘抓得全是破洞。厨房的窗帘也是一样的命运。本就像是个永恒的守望者，就算它偶尔会让自己喘口气，它依旧会引起其他的大问题，比如把爪子伸进一切它抓得到的东西里去，从沙发到地板到板凳腿，无一幸免。我经常一走进起居室，就发现它正在磨自己长长的爪子，它全身的毛皮都很蓬松，目光愉悦而朦胧，就像一只喝醉酒的臭鼬，一脸狂喜地在纺织物上抓挠。对于本来说，撕扯我柔软的家居用品如同抵达了天堂。我给它买了个猫抓杆，但是没起到什么作用，因为它无法带来太多乐趣。

"你能停下吗？"当我走进起居室，看到本又把利爪深入地毯里或者把沙发垫撕扯得快要从沙发上掉下去时，我都会冲它大喊。

但乔治总是会维护他的好朋友。"那些猫抓杆是给猫用的，所以它们不合适本。"他会告诉我，"它就是喜欢地毯，我们为什么不能去买一张新的呢，反正这张已经很旧了。"

"因为钱不是长在树上的！"我提高了声音，"我不可能仅仅因为本想要抓，所以就去买新的沙发、新的地毯、新的百叶窗和新的窗帘！"

"哦，妈妈，"乔治对我说，"本喜欢那些，而你也只能生活一次，不是吗？"

我知道乔治永远也不知道我要说的重点是什么，而且我发誓，只要我们一谈论到这个棘手的问题，本就会坐到他旁边，挂着满意的笑容看着我。

你是不能指责我的，你知道吗。我是乔治的猫，他实在太好了，他会让我做我想做的事情。放弃吧，朱莉亚。我那么喜欢沙发，绝不可能远离它的。

不过，就算本的淘气总是会惹出问题来，大多数时候我们还是忍不住因为这些问题而笑出来，它实在是太大无畏了。别说本赶走的猫和它自己的体型体重几乎差不多，它好像根本就意识不到它驱赶的那些狗甚至是他的两倍大。在猫咪之后，狗成了它最大的敌人。虽然它可以忍受妈妈的两只狗欧利和萨利，它初来乍到时对它们表现得满不在乎，但是慢慢地，它就开始表现出它的好斗来。当欧利和萨利造访时，本会坐在客厅窗台的边缘上，专心致志地盯着它们俩，以至于我们都在笑它：看起来它好像是想把它们两个催眠了。

然而，当我不得不暂时收留一只狗时，本的耐心到了极限，在这只狗得到关注的时候，本觉得自己受够了。

亚瑟和他的妈妈出去度假，我答应照顾他们的英国斗牛犬，杰迪。我一直都很喜欢他：杰迪生性甜美，在它感冒的时候，它会把自己裹在毛毯里，活像个小婴儿。它最喜欢的事情就是在我开车出去买东西时，坐在副驾驶上。但是本唯一想做的，就是恐吓我们的客人。杰迪连一点自己的小空间都没有，本会一直跟着它，把它看得紧紧的，使得可怜的杰迪什么也做不了。而我唯一能帮上它的，就是当杰迪必须要解决日常需求时，我会跟着它们一起去花园。但是一天下午，杰迪在我没看到的情况下出去了，于是一切都乱套了。

"本在骑马！"我听到乔治在喊，我跑进了起居室，看到杰迪冲了进来。

它一直在厌恶地打转，想把什么东西从它的背上甩下来，那是一个长长的黑色身影，参杂白色皮毛：一只猫。是本爬到了杰迪的背上，如同在骑一批野性难驯的小马驹。

"放开它！"我尖叫道，"放开那只可怜的狗！"

但是本没有一点要放手的意思。它的爪子甚至抓得更紧了一些，杰迪嚎叫着又冲进了花园，仍然拼命想要甩掉背上的攻击者。但是由于本抱定了它不松手，于是杰迪做出了最后一击，奋力甩动身子把本驱赶走。本腾空一跃，稳稳落地，呈进攻状。杰迪意识到自己终于重获自由，虚脱地躺在地上，透过他的爪子，茫然无措地看着我，而本则在一边蹦蹦跳跳，来回逡巡。它可能这一次是被杰迪摆脱了，但是它仍旧计划着下一次的恐怖袭击。这对本来说是一次胜利，而它想要得到的则比这更多。

周末结束的时候，杰迪终于回家了，而本会坐在路边的一棵树上，等着杰迪出来散步。大多数时候，它只是恶狠狠地盯着杰迪，但是有一次，它从树枝上一下跃至杰迪面前；如果这只小斗牛犬不小心走错路，跑到我们的车道上来，本会用后肢站起来，用爪子去打杰迪的脸。

有时候，它的国界线并不是实实在在的，而是，看心情。当本意识到戏弄一只狗有多开心之后，它找到了一个最佳受害者，那就是温迪的约克夏梗，斯科拉菲。整个夏天，温迪都会给客厅的门装上安全防护门，这样她在开门通风换气时，可以确保斯科拉菲老老实实地待在屋里，不会乱跑。当本发现斯科拉菲是在门后面绝对出不来时，只要它看到温迪的房门是打开的，它就会沿着街道不请自来，坐在门前的台阶上，盯着屋里的动静。无一例外地，斯科拉菲会急得上窜下跳，想要越过安全防护门住抓本。然而，斯科拉菲的个头实在太小，它从来就没有如愿以偿过，而本则津津有味地享受着每一次折磨它的过程。它从来不踏进温迪的房子，也不会离可怜的斯科拉菲太近，它就是坐在斯科拉菲根本不可能碰到它的地方，看着它发疯。

我觉得它在对待其他的猫狗时有点盲目，并且我慢慢发现，它在对人的感受上更客观。一开始，我真的觉得它是一只非常友好的猫咪，因为本喜欢所有我和乔治都深爱着的人：妈妈过来的时候，它会跳起来要她抱；诺布、多尔或者男孩儿来的时候，它会在地上打滚，让他们给自己揉肚子；如果温迪来敲门，它会飞快地冲过去，我觉得它很可能会刹不住闸直接冲到街对面去。

但几个月过去后，我开始察觉，它对人的选择条件并不仅仅那么简单。你认识的人里一定有一些是那种似乎总是处在麻烦中的人，在他们谈论自己的麻烦事时，一杯茶根本不够。我就认识这样一个女人，我们可以称她为苏，她似乎总是身陷麻烦之中，而我又恰好是那个她想要谈论这一切的人。苏总是会在白天或者夜晚突然出现，看起来状况就很不好，我会坐在沙发上听她讲述，而乔治则在一旁转来转去。他通常不太会主动反感什么人，但他真的很不喜欢苏，因为她刻意涂黑的皮肤和文身一样的眉毛，让他觉得她仿佛是个小丑，所以他一点也不喜欢她。

本也同样从未靠近过苏。我不知道我是否有勇气告诉苏，她的来访并不是每一次都那么受欢迎。但是在发生意外之前，我一直都没有机会告诉她。一天晚上，当苏突然出现蹒跚着走向乔治时，本用爪子抓了她，以保护自己的朋友，自那天晚上之后，我就再也没有见过苏了。或许这只是一个巧合，但我还是怀疑她是否早已感觉到已经快到她的最后期限了。我一直都非常客气地送苏离开，但本却毫不含糊地告诉了她我们对她的感觉。我很了解它，我知道它应该不会攻击人类，所以，我甚至有那么一点感谢它，是它代表了我们所有人，在苏的面前表明了态度。所以如果它能够对其他的狗和猫也稍微友好一点点，那么生活可以说真的完美了。

许多人在同他们的宠物说话时，都会有比较特殊的声调。有的时候又尖又细，有的时候则粗声粗气，不管那是狗调、仓鼠调，还是其他什么动物的调调，他们一般都会在只有自己和宠物单独相处时才会使用，因为怕别人会笑话他们。但是我一点也不担心被嘲笑。我和乔治会用猫调在光天化日下谈论所有的、任何的事情。猫调给了我们非常快乐的生活，充满乐趣，并且把我们之间联系得更为紧密。我们从不避人，所以妈妈、男孩儿、诺布和多尔造访时，总会听到我们这样说话。他们并没有担心我会因此丧失威信，反而在看到这对乔治有好处之后，也同我们一样，开始使用这种猫调说话。诺布和男孩儿，他们一个是出租车司机，另一个是地方政务委员会的排水技术员，你能想象这两个大男人一起用这种高亢尖细的声音说话吗？他们也想要尽一点力，帮助乔治从自己的世界里走出来。我们谁也不明白，为什么猫调会有用，但是我们全都亲耳听到乔治会用它来讲述那些他从来不会谈及的事情。

"我外婆是退休人员。"每当妈妈到来时，他都会用猫调和本说。

"没错，我是。"妈妈也用自己特殊的声音回应他。

"她很老了，"乔治接着说，"无论发生什么事情，我妈妈都会打电话给她妈妈，因为她已经退休了，而且她知道所有的事情。"

猫调为我打开了一扇通往乔治世界的窗，他会开始用他以前从未有过的方式问问题，并聆听答案。以前，当妈妈尝试同他说一些我小时候的趣事时，他从来都没有反应。但是现在，当她再同他说我是怎样跌跌撞撞地长大时，他竟然会哈哈大笑。妈妈会告诉他，有一次，我因为误把气球吞下肚而被外公打了一顿；还有一次，我把塑料茶具组里的杯子拴在氦气球上，结果它被气球带着飘向了广袤的蓝天，我为此哭了好几天。乔治很爱听这些故事。

"你真应当看看她的脸。"在乔治笑的时候，妈妈也快笑出眼泪来了。

猫调可以让乔治来谈论本，或者通过本来说话，这比让他谈论自己，或者作为自己来谈论什么要容易得多。于是，在我们同本相处的第一年末尾，我猜想，我是不是也可以用这种猫调来同他谈论其他事情。所以，纪律，是我想通过猫调来看看是否能起到帮助作用的第一件事情。我们几乎没有在任何地方斥责过乔治，因为那些规矩对他来说根本就没有任何意义，而且经过这么多年，我也明白了为什么会这样。

但有些规则是非常清楚的，不是吗？例如，乔治必须要明白他决不能够去伤害别人，所以在他很小的时候，如果他打了别人的什么部位，我就会在同样的地方打他一下；如果他失去控制横冲直撞我就会踩一下他的脚；如果他在操场上揪着女孩儿的马尾辫不放，那我也会拖住他的头发。通常，这需要用好几年的时间才能让乔治明白我想要教给他的东西，而且，向他演示什么叫做受伤也浪费了我很多时间。好吧，没有那么夸张，但真的有点多，而他则会躺在地板上，让我叫救护车，他不是说我弄伤了他的胳膊，就是说我扭断了他的脚。虽然他最终学会了某些规则，但是还有很多其他的规则是很难教给他的，因为和非黑即白的事实相比，那些规则要更关乎感情，也更复杂。所以它们对乔治来说，是不合逻辑的。要向他解释那些准则，就如同要告诉他天空是粉色的，上面还有一些绿色的斑点。而现在，我有了本，去教会乔治那些复杂的准则。

我从打嗝开始讲。乔治有个非常糟糕的习惯，就是特别大声地打嗝，这总是让我很困扰，因为我想让他明白，礼节有时候是必要的。无论我说多少次——在过去的几年里我说了不知多少次，乔治依然这样做。所以，我决定换一种方法。

"本不喜欢你那样。"有一天，我们坐在桌边，当他打嗝时，我这么和他说。

在我说的时候，他的脸上没有反应，但是在他思考的几分钟里，他很安静。

"它不喜欢吗？"乔治最终问道。

"不喜欢。"

"为什么？"

"因为它觉得这样很粗鲁，本不喜欢粗鲁。"

"真的吗？"

"没错。本是一只非常懂礼貌的猫，他不同意你那样打嗝。"

乔治没有再说其他的，但是在那次对话之后，凡是他想要打嗝的时候，他就会冲出饭厅，去找一些厕纸来。他会把厕纸遮在嘴巴上，然后依旧打出一个很响亮的嗝，但至少，这是一个好的开始。在他明白我要表达的意思，并开始这个额外的新习惯时，我真的很想笑。自从知道本是一只非常懂礼貌的猫之后，他开始让任何在他面前打嗝的人知道，这是不应该的。

"本不喜欢这样。"他很认真地说，"它认为这很粗鲁。"

猫调并不仅仅只是让我能够更好地同乔治交流，更重要的是，它也同样让乔治更好地同我交流。纵然他从未对书本产生过兴趣，但我能够看出来，他的身体里蕴藏着许许多多的故事，它们只是需要通过并非纸笔的方式被讲述出来。

"你喜不喜欢沙子城堡？"坐在沙坑里时，乔治会问本，而本则仰头看着他。

"我喜欢，但是我更喜欢温莎城堡，那里没有一粒沙子。"乔治扮成本回答道。

"好吧，我要为你建造一座城堡。"乔治又跳回自己的角色里，说道，

"不过你必须要站在桶上。因为我一旦打开城堡大门，水就会涌出来，漫过城堡周围，你的脚就会变湿，好吗，老兄？"

而后他又再一次替本说道："好吧，我会的，我不喜欢被弄湿。所以别把我弄湿，拜托了，乔治。我只有在穿潜水衣的时候才能被弄湿，而那是为假期准备的。"

"难道你不喜欢在大海里和那些鱼一起畅游吗？"乔治问他，"我游过，看见过它们。所有的鱼都在湛蓝湛蓝的大海里游泳。"

那一天路易斯和我们在一起，他穿了一身海盗套装爬上了蹦床。

乔治严肃地看着本。"你也有一套和路易斯一样的海盗套装，是不是？"他问道，"但你的是真的，因为你是一只约翰尼·德普[1]特技猫，是不是？"

在乔治喋喋不休的话语里，路易斯已经在蹦床上上下翻腾了。

"本是超人的两倍，你知道吗，"乔治对路易斯说，"路易斯，如果你从蹦床上掉下来的话，它会打开隐藏的翅膀，然后去救你，因为你太瘦了。本不是一只猫。它是一只特技猫。"

乔治对我们说他的故事时，路易斯和我一起边听边笑。尽管他并没有看着我们，但我能看得出，他很乐于看到我们喜欢他所讲述的故事。

"我要向路易斯展示，本可以向约翰尼·德普那样战斗，"他又扮作本说道，"当我们飞得很高时，我们能够碰到月亮，乔治很喜欢这样。妈妈不知道我们是海盗。但我们确实是，对吗？我们知道我们是，乔治和我。"

---

[1] 美国好莱坞著名男演员、国际巨星。

10. 有你在，一切都还好

作为一个单身妈妈，最需要直面的情况就是，这个家里总是你和孩子一对一。你是这个世界上唯一一同他们生活在一起的人，一天又一天，也是唯一一个能够完全明白他们需要的人。如果你的孩子是自闭症，那么这些意义就显得更为重大。对乔治来说，霍华德是个好爸爸：他们一起去游泳，或者去电影院，如果我需要的话，他会照看上乔治几个小时，而且，我们搬到新房子里的第一个圣诞节也是同他一起度过的。但是我们依然没有一天接一天去共同扮演父母的角色，这也就意味着，如果这一天我过得很糟糕，我根本没有人可以倾诉，在觉得负担过重的时候，我无法卸下重担逃离一小会儿，也没有肩膀可以让我依靠哭泣。至少，在本到来之前，我一直都很孤单。

在他成为这个家的一份子之前，只要乔治不去学校的日子，这一整天的每一分钟，我都和乔治待在一起。有很多时候，我都不知道自己还有没有力气去回答他的下一个问题，或者还有没有耐心听他反复无意义的念诵。只要有什么东西进到了乔治的脑袋里，他就没有办法把它弄出去，在那样的日子里，他就会像个影子似的跟着我到处转来转去，并且嘴巴里不断重复着那个在他脑袋里根深蒂固的东西。而食物是他最常谈论的话题，时间则是另一个。

"我什么时候能喝我的茶？"他一放学回来就问。

"差不多再过一个小时。"我告诉他。

"那是几点？"

"五点。"

"我吃什么？"

"鸡蛋和豆子。"

"几个鸡蛋？"

"一个。"

"不要太脆？"

"不，乔治，刚刚好。"

"蛋黄是软的还是硬的？"

"边缘是硬的，中间是软的。"我告诉他，因为我知道这是他喜欢的。

"我吃鸡蛋和豆子的时候，可以吃一点薯条吗？"

"如果你喜欢的话。"

"蛋白会很多吗？"

"不是很多。"

而后乔治会想一下。"停！"他大声喊道，"我要吃面包和果酱！"

"好的。"

"会是普通的果酱吗？"

"是的，乔治。"

"不，我要薯条和鸡蛋。"

"好的。"

如果乔治停止说话，那只是表示，几分钟之后他又会再度开始。

"妈妈，妈妈，妈妈，妈妈，妈妈，"他会一边唱一边跟着我从一间屋子到另一间屋子，"妈妈，妈妈，妈妈，妈妈，妈妈。"

"什么事，乔治？"

"我想要鸡蛋和薯条。"

"好的。"

"我什么时候能吃？"

"五点。"

"那还有多少小时？"

"还有一小时二十九分钟。"

"多少分钟？"

"八十九分钟。"

"多少分多少秒？"

"八十八分钟四十五秒钟。"

"我不喜欢我今天的午餐。"

"为什么？"

"酸奶很滑稽。"

"是吗？"

"和我喜欢的酸奶不一样。"

"我不那么认为，乔治。"

"就是不一样。"

我曾经给过他一次树莓酸奶，而不是草莓酸奶，而后就再也没听他提起过那瓶酸奶的结局了。

"我的苹果没有昨天的那么脆。"

"是吗？"

"我的橘子吃起来也不太一样。"

"是吗？"

"热热的。"

有些时候我试着走开，但是乔治依然不停地说。

"黄油从我的饼干边缘漏出来了，我再也不想吃它们了。"

"你不一定非要吃它们。"

"我再也不想吃它们了。"

"我知道，乔治。"

"我再也不要吃饼干了。"

"好的，乔治。"

"我不想吃饼干。"

乔治依然喋喋不休，如果我尝试告诉乔治我有点头痛，或者这一天我
已经回答足够多他的问题了，仍旧没有任何作用。

"妈妈有点累了。"我说。

"瑞恩在学校里离我太近了，他闻起来像芝士洋葱饼干。"

"是吗？"

"是的，詹姆斯推我了。"

"是吗？"

"在大厅里。在大厅里。在大厅里。他的耳朵里有黄色的东西，让我
觉得恶心，我没有办法看他。"

他紧紧跟着我，寸步不离：如果我正在我们的小厨房里做饭，乔治就
会站在一英尺之外，不然房间太小我会绊倒他；如果我去洗澡，他就会坐
在马桶上；晚上我去刷牙的时候，他就站在我旁边。唯一能够让他离开我
身边的方法就是转移他的注意力。有时候，我会提议玩捉迷藏，这样我就
能在羽绒被子里躺上几分钟。在乔治满屋子找我时，我可以躺在黑暗里，

并希望这黑暗将我完全吞没。

　　然而，随着本改变了乔治的许多方面，也同样给我的生活带来了改变。有它在的话，乔治和它玩的时候，我就能够休息一会儿。这就意味着我可以飞快地洗个澡，或者去花园里照料下玫瑰。并且，随着本越来越了解乔治需要什么，它也同样清楚什么时候我比较低落，这通常都会是在辛勤的一天结束时。当乔治最终进入梦乡，我会在他身边坐上一会儿，确定他真的睡着了，而本则会跳上我的膝头。

　　"又是漫长的一天，巴布。"我抚摸着它，说道，而它则望着我，发出细微的咕噜声。

　　这声音对我来说很神奇。因为它听起来就仿佛是听到了海洋的节奏，或者是行驶在轨道上的列车发出遥远的隆隆声。规律，而令人安慰。每一个妈妈都担心自己是否做到了最好，但这很难，因为你只能凭借一己之力，没有人能够分担你的疑虑和恐惧。我就这么坐在乔治的卧室里，那些想法在脑海中盘桓不去，微弱的灯光照在他的脸上，我看着他熟睡。但是在我抚摸本时，它所发出的咕噜声，让一切变得好受了很多。它就是生活中不变的常量：一天又一天，它就那么看着我们，令人安心，并分享我们所有的欢乐与忧愁。

　　在我最终确定乔治能够持续睡上几个小时之后，我会下楼去，环顾一圈那些必须要完成的清理工作，而本则在我的腿间穿梭来回。

　　坐下来一分钟，朱莉亚，休息一下。半个小时之内，它们还会在那里。

　　于是我会坐下来，抱着本，在抚摸它的时候，能够感受到那种神经的紧绷感在消失。

　　你感觉如何？你还好吗？因为我的拥抱你有没有觉得好很多？

　　就是和本在一起的，静默的几分钟，已经足够让我平静下来。不再担心我的健康，乔治的健康，学校里会发生什么，乔治是否永远也不会拥抱我，说"我爱你"，统统都不再担心。我会同本说话，而后觉得没有那么害怕了。你可以说我疯了，但事实就是如此。

本给我的最重要的东西，就是它对乔治的爱。这种爱很强烈，以至于一开始我不能理解它。我甚至会觉得，他们之间的亲密感情是不是我自己想象出来的，以此让自己觉得好受一点？我确实不明白，本为什么会明白这些事情——如果乔治很安静，它会跳来跳去给他打气，如果乔治兴奋过度，它就会躺下来，直到乔治也安静地坐在它身边。

但是慢慢地，我学会了不去质疑他们之间的关系。它就是真实存在的，并且逐渐打开了乔治心里更深层的一些东西，教会他去爱另一样活物，并照顾它。而本也同样如此爱着乔治。乔治在楼上睡觉，我们并肩坐在沙发上，本会跳上我的膝头，用爪子抱住我的脖子，在它凝视我并咕噜叫之前，它会给我一个我一直以来最渴望的那种拥抱。

你知道的，乔治是个可爱的男孩。我能够看到他的善良，他和我相处得很好。我们在一起的时候，有很多乐趣。

对我们两个来说，本的意义是不同的，但都同样重要：于乔治，本是一个重要的玩伴，能够把他从自己的世界里拖出来；于我，它是个令人安心的朋友，即使是最糟糕的日子，似乎有它在，也都还好。

乔治和我正坐在车里。阳光很好的一天，我们正驱车前往克莱福德，是伦敦市郊，就在 M4 高速公路旁。那里离希思罗只有几英里，虽然离机场很近，但在克莱福德，你完全可以逃离日常喧嚣的一切，因为那里有个很大的公园，在我还是孩子的时候，我们总是去那里玩。离开主路之后，爸爸会开车穿过一条小巷，抵达一条河边，最后把车停在桥下。

"好了，那么，"他会对坐在后座的我、诺布、男孩儿和多尔说，"让我们拭目以待，看看谁抓得最多。"

我们会纷纷跳下车，跳进小河里，用接下来几个小时的时间抓蝌蚪，而后围着树林疯跑，玩牛仔和印第安人游戏，爸爸妈妈则躺在一旁的草地上。等我们都玩够了，他们会把我们召集起来，数我们抓到的蝌蚪，再让我们把它们放回小河中去。

这些年来，我也一直带乔治做这些事情：天气好的时候，比如今天，我们会一起驱车前往克莱德福，在钢筋水泥的丛林里寻找一点乡村的气息。今天，我们得先帮妈妈买点东西，乔治坐在车里，一直盯着窗外的豪恩斯洛荒原。

"本曾经和大盗迪克·特平[1]一起在荒原上驰骋。"乔治用猫调说道。

"是吗？"

"这是全英国最危险的地方，但是本一点也不害怕。迪克也不害怕。他们骑在马背上，在黑夜里驰骋了好几英里。"

关于迪克·特平的故事，乔治从来都讲不够，他总是在讲述他如何快马加鞭穿越豪恩斯洛荒原，最终停在贝尔酒吧门口，这样他就可以去喝上一杯。

"本和迪克·特平在荒原上吗？"我问。

"没错，他们都有抢。"他盯着窗外，"但是荒原现在已经被停车场和垃圾给毁了。大部分的树都被砍掉了，周围的交通让那些树得不到好的空气，只有臭气。"

随着年龄的增长，乔治越来越在意环境问题，我们也常常讨论这些问题，比如塑料袋怎样伤害到鸟类和鱼类，我们丢垃圾要小心一点，这样才

「1」《大盗迪克·特平》，1976 年上映的电视剧。

能照顾到周围的环境。那些有关环境污染的事实和数据，都会被他深深记在心里。我把车停在妈妈家门口时，乔治的目光转向了对面的军营。

"本希望我在十八岁的时候能成为一名士兵。"他说，"它认为我会是个很好的士兵。它曾经就是，还上过战场，这并不容易，你得扛着枪狂奔，还要射击别人。它不开枪。它不喜欢射击。它只放空枪，把别人都吓跑。"

"他们去哪里了？"

"它不知道。但是它的胳膊和脚都被射中了。它的鞋丢了，帽子也破了个洞，还失去了它最好的朋友。他们都很年轻，家人都哭了。"

"他们很难过吗？"

"你必须要前进，擦亮你的靴子，睡在帐篷里，还要尽快远离炸弹。你得藏在地下的洞穴里。如果你有过动症的话，你就不能参军。我可以参军，因为我已经没有过动症了，是不是，妈妈？"

我看着乔治，他把脸转向了别处。

"你现在已经好多了。"我对他说，"你是个好孩子。"

他盯着窗外，没有再说话，但是我很想回到我们的对话中，我想看看我能否让它继续。每当我们交谈，并同时在这交谈中迷失了自我时，时间都仿佛就此停止。

"本为什么离开了军队？"我问。

"因为它是音乐家，它吹喇叭。"乔治告诉我，"它受伤了，它不会回去了，因为他们那些人都专横跋扈。"

乔治常常像这样把一个词重复两遍，他总是这样。

"它不喜欢慢跑，而且在军队里它周末不能躺在床上睡懒觉。"乔治说，"它一点也不傻。它喜欢睡懒觉。"

"战争结束后它做什么了？"我继续问。

"它给军营看大门。"乔治看着军营的大楼，说道，"但是有人喊它小猫小猫，它很不喜欢。它的枪越来越重，它就给丢掉了。但是枪走火了，有人死了。可这是意外事故，不是犯罪，也不是谋杀。这就是为什么本现在在我们家。"他依旧盯着军营的大楼。

"向门卫致敬！"乔治突然喊到，"向门卫致敬！三二，三四，三二三四！"

他开始一遍又一遍唱起来，我冲出车门，冲进了妈妈的家门。

"这是你的东西。"我大声对她说。

"要不要喝杯茶？"看到我的时候，妈妈问道。

"不，我得走了！乔治在说话。"

"说话是什么意思？"

"就是说话。真的在说话。他在告诉我本的故事。"

我没有停下来去听妈妈的回应，而是飞快冲回了车里，乔治还在反复唱诵。我必须要再次抓住他的注意力。

"我年轻的时候，在军营里去过歌舞厅。"我大声说。

乔治停止了叫嚷。"我知道！"他说道，"你是坏家伙。你的名字是专横靴子。"

我笑着发动了汽车。"看看那棵树上的猫。"我说着，指向那只根本不存在的，想象中的猫。但在我们的交谈中，我们都能够看到它，"我希望它别掉下来。"

"它会的。本认识它。它总是蹲在医院楼顶。可是它每个星期都会掉下来。它是个愚蠢的攀爬者。它喜欢让他的妈妈每周都叫消防员来。它以为自己是个英雄。它喜欢备受瞩目。"

很快，我们就转向了通往河边的夹道，熟悉的路途在面前缓缓铺展开来。

"外祖父总说，我们到了桥边就要鸣响喇叭，好让人们知道我们来了。"

我用猫调说道，"如果在我们鸣笛后，有别的人也摁响喇叭，我们就会很兴奋，我们会觉得那是他们在同我们打招呼。"

在我减速过桥的时候，乔治什么也没有说，但是当我开到桥中间，他突然站了起来。

"按喇叭！按喇叭！"他喊道，"我们来了。我们能听到桥下的鱼。本知道这些鱼，它骑自行车过桥的时候会抓它们，但是它总是把这些鱼放回去。"

我现在可以大声笑出来了，因为乔治又继续了这个对话。看来他今天真的很想说话。

"是吗？"我问道。

"是的，它和它的朋友们在这里见面，一起抓鱼。它总是抓得最多的那一个。它的叔公曾经就是个钓鱼好手。鸭子们游过来看它抓鱼。它们想吃它的果酱三明治。本的朋友们有火腿，但是它们只想要本的果酱，因为它们是素食鸭子。"

我们一起爆发出笑声，在我停车的过程中，我们两个都笑得前仰后合。

"仙女们就住在桥下，"乔治对我说，"只有万籁俱寂的时候她们才会出来。喇叭会让她们跳脚。她们会飞，而且会制造亮光。但是你要很用力才能看到她们的脸和翅膀。她们总是在咯咯笑。她们喜欢太阳，因为太阳会让她们开心。"

我很想抓住乔治，满心欢喜地用力拥抱他。现在的感觉，就好像是身处于只属于我们两个人的世界，而他正在向我展示通往这世界核心的路途。他正在向我讲述一个故事，而那个故事里是他脑袋里所有的想法和图画——仙女和士兵，本的叔公和素食的鸭子，他心里的一切都是那么生动而真实。

我不希望这个故事结束。

"本有没有在河上划船？"我问道。

"它有。"

"本都在船上做什么了？"

"鱼群经过它的船时，都从水里跳出来和它打招呼。岸边的青蛙和老鼠也都抬起头来看它，同它打招呼。它们喜欢生活在这个没有汽车的地方。这里从未被改变，一直很平静。后来，本停了下来吃午餐，它和大家分享了它的野餐篮子。"

"它的篮子里有什么？"

"它没有轻装上阵。它有最大最好的棕色篮子，一打开，里面全都是最可爱的食物。果酱、饼干、虾味鸡尾酒薯片、草莓饮料和冰激淋。还有一大壶茶。它有一块好大好大的红白相间的桌布，就像妈妈的那个一样。"

"是吗？"我说道，我的心中充满着蠢蠢欲动难以抑制的情绪，可我还是要努力保持语调的平稳。

"是的，"乔治说道，"阳光照耀在河流上，它抬起头来，看着岸边的垂柳，低低地垂在水面上。有的时候有点颠簸，但是它把心情用歌声唱出来，就那么悠哉地漂流在河上。它能唱得特别大声，整个树林里都在回荡他的歌声。在它缓慢而舒适地顺流而下时，它一直在歌唱。"

"它在唱什么？"

"安东尼·纽利的《为什么》。"

"你说什么？"

"《为什么》，你的歌。"

我一个字也说不出来了。我一直都很喜欢一些很老的歌手，比如弗兰克·西纳特拉。而安东尼·纽利的《为什么》，是过去的几年里我给乔治唱得最多的一首歌，我一遍一遍地为他重复这歌词，希望他能够听进去，能够明白一点。可是，虽然我已经给他唱过不下一千遍，他也从没有用任何方式告诉过我他听进去了，听明白了。我仍旧深爱那些歌词，因为那里有乔治应当懂得的一切：

　　　　我永远也不会让你离开 / 为什么 / 因为我爱你
　　　　我会永远这样爱你 / 为什么 / 因为你爱我

　　我看着乔治，屏住了呼吸。"本在唱《为什么》？"我小心翼翼地问。

　　乔治下了车，向河流走去。我也从车里下来，站到他的旁边。

　　"《为什么》，"乔治说道，"你总在这里放这首歌。这首歌。'因为我爱你'。"

　　这是我第一次听到他说出这些话，就在我们并肩站立的这一刻，世界仿佛成了遥远的存在。

　　"没错，亲爱的。"我对乔治说，"因为我爱你。"

11. 上学的尴尬

　　乔治已经决定要把自己的第十一个生日变成他和本两个人的生日，于是我最终给本买了一根栓有小老鼠的鱼竿。在我告诉他我们并不知道本究竟是何时出生后，乔治就决定这一天也同样是本的生日了。我们在花园里给他们两个办了生日茶会，妈妈、男孩儿和他的孩子们，诺布、多尔和戴尔都来了。乔治坚持让我买巧克力生日蛋糕和海绵蛋糕卷，因为这两样都是本的心头爱。此刻，他们正一同坐在草坪上，乔治拿起了一罐泡沫瓶。他一直都喜欢这东西，每一年的生日，我都允许他把泡沫喷得满屋都是，虽然过后我总是对此后悔不已，因为在数天之内，我都能在屋子里发现残留的泡沫。而乔治的另一样最爱是派对响炮，所以那一天我们拉响了许多响炮，花园因此变得五彩缤纷。

　　"你准备好了吗？你镇静吗？"乔治对本说。

　　乔治说话的时候，本的脑袋晃来晃去，等待热闹的开始。

　　"开始咯！"乔治大叫一声，按下手里的泡沫瓶。

　　粉色的泡沫串从罐子里喷涌而出，本追了上去。乔治也跟着奔跑起来，疯狂地追着本喷泡沫，小花园里不一会儿就满是泡沫串了。本冲上了蹦床，乔治也紧随其后。一眨眼的功夫，蹦床就在疯狂的泡沫中湮没消失了。我抑制不住地笑起来。

看到他们俩像这样玩在一起我由衷地感到喜悦，心脏仿佛都要唱起歌谣。本实在太想成为一个小男孩，最近它甚至会开始爬上乔治的小台球桌，那是乔治的圣诞礼物。每当乔治击中一球，它就会先躺在那个球袋上，而后慢慢走到台面中央，用爪子去击球。它还想爬上我的跑步机，那也是我得到的礼物，因为我没有办法离开乔治去健身馆：每当乔治在上面跑步时，本就会在一旁转来转去。只要看着他们，我就止不住想笑。

而且，本总能找到新的方法来吸引我们的注意力，它最近找到的方法恐怕是最好的一个。在它最初同我们一起生活时，我带它回兽医院做过体检，因为他们提醒过我，本身上被切除掉的囊肿有可能发展为癌症，所以它刚刚来到家中时，乔治总是对它的各种状况大惊小怪。体检结果表明，本已经痊愈了，我们都长长地松了一口气，如释重负。我们都以为本再也不用去医院了，结果我又在它的耳朵后面发现了一个小肿块。不过医生诊断为脓疮，需要割除。结束治疗，缝合完毕后，本又重新回到了家中，而乔治则悄无声息地变成了南丁格尔[1]，照顾了本一个星期。所以现在，我觉得本一定是很想要生病，从而得到关注。

"它需要休息。"如果本安静下来，乔治就会很认真地和我说，而后他会把本放在沙发上，再给它的脑袋下面垫上一个枕头。

如果乔治觉得本生病了，那么他绝对不愿意让任何人碰本，而本则会欢天喜地的被毛毯包裹起来，享受着数小时不间断的拥抱。

---

[1] 因在克里米亚进行护理而被誉为"提灯女神"她是世界上第一个真正的女护士，"5·12"国际护士节就设立在她生日这一天。

"我们要不要看电影？"乔治问他，"你想看《飞越未来》，还是《加菲猫》？或者你想喝点什么？"

有时候，我会撞见本打哈欠，就好像它对这种关注已经厌倦了。但是，在表现出这种厌倦之前，本通常要持续病弱好几天，而后乔治才会开始疑惑，本是不是在耍他玩。

"你是在装模作样吗？巴布？"他问，"你真的还在生病吗？"

而每一次乔治这么问他，本都会回以无辜的喵呜声，于是乔治又会继续宠爱他。通常还要再多几天，本才会觉得自己被关注得够了。而一旦它觉得自己不再需要这样被关注，它就会在第二天早上同平常一样精神矍铄地醒过来，正常得不可思议。

乔治和本此刻正在生日派对上玩得忘我，而我则冲进屋里去取照相机。再冲回阳光下，我给玩在一起的他们两个拍下了一张照片。虽然我知道，他们还会有更多的生日将一起度过，但我还是希望能够捕捉到他们两个脸上转瞬即逝的微笑，将这样的一刻凝固成永恒。

乔治的精神病医师最常问到他的，就是关于学校的问题。

"你觉得大学校怎么样？"她问道，而乔治一般都是拒绝回答她，哪怕只有一个字。

每一次我们离开医生办公室，乔治都会告诉我他讨厌他的医生，而他真正讨厌的，其实是她问到的有关大学校的各种问题。因为他明白，这意味着改变的到来。在他过完十一岁生日的几个月之后，他便要从小学升入初中了，而他根本不会知道，这将成为他人生中最重大的一次转变。就目前来看，这种即将到来的转变只会让乔治感到害怕，当然也同样让我害怕。

在乔治必须要升学之前的两年里，我都在同专家讨论这个问题，因为对一个有特殊需求的孩子做出全面的评估需要相当长的时间。有数不清的表格和报告需要填写，以确保他们能够找到最合适的学校。虽然我很清楚乔治不能够进入主流学校继续学习，因为整个小学阶段就已经让他足够挣扎了，可是我仍然夜不能寐，翻来覆去思索着这件事情。他该如何去应对？在普罗克特女士休产假之后，乔治就已经觉得应对一切很困难了，所以，面对新的地方、新的同学，他会有怎样的反应呢？

　　而另一件让我关心的事情是：越是知道乔治不能去正常的中学读书，我就越担心要把他送去特殊学校，和那些有学习障碍的孩子在一起。到目前为止，他都是和正常水平的孩子在一起，如果把他送去特殊学校，我很担心他会被永远贴上与众不同的标签，并且再学会什么新的怪异举止。我们已经有了这么多进步，我不希望一切又回到原点，而且我很怕，如果让他去特殊学校，只会把事情变得更复杂更艰难。

　　乔治在意所有这些会议和讨论，他变得越来越不安，并且不断地把这些事情讲述给本听。

　　"我想去普通学校，"他说，"我不会去特殊学校的。我会给自己买一本书。我要自学。"

　　虽然我明白他的感受，但我也知道，当压力来临时，最好的方式就是让乔治去特殊学校。小学期间，发生了太多的事件——打架，误解，操场麻烦，来自家长们的愤怒，他们认为乔治就是个坏榜样。在这样的环境中，乔治是不可能觉得稳定且安全的。我很肯定，这就是为什么他还没有学会读写的原因。虽然乔治的数学很好，在他五岁的时候，我就可以把钱交给他，让他去商店，而他一定能带回来正确的找零，可是，这并不足够让他去主流学校就读。最重要的问题是，乔治需要一个特别包容的环境，绝不是一个孩子们进进出出的学校，因为他依然有被迫害的恐惧感，有一次甚至从学校出走。他的出走被我发现真是纯属运气，当时我正开车载着妈妈，却突然看到一个金发男孩沿着马路一直走。

"那是乔治吗？"我说道。

"不可能的，茱。"妈妈回应道，"他在学校呢。"

"好吧，如果那不是乔治，那这个男孩子真的和乔治很像。"

我放慢车速，好看得清楚一点。这个男孩在人行道上漫无目的地走着，车辆从他身旁飞驰而过。我停了下来，我看到了，那就是乔治。在我看到他的那一刻，我的胃里翻江倒海。他逃学了，在大马路上晃悠，在他完全陌生，完全无法理解的车流与人群中，可是现在，他分明就应该安全地待在学校里啊。我很气愤，他是怎么能够从学校里溜出来的。

"乔治？"我透过车窗喊他。

他盯着我。

"你在干吗？"

"我要去商店。"

"我想你应当在学校。"

他没说话。

"我正要去商店，你为什么不上来跟我一起去？"

乔治进到车里来，而我的心却好像被锤子在重敲，我不知道他已经一个人晃荡多久了。

"你什么时候离开学校的？"我问他。

"我不知道。"

随着到底哪所学校最适合乔治的话题继续深入，我越来越觉得困扰。在你已经独自承担太久之后，突然冒出许多人来告诉你他们的想法，这种时候就很难知道什么才是最好的了。更重要的是，我和专家们还存在一些争论，这很打击我的信心。争论的起源是乔治越来越糟糕的睡眠问题。他现在总是在半夜爬起来做一些事情，做这些事情的时候，他千真万确是睡着的，但这又并非简单的梦游：他会拿出他的乐高积木，把不同的颜色区分开，或者拿出一包卡片来进行分类。他的眼睛是睁开的，但他仍然在睡觉。一夜又一夜，他做着同样的事情，当我看到他这个样子的时候，我吓坏了，他看起来就像一个我没有办法与之说话的鬼魅。

医生们全都知道这一切，并且，在乔治开始小学最后一年的学习时，他们建议我们去一趟位于伦敦市中心的特殊治疗中心，那里可以帮助有睡眠障碍以及行为问题的孩子。我并不是很想去，但还是答应去看一看，我知道我必须要保持开放的心态。于是我们去了那里，那家中心很漂亮。建筑恢宏且空灵，孩子们有一只宠物兔，还有一间非常大的艺术教室，架子上摆满了色彩明艳斑斓的模型。我和乔治被带去了一个墙面刷满红蓝两色的房间，他们告诉我这里是控制室。

"如果孩子们打架、冲动，我们就把他们带到这里来。"一个男人对我说，"这是在孩子们冷静下来之前，能够确保他们安全及镇定的最好方法。"

我想起了乔治的精神病医师曾对我说过的话，她说有时候，为人父母，就是要为孩子们做最艰难的选择，如果那个选择对孩子是最好的。但是我并不确定这是不是就是她所说的那种情况。我真得能够容忍乔治被按住，而后塞进这满是软垫的控制室吗？思考这些，让我感觉很糟糕。我知道这样做的后果。几个月前，乔治告诉我有个老师把他锁进了橱柜里，虽然老师说她并没有这么做，但是显然有什么事情让乔治吓到了。乔治不停地诉说橱柜的黑暗以及油漆的气味，描述他如何站在黑暗中，紧闭双眼。我知道他会把某种威胁表述成真实发生的事情，因为他曾对我这么做过。当我看着这间控制室，我知道如果他被按住、被触碰，无论这种强制是多么友善或者专业，他永远都不会从中恢复过来。

我们被领着在整个中心转了一圈，而后就去了一个房间，去见在这里工作的人们。再一次的，他们看起来就如同所有这类人一样，亲切友好。他们告诉我他们的工作内容，以及他们可以帮到乔治这样的孩子多少。然而当乔治坐在椅子里开始不停摇晃，手指敲来敲去，嘴巴里嗡嗡作响时，我看得出，这地方让他害怕。我不会把他送去那里。医生说得对：有时候，为人父母，就是要为孩子们做最艰难的选择。你可以反对所有那些专业性的意见，如果你觉得那些都是不对的。这一切只和你以及你的孩子有关：你知道最真实的情况，你有你的直觉。我无法忍受让乔治痛苦，即使大家都觉得从长远来看，这种痛苦会对他有好处。离开的时候我对自己说，我一定会找到其他方式来帮助他。于是现在，我们有了本，所以我很肯定，我还会继续找到其他途径。

　　在面对外部世界时，焦虑仍然是乔治最严重的问题之一，即使是本，也无法让他完全从中走出来。在家的时候，乔治很快乐，一旦他离开家，一切就不同了。他不自觉的小动作，包括发出的嗡嗡声，敲打自己或者别的什么东西，这些行为都变得越来越严重。我能够看得出来，他越来越多地觉得自己处在周围世界的夹击下。当乔治在学校走廊上不小心蹭着他的同学，在他看来是故意撞上他；当其他孩子离他很近时，他会觉得他们是在吓唬他；而当他们舔嘴唇时，他会觉得他们是故意把舌头长长地伸出来，是在针对他。虽然我一直都坚持带他出门去，但现在，我必须要更多地带他出去，以免他越来越想将自己藏起来。

　　所以，在乔治开始初中生活前的那个暑假里，我们去了更多的地方：我们去了伯恩茅斯海滩，因为他很喜欢大海，又去了杜莎夫人蜡像馆，还有伦敦水族馆。这些行程当然不会一帆风顺，因为出门在外的时候，乔治任何人都不喜欢，也不愿意吃东西。有一个地方是我们可以经常去的，那就是附近的一个公园，那里还有一家咖啡馆，主人非常友好，她会把吐司烤成乔治喜欢的样子，不是太热，而且送上来的时候带着手套，这样乔治就知道没有人碰过吐司。但是现在，出门的时候我都会带上便当，努力劝他吃饭，并且确保不会有人靠得太近，把呼吸都吞吐到我们的饭上。如果人流太过密集让他觉得焦虑不安，他就会躲在一个角落里，而我则会挡在他前面，直到人群走过。如果他因为无法忍受这一切而怒气冲冲，那么我会让他发泄出来。

"我讨厌你！"他会很无赖地躺在地上，一遍又一遍地叫喊。我等着他冷静下来，而后再让他站起来，"你为什么要让我到这儿来！"

我知道，我必须要阻止乔治为自己筑起保护壳。如果说凭借一己之力应付乔治是重中之重的话，那么其他人的反应则是我要面对的另一个重大问题。第一眼看上去，乔治和其他的孩子没有什么不同，这就意味着那些根本不了解状况的人随便说什么都可以，因为他们就是认定乔治是个无法无天的淘气包。

"她怎么能够让他这么做？"当他躺在地上又是踢打又是尖叫时，我听到路过的人们这么说，"这很让人讨厌。"

"现在的父母，根本不知道怎么管孩子。"

"看看那个男孩，这算是什么孩子啊？"

另一天，我们在游乐场乘船，乔治坐在自己的位置上，脸上紧张的神情和我们每一次出门时候一样，面部紧绷，下颚收紧。这时，一个男人朝他俯下身来。

"高兴点孩子！"他说，"别看起来那么沮丧。令人担心的事情也许永远也不会发生。"

乔治对此并未在意，但是我好像感受到了他的那种痛苦，对于人们这种妄下论断而感到气愤。为什么他们会认为这样残忍地对待一个十岁的孩子是没有问题的。

我总是担惊受怕，怕他把那些不好的东西都吸收进去，也同时希望他能记住我们看过的、做过的好的事情。在我们经历过那些注目与窃笑回到家后，我会一遍又一遍地告诉乔治，我爱他，仿佛是在试图冲刷掉可能存留在他脑海中的坏记忆。他不会说任何话回应我，但是在经过我身边时，他会打我一下，这是他在用自己的方式告诉我，他听到了。

　　可是关于学校的问题始终要解决，乔治的教育心理学家迈克尔·施莱辛格告诉我，他认为有三所学校可能适合乔治，于是我决定去造访一下那些学校，亲眼看一看。第一所学校位于伦敦南部，妈妈和我同去。那个地方很像诺克斯堡，重重的门与锁，从我踏进去的那一刻起，我就知道，这里绝不是乔治想要来的地方。老师们看起来都相当棒，并且显然都能够很好地掌控班级。但是，当一个孩子想要拥抱我，却被阻止并因此开始尖叫时，我觉得有些地方不太对劲。我没有办法清楚明白地告诉你为什么我不想让乔治去那所学校，但我就是知道，他不能去。我去造访的第二所学校和第一所基本一样，于是我开始怀疑，我究竟能否找到一所适合乔治的学校，于是我又去了施莱辛格教授建议的最后一所学校，位于费尔特姆的马乔里·金南学校，离家差不多五英里。

　　我能说什么呢？在我踏进学校的瞬间，我就知道，这是乔治要来的地方。马乔里·金南接收各种各样有着学习障碍的孩子，包括没那么糟糕的，也包括最差劲的。但它却一点也不让人觉得沮丧，事实上，沮丧是最次要的关键词。房间很明亮，到处都充满了斑斓的色彩，从房间的布置就能够看出来，有人思考过，怎样才能让这些有特殊需求的孩子觉得舒服一点。这里没有巨大的充满回声的大厅令孩子们害怕，也没有会让孩子们觉得自己如同被圈禁起来一般的小房间。整个学校对于教室和空间的划分都很合理，它们都足够大，让孩子们觉得很安全。那里有一间满是乐器的音乐教室，还有一间满是软垫的游戏房，里面都填充着豆袋。老师们安静而平和，没有压制。这里很有爱，并且空气中弥漫的也都是幸福感，这些都是我希望能够提供给乔治的。当然，尽管我是希望他能够去马乔里·金南学习，他还是要先通过这里工作人员的鉴定，以确定他是否适合待在这里。

"今天有个女人去看我。"有一名马乔里·金南的老师去乔治的小学对他做观察，回家后他对我提起。

他告诉我，当他意识到发生什么事情之后，他就把毛衣拉过头顶，蒙着脑袋，并且不愿意把脸露出来后，我真的不太确定她能够观察到有关乔治的多少情况。所以，我尝试去鼓励他。

"她并不是去那里看你的。"我说，"她去那里，是为了去看那些失控的孩子，并不是你。"

几天之后，我得到了好消息，那位女士再次去看了乔治，并且马乔里·金南也接受了乔治入学。我的小小伎俩奏效了。

12. 不敢奢求的礼物

乔治坐在浴室里，本则趴在水槽中，如往常一样目不转睛地盯着它。一只黄蜂飞了过去，本试图用爪子拍死它，但失手了。

"你失控了，你失控了，"乔治对它说，"你有学习的需求。你不能同人说话。但是你不需要去学校，不是吗？你在中国工作。"

对于乔治来说，同本聊天，就好像是对我来说和妈妈一起喝杯茶一样，是一种理清思绪的方法。这一天，本是豪恩斯洛高街上一家商店的总经理，另一天，它则在外蒙古工作。但是，透过乔治的这些幻想故事，还是可以从中看到不少他对新学校的看法。自从开始了在马乔里·金南的学习，他就开始对本讲更多这样的故事。因为他在那里度过的最初几个月非常艰难，他需要弄明白他要面对的一切。一切事物都是新鲜的——建筑、面孔、气味、声音、灯光、厕所，甚至是桌子板凳的高度——有这么多陌生的东西需要去认识、去熟悉，无怪乎他觉得换学校是件困难的事情。

最初，乔治的新老师沃根小姐对我说，乔治非常孤僻，而且拒绝合作。乔治拒绝与她对视，并且不愿意做任何事情，无论是老老实实地坐着，还是回答问题，他一律拒绝。虽然我知道这是进步之路上不可避免的一部分反复或者停滞，但当我知道他开始模仿周围其他孩子的举动时，我还是担心起来。乔治正在做他之前已经很久没有做过的事情了，比如突然发出动物的声音让同学们哄堂大笑，但是他现在又开始这样了，我知道我必须要尽快解决这个问题，否则情况只会变得更糟糕。

"你必须要停止模仿，你要展现出真正的你自己。"我对他说，"你必须要让老师看到你的明智和友善，我知道你是这样的，如果你表现得很聪明，其他孩子也会追随你的。我打赌沃根小姐会很高兴看到真正的你，而不是那个淘气的你，而且我想，本也会喜欢那样的你。"

"它会吗？"

"当然。本知道你是个多好的男孩，它希望别人也同样能看到那样的你。"

我和乔治能够像现在这样对话，本身就是个不小的进步。自从我和乔治开始使用猫调起，我就有一些隐隐的担心，我有时候也会怀疑自己做的是不是正确，是不是真的能够给他鼓励，因为我并不希望他丢掉自己本来的声音。然而，随着时间慢慢前行，他使用猫调的次数也越来越少，使用自己的声音同我说话的次数越来越多，尤其是当他从学校回来后，对我讲述一些不太开心的事情时，他都是正常讲述。几个月的时间就这样过去了，他的表现也稳定下来。他同自己的学习助理沃德夫人建立起了伟大的友谊，虽然最初我对她的了解仅止于她闻起来像咖啡，但是话说回来，对乔治来说，大部分成年人的味道都是咖啡，后来他才开始对我说得多一点。沃德太太会告诉乔治所有的事情，从她周末都做了什么，到她都去哪里度假，乔治喜欢她，因为她那么真实又平等地同他聊天。

"沃德太太很难过。"乔治从学校回来后说道。

"我想也是，我敢肯定沃德太太很爱她的狗。"

"确实。我想告诉她，她的狗狗现在在天堂。"

"是的，如果你愿意的话，你可以明天去告诉她。"

"不要，不要，你不要告诉任何人。"

"为什么？"

"反正你就是别说。"

乔治没有办法让自己把这些单词说得特别大声，但仅仅就他想把这些话说出来而言，他真的值得奖励。而且，沃德太太并不是他表现出关注的唯一一人。本和我们在一起的时间越长，乔治在马乔里·金南就越因为乐于助人而出名。那里的孩子有着各种各样的问题，既有身体残疾的，也有学习有障碍的，他们会像所有不懂事的孩子一样嘲笑彼此。如果乔治觉得有人被不公平地对待了，他就一定会介入。

"你需要去照照镜子，看看你自己的样子。"他对一个正在奚落其他人的女孩说道。

她的妈妈抱怨乔治说的话，但我却很高兴他能把这话说出来。直言不讳在过去曾带给他诸多麻烦，但现在它有了用武之地。

沃根小姐、沃德太太，以及马乔里·金南的其他老师，是乔治最美好的邂逅。他们有无穷无尽的时间同他聊天，这种事情也许很微小，也很寻常，但正是他们做的这些最实际的事情，给乔治带来了最巨大的改变。为了让乔治不再用手指敲打自己的手心，他的手里被放上了蓝丁胶，这能够帮助他集中注意力。他被允许在体育课前独自一人换衣服，而不用去他讨厌的集体更衣室；老师们甚至学会了分辨，什么时候乔治是真的压力重重，什么时候他只是试图挑战他们的神经，这样他们就能够按照他需要的方式来处分或者安慰他。

马乔里·金南的每一个孩子都被当作独立的个体来对待，而每个人所对乔治表现出来的耐心也都渐次开花结果：在学习方面，乔治体内好像有某些东西开始开窍，他终于开始表现出了对课程的兴趣。这一切发生得很缓慢，我必须要很谨慎，以免一下子问他太多问题，因为他并不想对此谈论太多。然而，某一天，在结束了马乔里·金南的一日回家后，乔治钻进卧室，和本一起坐下了。乔治掏出了一本书，一边翻页，一边对本讲述，本则目不转睛地看着他手中的书。有时候，乔治会随着那些图画讲述自己的故事，但是有时候，他甚至会尝试着自己去读书。

"然然然然然然后。"乔治盯着书页时，总会这么说。

每一个单词都仿佛需要一辈子时间才能从他的嘴巴里蹦出来，但是当我在门边看着他和本时，我的心里，充满了希望。

家中的本，与适合乔治的学校，组成了一个同盟，不仅仅是学习，在其他事情上也形成了一系列连锁反应。乔治开始想要决定本什么时候应该吃饭，什么时候可以玩，这些都是我希望他能为自己规划的。和本聊天，也让他不再把自己的忧虑禁锢起来，他也因此平静了许多。

"你知不知道，总有一天我们会把石油全都用完，然后所有的灯都会变黑。"乔治对本说，"你知不知道天鹅会被塑料袋网住，然后死亡。"

乔治说话的时候，本会非常认真地看着他，他的眼睛里，闪烁着对他的朋友正在告诉他的事情充满了兴趣的光芒。

不，我不知道。这太痛苦了，乔治。我不喜欢天鹅，我一靠近它们，它们就嘶嘶地乱叫。但是我也不希望它们中的任何一只被伤害。

而另一个总是被他们不断重温的话题，则是阿富汗和伊拉克战争。

"有战争，"乔治对本说，"士兵们死去了。砰砰！在沙漠里。人们自相残杀。他们得停下来。枪该被拿走，就像汽车也应该消失一样。枪杀死人，就像汽车杀死树木。"

或者我们会一起看新闻，乔治会看到关于那些因为饥饿与疾病而成为孤儿的孩子们的图片。

"看看那些孩子们，"他会对本说，"真难受。那种事情为什么会发生？妈妈说那些人甚至连干净的水都喝不到。"随后乔治会看向我："我们不能给那里的孩子们一个家吗，妈妈？"

　　"我不太肯定，我们是不是能够容纳所有的孩子们到我们的房子里来。"我对他说。

　　"但是我们应当帮助他们，不是吗？"

　　"我希望我们可以。"

　　"我也是，妈妈。帮帮那些孩子。"

　　"那是你想要做的吗，乔治？"

　　他看着我，就好像我完全疯了似的："当然了，妈妈，帮助他人是好的，你不知道吗？我以为人人都知道。"

　　乔治还有个大问题，就是停止不了他的笑。有一次，我不得不出去一个小时左右，妈妈在家里陪着他，他一直在抱怨头疼。于是她拿来了我给乔治准备的药，是很粘稠的液体，因为乔治不能吞咽药片，然而在她试着让他喝下去一勺药时，他开始咯咯咯笑个不停。就在妈妈几乎把药已经送进他嘴里时，他跑开了，于是妈妈手上一滑，把药洒了。恰如往常，本就在沙发下面坐着，观察着发生的一切，所以现在，本的背上就沾满了药液，于是我不得不拿着一块湿抹布，满厨房地追着它打转，想把它背上的药渍擦掉。

　　"至少它不会头痛。"乔治尖声说道。

　　我现在没有时间对付这件事。因为我们正在举办万圣节派对，非常大的派对，人们马上就要到来了。乔治系着红色披肩，还戴上了犄角，打扮成魔鬼，我是僵尸新娘，而本，好吧，本每天都穿着晚礼服，这要感谢它白色的鼻子和胸脯，所以它根本不需要化妆。就在我要抓到它时，它再次逃走，我怀疑它是不是以为我在和它玩，或者它知道，它是在逗我玩。

还有很多事情要做，因为这将会是让每个人都终身难忘的派对。对于如何庆祝2008年的万圣节，我早就有了一大堆的好主意。去年的万圣节，我小试身手，举办了一个小型的家庭派对。那一次的聚会很成功，因此我想做得更好。我回想起住在上一栋公寓里的时候，我们的园艺俱乐部和棒球之夜，所以，我决定，这一次的派对，应当囊括我们认识的绝大多数人。

我一直都很喜欢聚会，无论是小时候的生日派对，妈妈买给我可爱的新裙子，并且邀请来我所有的朋友一起吃可乐浮冰，还是我和米歇尔同邻居们还有孩子们一起做的那些疯狂的事情，我们会一起跳她喜欢的多莉·帕顿[1]，或者是我喜欢的埃尔维斯[2]，然后所有的孩子们都会恳求我们提供新一点的东西。我喜欢派对所包含的一切事物，从购物到打扮，翻出所有的老旧CD，每当房间里塞满了人，而我能听到他们发自内心的欢笑时，我都知道，全世界再没有比享受自由自在的快乐更美好的事情了。生命已经充满了烦恼，所以，我们都需要那样的时刻，放下沉重的发髻，寻找一点快乐，不是吗？

然而，当我告诉乔治我想做的事情时，他并没有那么肯定。

"为什么你不邀请一些学校里的朋友呢？"我说，"这会很有趣。"

"我不想。"

"来吧，乔治。"

「1」美国乡村音乐的常青树。

「2」1954年8月25日出生在伦敦，他是从朋克和新浪潮狂潮中涌现出来的英国第一流的摇滚乐天才。

“不。”

“我可以保证路易斯会跳舞给你看。”

如果有什么条件能够说服乔治的话，这就是。在过去的几年里，乔治迫不得已也得习惯派对，因为我和家人总是抓住一切机会聚会。但是乔治同我们的派对总是关系很复杂。尽管他很喜欢为派对做准备，装饰房间，计划派对项目，但是派对一开始，他就会回到自己的卧室，或者站得远远的，不知道该怎么应付眼前这些人和噪音。然而，路易斯的舞蹈却是乔治唯一喜欢看的节目，而且他希望其他人也都能像他一样喜欢这舞蹈。

“把音乐关小点，”如果乔治觉得到了路易斯该为大家展示舞姿的时间，他就会大呵一声，“所有人退后。路易斯是这里最好的舞者，他可以跳得像迈克尔·杰克逊一样好。他喜欢迈克尔·杰克逊。我也是。”

而后，当他确定所有人都围成了一个刚刚好的圆圈后，他就会按下音响上的播放键，路易斯便会开始跳舞。他可以跟着《颤栗》跳僵尸舞步，惟妙惟肖，如同是流行音乐之王迈克尔·杰克逊自己在跳一般。而乔治，则一边看着众人欣赏舞蹈的样子，一边合着音乐轻轻点脚。

“你看到多尔为路易斯的舞蹈鼓掌了吗？”过后他会问我，“他跳完的时候，男孩儿发出了哇哦的声音。这说明他一定很喜欢路易斯的舞蹈，因为那是人们喜欢什么东西的时候才会发出的声音。”

路易斯会在每一次的派对上跳舞，即使舞蹈结束，乔治会再回到自己的角落里，并且在人们试图靠近他时将他们赶走，我却还是很高兴，至少他有自己的方式，能够在那么短短几分钟时间里成为主角。许多有乔治这样孩子的家长恐怕都不会举办派对，他们可能会觉得这东西对孩子来说太过头了。但是，正如学会说“请”字对乔治来说很重要一样，去理解乐趣也是生命中的一部分，同样很重要。我一直都坚信，乔治能够学会他双眼看到的一切，而在人群中尽可能感觉到舒适，正是我想要教会他的重要一课。

到目前为止，我想你应该已经非常了解我了，我做事情从不打折扣，这一次的万圣节派对也是。我邀请了邻居和朋友们，妈妈打扮得像个僵尸退休者一样站在厨房里，我则追着本满屋子打转。诺布、多尔和她的丈夫戴尔，男孩儿、桑德拉和她的孩子们全都来了。几个月之前，亚瑟和他的妈妈从这里搬走了，我们已经有很长时间没有见过他，这一次他也在我们的邀请之列，我们还邀请了乔治的五位同学作为这一次的特别来宾。我知道，那些孩子正如乔治一样，从未被哄去参加活动，被宴请，或者被邀请参加这种大多数孩子都会参与的派对，所以，我想给他们一段终生难忘的万圣节回忆。

一旦我决定要这么做，那么接下来就会发生总会发生的事情：我不知道什么时候该停止。我已经把整个一楼都彻底改头换面了一番，但是我并没有把它往更好看去装扮，而是布置成了令人毛骨悚然的鬼屋。我希望人们从踏进这里的一刻开始，就觉得自己仿佛身处另一个世界。我在网上大量搜索好点子，偶然间发现了一家由美国人经营的网站，那里售卖一切你能够想到的和万圣节有关的东西。这个男人在门上悬挂了一具假的死尸，甚至还给自己做了棺材。这太不可思议了。虽然我想做的规模比较小，而且预算要花在很多其他地方，但是，他所拥有的某一样东西，是我一定想要的。

这个男人制作并出售"管家"，有着栩栩如生的六根手指，仿佛是从《亚当斯一家》里走出来的赫尔曼，身着套装，可以拖住托盘的坚硬双手；同其他一些玩偶一样，能够发出电子合成音，只是"管家"的声音听起来并不可爱，而是让人不寒而栗。那些"管家"看起来真的太棒了，我知道我一定要有一个，而且，为了能配上它，我必须要把其他事情都准备得足够好。通过远洋运输买来"管家"是笔不小的花费，所以我费尽心思又找了一家距离比较近的网站，订购了两个"管家"，并着手开始做其他道具。

我最先完成的，是用聚苯乙烯块做的墓碑，我把它们涂成了灰色。我又用铁丝网做成人体的形状，给它们穿上破破烂烂的衣服，做成尸体。它们的脑袋塞满了潮湿的报纸，并且戴着女巫面具。我还买来大捆大捆的干草，它们现在就在我家门前的车道上，上面还摆着南瓜。"死尸"就挂在门前，与其做伴的，还有两具骷髅，一些扫帚和蜘蛛。另外我还弄了一台烟雾制造机，当人们到来时，他们必须要穿过烟雾重重的墓地，并且经过一个断头台，我会在那里给每一个派对参与者照相。如此一来，花费自然是一涨再涨，而我的家人再次施以援手，因为他们都是如此好心，并且总是很乐意加入我的计划。

当天早上，妈妈就过来帮忙装饰休息室，我们在墙上挂满了蜘蛛网、蜘蛛以及蝙蝠。而后我们又给灯都安上了南瓜灯罩，让整个屋子的光线都变成橘色，我还装配了一盏频闪灯，好让一切看起来都很离奇。

乔治从学校回来看到我们正在做的事情时，他脸上的表情变得很震怒。

"她做的不对，是不是？"他指着我对妈妈说，"谁干了这些？这些东西太多了！"

"我知道，亲爱的，"她回应他，"但那是你的妈妈，她从很小的时候开始就很喜欢这些，她是个梦想家。"

其实从某种程度上来说，乔治是对的。我实在有点得意忘形了，我甚至把派对场景一直扩展到了后院，在那里的草坪上，我又做了一片假的墓地，并且把仓库也布置成了鬼屋，里面全都是幸运水桶，水桶里装满了锯屑、烤豆和烂泥。但我已经下定决心，一定要让乔治和他的朋友们度过难忘的一晚，我希望即使乔治现在不喜欢这些，只要派对开始，他至少能够产生一点兴趣。

随着屋子里渐渐人声鼎沸，乔治的同学们、朋友们、家人还有邻居全都来了，我被紧张感充斥满满。每个人看上去都很棒：路易斯是加勒比海盗，温迪、凯兰和桑德拉扮成了女巫，多尔是魔鬼，男孩儿浑身缚满锁链，诺布穿着他的牛仔裤，他希望自己看起来像万圣节前夕电影里的迈克尔·迈尔斯，不过我们都觉得他可能会吓到孩子们。

起初，乔治很安静，但本可就截然不同了。从人们迈进房间开始，本就冲上去围着大家打转，仿佛这是它的私人派对一般。它在人们的腿间穿梭逡巡，穿越墓地，进入幸运水桶一探究竟。当乔治目睹本玩得那么开心后，他也渐渐加入了进来。很快他就和朋友们一起吃糖果和热狗，也跟着音乐跳一点舞，甚至去了墓地。他的一个同学因为眼前的一切而激动不已，以至于他用自己的玩具刀不停地打我，这让乔治开怀大笑。

派对越来越壮大：没有被邀请的孩子们也自发加入进来，弄一点糖果吃，最后房子里已经人满为患，连警察都出现了。他们并不是来逮捕任何人的：有一个邻居知道我所准备的一切，他们从这位邻居那里知道我做的事情，于是带来了一桶糖果和一位来自报社的摄影师，给孩子们拍照片。我们真的拥有了一段美妙的旧式时光，警察们来做热狗，附近平房里的退休老人都带着孙子们来看热闹。每个人都受到了热情的欢迎，而那个夜晚，当然是在路易斯的《颤栗》舞步中结束的。

乔治能够加入让我非常开心，虽然一开始他并不对此多说些什么，但是一周后，他放学回来，告诉我同学们都在谈论那次派对。

"沃根小姐说那听起来很棒。"乔治说道，"我们都聚在一起聊那次派对。"

"是吗？"

"是的。"

"你可以告诉他们我是怎么做那些假墓碑的，也可以告诉他们你穿的是红色披肩。"

乔治若有所思地看着我："我们明年会再来一次吗？"

"是的，只会比今年的更大。"

本坐在乔治的膝头喵喵叫着，而我则静静地看着他。他喜欢那次派对，虽然他没有再说更多，但我也知道，他享受到了其中的乐趣。在克莱福德那天的郊游之后，乔治开始迂回着提及爱。有些时候，当我试着告诉他不要做那些淘气的事情时，他会在我说话的时候咧开嘴笑。

"你知道本是爱你的，是不是，妈妈？"乔治边笑边说，"它爱还是不爱？它爱还是不爱？它爱还是不爱？我会去问它。"

要么就是在我给妈妈打电话的时候，他会突然出现在楼下，大喊大叫。

"我爱你，外婆！"

"你听到了吗？"我兴奋地问妈妈。

他从来不面对面地和我们任何人说"我爱你"，但这又有什么可在意呢？我从未想过他会说出这句话，所以仅仅听到他能说出来，就已经远远超出我的期待了。每当他去拥抱本，亲吻本，抚摸本，给本挠痒痒的时候，我都能够看到他身体里还有更多的爱在冒泡。可是，尽管他能够把自己的感情表达给本，他依然没有办法将同样的感情表达给我。所以，我只能在我们一起粗暴地游戏时，紧紧抓住时机，这是自他小时候起，我一直在做的事情。在他把我摔到地板上，用他的脸挤压我的脸，或者把我按在地上假装我们在摔跤时，我都很高兴，因为他在同我做这些时并不觉得别扭。所有的男孩子们都喜欢打来打去，滚来滚去，我的两个兄弟小时候也总是这么干，所以我要陪乔治玩这种粗暴的游戏，因为在这个家里，他没有爸爸，也没有兄弟。我希望他能有那么一点点的自由时间，跳脱开"要"和"不要"的世界，这些规则在学校和家中已经够多了。

暴力游戏是乔治同我亲近的方式，所以在他撞我的时候，即使当时会觉得有点疼，我还是一直笑。我会很享受这样的时刻，直到乔治觉得够了，太近了，他就会说我有味道，或者说我发型奇怪，然后把我推开。总是这样，乔治的感官承受了太多负荷，总是让他往后退缩。但至少，他能够通过暴力游戏把他的感受表达给我，所以我还是很高兴。

另一个他喜欢玩的游戏，就是扮成像本一样的猫。他总是这么做，所以到如今，我都已经几乎注意不到他的假装游戏了。乔治会蹲在地板上，跟着本爬来爬去，或者发出像本一样打呼噜的声音。然而，当他开始像只猫一样往我腿上蹭，或者挨着我坐在沙发上时，我意识到有些事情在慢慢发生变化。乔治仍旧不愿意让我拉他的手，但是他好像在努力尝试让自己习惯于靠近我。

我会小心翼翼地克制自己，不要有什么过激反应，虽然在我身体里，那股想要拥抱他的渴望一如往常那么强烈。虽然这么多年以来，我早就学会了把这种期望压在心底，但是，仍然有那么一些瞬间，当我看到其他的妈妈把自己的孩子抱上膝头，亲吻拥抱，我的心情都会跌倒谷底，我可能永远都不会知道像那样去爱乔治会是什么感觉。这也就是为什么，当他第一次触碰我时，我努力让自己不要去想太多。我仿佛是拒绝承认正在发生的事情，因为我怕他可能再也不会这样靠近我了。

这是一个如往常一样的夜晚。我坐在沙发上，乔治则和本一起坐在沙发的另一端，本四仰八叉地横在他的胸口，扒着他的肩膀，而他的手指则来回摩挲他的皮毛。本从乔治身上跳了下来，朝着通往花园的门边走去，它是要让我们知道，它想出去了。乔治转移到地板上去玩了，我则起身去给本开门，而后准备回来继续躺在沙发上。然而当我坐回来时，乔治开始往沙发上爬。起初我并没有太在意，而后我才意识到，他可能是想爬到沙发上来。乔治一语不发爬到了我旁边，躺在了我的身上，就像几分钟之前本躺在他身上时一样，乔治贴着我，伸展开他整个身子。我简直不敢相信这一切竟然发生了。

乔治温柔地用他的脸颊轻轻蹭着我的面庞，我一动也不敢动，生怕自己哪里出错，吓到了他。我从未这样靠近过他。我感觉到他的重量压过来，我不想毁掉这特殊的一刻。

　　"本是个日本相扑选手。"乔治说。

　　"它真的是吗？"

　　"是的，它会空手道和拳击。它是黑带，我知道的。它赢得了世界最佳空手道猫的称号。但是它不想要奖品，因为它不是一只猫。"

　　我不知道该做什么。我抬起了自己的手，很柔和地用指尖穿过乔治的头发。如果我像他抱本一样抱他的话，也许他会觉得很舒服。

　　"你有一张毛茸茸的脸。"乔治说道，于是我立刻停止了手上的动作，以为他是准备离开了。

　　但是他没有。乔治继续躺在我的腿上，我则一直保持一动不动，希望自己不要把他吓跑了。他离我是这样近，近得能够感受到他的呼吸，一呼一吸都仿佛是在我的脸颊上舞蹈。

　　"别让你的头发弄到我脸上。"乔治说，"我不喜欢你的头发。"

　　"我不会的。"

　　"别盯着我看，我不喜欢那样。"

　　"我不会的。"

　　当我再次把手指穿过乔治的头发，我垂下了眼睛，把他额前的头发往脑后抚去。这样亲近地同他在一起，正是我渴望了太久太久的情形。我真的能够让自己去接受这一切现在都是真实的吗？这一切真的发生了吗？

　　"本觉得小家伙没有礼貌。"他说道，而我则微笑着想起那个本到现在都不太喜欢的入侵者，"可是，小家伙没有礼貌，是因为它一直住在外面的街上，本忘了它也曾经没有家，也要去吃垃圾桶里的薯片。"

　　我笑起来，抬起头看乔治，我没有办法不去看他。但是这一次，他接住了我的目光，用他那双澄澈的蓝色眼睛看着我。

"本曾经周游过世界，所以它可以帮助其他的猫。"乔治说道。

"它都去过哪里？"

"它去塞浦路斯度假过。"

我蜷起自己的手指，轻轻地挠着乔治的头皮。他的头发那么柔软，在我怀中他的身体那么放松。"本在塞浦路斯的时候，那里热吗？"我问他。

"没错。那只猫整天都待在游泳池旁边，因为太热了。本涂的是五十倍的防晒。"

在摸他的鼻子之前，我把手蜷缩在他耳朵边，小心翼翼地，希望不要显得很贪婪，而后他突然站了起来。

"我要去找本。"他说着，从我身上跳下来，朝门边走去。

"好的，乔治。"我说着，眼看他消失在了花园里。

我仍旧静静地坐着，连呼吸都好像停止在了我的身体里。在我的臂弯空了十年之后，我终于抱到了我的孩子，感受到了他的重量，这是怎样的一份礼物啊，我从未敢奢求过。

13. 冬日仙境

　　由于万圣节派对的成功，地方住房委员会听说后便联系了我，询问我是否有兴趣成为他们的志愿者。他们说，他们可以把我训练成专业人士，并获得相关资格，这样我就可以组织社区活动，并且由此获得报酬。我实在太高兴了，把他们给我的表格填得满满的，列举了所有的理由来说明他们为什么应当给朱莉亚·罗普这份工作机会。而后我去参加了一个会议，满屋子人都穿着套装，让我有点惶恐。是谁在开我的玩笑？组织活动，帮助整个社区的人从家里走出来，聚集到一起，是我能够想到的最好的工作了。但这不是属于我的世界。在乔治出生后，我先后有过三份工作——白天的轮班工作，晚班工作，还有一个是夜间工作——三份工作都要带着乔治一起。所以我根本不能离开家去忙里忙外。

　　然而，下一个万圣节还在一年之后，等待另一场派对的过程显得如此漫长。我很渴望再一次找到组织，可是，如同每一次一样，命运之手再一次翻云覆雨，我收到了一封来自马乔里·金南的信。学校希望家长们可以为圣诞节做一次募捐，筹措购买新的迷你巴士的钱。这正是我需要的借口。

在我思索着可以做什么时，我的大脑又变成了脱缰的野马。一场圣歌演唱会？不行，妈妈说过，我是音盲。一个溜冰场？不行，对我来说这也太离谱了。终于，我找到了个好点子：冬日仙境。在位于伦敦西部的家中，我们要编织出圣诞节的梦幻场景，让每一个来到这里的人都以为自己飞到了拉普兰，进入了圣诞老人的王国，成为其中的游客。那里会有灯光，有音乐，有驯鹿，还有雪花。住在这里的大部分家长都没有条件带孩子们去看购物中心里的圣诞老人，因为那需要花很多钱。或许我可以做些什么东西挂在门前，请他们捐赠出他们能够给予的东西，通过这种方式帮马乔里·金南募捐或许不错。无论我们的目的是否是为了筹措资金，至少我们可以让周围的邻居带着他们的孩子，一起度过一个节日之夜，而且，我也确实想做一些事情来感谢马乔里·金南对乔治的照顾，虽然只是小事情。"冬日仙境"会持续一整个十二月，只要人们愿意，他们就可以一次次来看玩。

我一直都很喜欢圣诞节。在我们小时候，爸爸会站在楼梯下面，而我的心则狂跳不止，等着他喊我们下楼。在他发令的瞬间，诺布、男孩儿、多尔和我会疯狂地冲下楼，并且拼命阻挠彼此，都希望自己能率先冲到礼物堆前。随着我慢慢长大，我对圣诞节的感情有增无减，因为我会让这个节日持续上几个星期，我会装饰房间、做采购，并且邮寄圣诞卡。

然而，对乔治来说，圣诞节则是一柄半带欢喜半带苦恼的双刃剑。它无疑是欢乐的，因为乔治喜欢那些装扮，并且同我一样乐于装饰房间。一起装扮房间能带给我们很多乐趣，在过去的几年里，乔治搜集了大量的圣诞歌唱玩偶，那是他最大的骄傲。他的收藏品里应有尽有，他有一只驯鹿，还有一个对着三只小老鼠歌唱的圣诞老人，小老鼠也都身着圣诞装。他还有一只同样身着圣诞老人装的企鹅，也是按下去就会唱歌的那种。在他启动所有这些玩具的时候，场面就会一片混乱，但是乔治很喜爱这些玩具，当它们喋喋不休制造噪音时，乔治那愉悦的神情是我愿意看到的。真正困难的地方是圣诞节本身，乔治对空气中弥漫的那种期待与兴奋丝毫没有反应。这种感觉让他不舒服，所有人的表现都如出一辙，所以圣诞节对他来说，是压力太过巨大的一天。因此，经过这么多年，我学会了不要为圣诞节准备太多，把他当做与其他日子没什么不同的一天度过就好。乔治会收到礼物，有时他会打开它们，但更多的时候他会置之不理。我有一个衣橱，里面堆满了包裹完好的礼物，悉数来自这些年的圣诞节。

我思索着"冬日仙境"计划的同时也怀揣忧虑，不知道乔治是否能够对此有一点反应。我知道他很享受万圣节派对，但是不管怎么说，那次派对里都是他认识的人，而"冬日仙境"则意味着将有许多陌生人涌入家中。这对乔治来说可能有些困难，但是经过反复的思考，我还是决定要这么做。我真的很想做成这件乔治能够参与进来的事情，当然，他可以根据自己的喜好选择是否投入。如果最终他觉得这一切对他来说不堪重负，那么我就不会让任何人进到家中，这里只将属于他和本。

关于"冬日仙境"我思考得越多，我脑袋里的画面也就越清晰。正如我为万圣节做的准备一样，我要创造出一个让人们迷失其中的世界。夜复一夜，我废寝忘食地计划着一切，我憧憬着那场面，心里仿佛有无数图纸在翻飞。最后，我终于把自己的脑袋理清楚了，我要开始工作了。首先要准备的，就是灯光。它们是圣诞夜的米克·佳格[1]，为整个夜晚增添摇滚的感觉，带来四射的活力。圣诞期间，人们都会用灯光来装饰自己的房屋周围——童话灯，闪光灯，红得灼热的驯鹿灯，以及在黑暗中一闪一闪的星星灯——我很喜欢房子被那样点亮。这就好像是你送给每一个从门前走过的人一张圣诞卡片一样。

自从搬到这里来，我一直都在用各种各样的灯来装饰我们的房子，但

---

[1] 滚石乐队成员。

是对于"冬日仙境"来说，这些灯远远不够。我们门前的小小车道要变成一番能够吸引人们前来的节日景象，仅靠几盏童话灯是办不到的。所以，首当其冲的任务就是搜集形色各异的灯——星星与贝壳，圣诞树与小火车，还有缠绕在树上的霓虹灯，以及将整个房子外墙都点亮的装饰灯。虽然我的预算不多，但在eBay[1]上，你却能买到很多不可思议的东西。我决定在车道两边摆放成排的圣诞树，以霓虹灯装饰作为进入"冬日仙境"的入口。我根本就无暇去考虑这需要多少电费，因为我已经为自己的计划得意忘形了。

　　当然，"冬日仙境"必须要有一个核心装饰品，那就是雪橇。所以，当我的好友萨拉告诉我，她可爱的老爸西蒙是个木工，可以帮我做雪橇时，我马上抓住了这个机会。我绘制了一幅草图，向他描述我梦想中那副雪橇的样子，要足够大，能装下至少十二个人。但是，当我发现仅仅是一根符合要求的木头就需要五百英镑之后，我回到了绘图板前。说到底，这里只是豪恩斯洛，并不是哈罗斯商场[2]。所以最终，西蒙给我做了一个大雪橇，同时装下两个孩子绰绰有余，这样他们就可以坐在上面照相。西蒙真的太善良了，他没有收我的钱。我去他那里把雪橇拖回家时，赞叹不已，西蒙的手艺太棒了，我试坐了一下，很不错。回家之后，我就和妈妈一起，用樱桃红和金色粉刷了它。

　　雪橇当然要有驯鹿来拉，所以我再一次灵光一闪，有了好主意。买回了驯鹿模型之后，好吧，或者说是用铁丝网弄出了驯鹿形状，周身还缠满了霓虹灯。我给每一只驯鹿都做了件夹克衫、一顶帽子和一条围巾，好让它们看起来更活灵活现。我又把干草随意地铺洒在它们脚边，还在边上放

「1」线上拍卖及购物网站。

「2」英国最大的奢侈品百货商场。

了两只桶，一只里面装着干草，可以让孩子们抓起来去喂驯鹿，另一只里面装满沙子，那是圣诞老人的魔尘，当他需要出发派送礼物时，就洒一把魔尘唤醒沉睡的驯鹿。

最后我还需要一样东西，那就是邮箱。孩子们根本无法抑制自己想要给圣诞老人写信的冲动，他们总是在信里写满自己的圣诞愿望。这绝不能是一个塑料玩具一样的邮箱，因为孩子知道圣诞老人的邮箱一定比那种玩意儿好的多。于是我用谷歌搜索了一下，找到一个住在多塞特郡的男人，他用空煤气罐做邮箱，经过涂抹描绘，几乎能以假乱真。我敢保证，这个即将到来的邮筒看起来完全就是女皇陛下的专属。在所有这些都搞定之后，剩下的就只有化妆舞会需要的衣服要去购买了。我会给每一个到来的孩子拍下照片，为他们保留下一段难忘回忆，我希望他们能够打扮成雪人、精灵、白雪公主等。当然，如果爸爸们愿意的话，也可以穿上圣诞老人的衣服，如果有宠物乐意加入进来，那么它们也将穿上自己的圣诞披风。

在盛大的开幕式即将到来的前几天，一切都准备就绪。妈妈、诺布、男孩儿和多尔都帮忙组装灯具。温迪和基思也同样过来帮忙。本在我们的脚边跳来跳去，时不时爬上圣诞树，被霓虹灯缠住脱不了身。在我揭开雪橇神秘面纱的一刻，本直直地就冲进了雪橇里，我赶紧把它拎出来，以确保它不会在彩绘上留下爪痕。在它被放回冰冷地面上时，它愤怒地喵喵叫着，抗议它的乐趣被我粗暴地给毁掉了。

难道我不能再到雪橇上去一次吗？这是圣诞节好吗！我想要点乐子！

然而，乔治对正在进行的事情有一点不高兴。

"那些孩子会把雪橇弄坏的。"他一直这样和我说，"我不想让他们来。"

"这是为了你的学校，"我试着说服他，"你就想一想，如果学校买来迷你巴士的话，你们坐在上面，会有很多乐趣。我们这么做是为了帮学校募捐，买小巴。如果你不想见那些人，你就可以不见。你可以安安心心地和本待在一起，它会照顾你的。"

我真的希望，乔治在目睹所有准备工作结束后，能够对"冬日仙境"觉得舒服一点。等节日的彩灯都打开时，应该就会有点作用，但是如果依然无效的话，我就只能使出杀手锏，让路易斯每天晚上都在外面的车道上跳僵尸舞步。

几天之后，所有准备工作都已妥当，我和妈妈一起走到外面的车道上。乔治落后几步，跟在我们身后，本则坐在一棵树下，看着我把手伸向电插头。只要最后一步，圣诞彩灯就会亮起，"冬日仙境"即将开幕。

"三，二，一。"在妈妈面带微笑的倒计时中，我按下了开关。

整栋房子仿佛是一棵被点亮的圣诞树，红的，绿的，白的，蓝的，灯光缤纷，霓虹琉璃。灯光太多，太满，以至于有一个瞬间，我担心此刻飞跃豪恩斯洛上空的飞机，会误把我的车道当成机场跑道。

"太亮了。"乔治一面仰头看，一面喘着气说道。

本也同样从树枝后面探出脑袋来观望着。

这太不可思议了！太美了！圣诞老人什么时候来？我等不及要见他了！

本从树上蹿下来，朝我们冲过来，如同一条鳝鱼一般在我们的腿间来来回回。在我们凝视周围的一切时，它不停地喵喵叫着，我真的能体会到它有多么激动。就是这样了，这就是我们圣诞节的开始，一切都很完美。我甚至还买来一台造雪机作为最后的点睛之笔。如果没有一点雪花四处飞舞的话，这怎么能称之为合格的"冬日仙境"呢？

环顾由我们亲手创出的世界，我坚信它一定能够为马乔里·金南做出贡献，否则我就把圣诞老人和鲁道夫的帽子统统吃下肚。

"我要进去了。"乔治说。

本跟在他身后跑进屋里去，而我则真心希望他们两个能够跟我和妈妈一起，在外面待得更久一些。我太希望乔治能够享受这一切了。

"他会好的，茱。"我把驯鹿旁边桶里的干草翻松时，妈妈宽慰我。

我看了看周围。现在是下午四点半。天已经黑了。星星在头顶的深蓝苍穹闪烁，我能够看到自己的呼吸凝结成白色的雾气。我要在周围都贴满海报，告诉大家这场盛事，不过我不太确定，最终究竟会有多少人出现在这里。

"我需要准备一些茶水吗？"回到房间里时，我问妈妈。

接下来的两个小时里，我不断地给茶壶蓄水，等待敲门声的响起，时间被拖得分外漫长。这一次我是不是做的太过头了？人们会不会觉得我把事情完全搞得一团糟？其实内容也很简单，只需安排一点咬苹果或者圆圈游戏就可以，不知道人们会不会愿意光顾。

温迪的女儿凯兰一直同我们一起，紧张地等待是否有人会到来。她对我们做的所有工作都感到兴奋不已，也一直自告奋勇要帮忙。我给她穿上小精灵的衣服，现在，她已经准备好开工啦。她的任务是帮助孩子们上下雪橇，以便我专心致志给大家拍照。我也给乔治安排了分发化妆舞会服装的工作。

妈妈和我的聊天话题里除了"冬日仙境"再没有其他，而我一直能够听到乔治在笑。我走进起居室，看到本在地毯上打转。我们给本买了一件适合猫咪穿的精灵外套，现在它正非常厌恶地想要把它从身上撕扯下来，它就像一只毛毛虫一样不停蠕动，企图挣脱这件外套。

"它不想变装。"乔治说着抱起本，帮它从外套里出来。就在此时，门铃响了。

"我不喜欢这样。"乔治喃喃自语，低声抱怨道，"我不喜欢这些人。"

当我打开门，看到一个女人带着两个孩子站在门前的台阶上，我的心情竟然比预想的要沉重得多。

"我看到了宣传单。"她说，"是可以参观的吗？"

"当然！我去拿糖果来。"

我回去抓了一把糖果，和妈妈还有凯兰一起走了出来，这两个小姑娘环顾四周，惊讶得瞪大了眼睛。

"你们想在圣诞老人的雪橇上照相吗？"我问道。

"是的，请帮我们照相。"

"好的，不过你们得先打扮起来。"我说道。这是一个开始，我们的"冬日仙境"正式营业了。

有些晚上，来敲门的可能只有两三个人，但是其他时候，我们的门口都会排起长队，就好像是卖场大减价的头一天。门铃通常都会在下午四点半左右响起，那是学校放学的时候，而后门铃会一直持续响到晚上九点半钟。凯兰每天晚上都和我一起，坚持穿着她的精灵装，时刻准备好在瑟瑟寒风中站上好几个小时，而唯一的原因就是，她像我一样是个造梦者。在她看向"冬日仙境"的目光里，她所看到一切都是真实的，雪橇旁边的，是活生生的驯鹿，和活生生的圣诞老人。我们的"冬日仙境"并不是用灯光与塑料制造出来的，对于凯兰来说，它们是真实的，有生命的，我希望其他的孩子也能同我们一样，感受到这魔力。

"那些是什么？"当孩子们走上行车道，看到驯鹿旁的桶时，都会兴奋地询问。

"一个桶里是干草，因为驯鹿们总是很饿，另一个桶里是魔尘，圣诞老人想要唤醒驯鹿时，就会用到它们。"凯兰会非常自豪地向他们解说。

绝大多数晚上，妈妈也都会来协助我们。但乔治，却始终把自己封锁起来。即使本时不时地在房间里进进出出，也没有办法说服他走出自己的禁锢。在我欢迎人们的到来时，我没有给乔治施加任何压力，我会帮大家照相，并给他们看照片是否令人满意，我刻意忽略乔治，因为我知道，唯一能够说服他的，只有他自己，就像万圣节那次一样。所以，每天晚上，我都和凯兰一起守护"冬日仙境"，当夜深人静，曲终人散，熄灭最后一盏灯后，我会回到房间里，把客人们的照片冲印出来，各自粘贴在一张圣诞卡片上，以便在第二天能够交到他们手中。完成这些之后，就是清空邮箱的时间了。我回复了所有孩子写给圣诞老人的信，并且很肯定地告诉他们，除了把地球送给他们之外，圣诞老人一定会竭尽所能为他们的愿望做些什么的。

数日来，乔治都拒绝踏出房子半步。于是我开始担心，他是否永远也不会参与进来了。透过厨房的窗子，他能够目睹庭院里一切的热闹，因为他还是喜欢那些圣诞灯光，他看不够。尽管门铃响的时候，他也会来到门边，会把我要拿到外面去的糖果桶递给我，但他就是不愿意走出房门。也许这对他来说真的有些不能承受。也许是我太好高骛远，虽然乔治已经进步了这么多，但我所希望的，或许根本就不是乔治能够做到的。但是，我应该要相信，本一定是唯一能够找到方法让乔治迈出第一步的人，即使它利用的是它最亲爱的敌人，狗狗，来做这件事，我也没法生气。

当一个男人带着两只拉布拉多光临时，本立刻撒了欢儿。起先，被拴着的两只拉布拉多眼睁睁看着它在男人的腿间窜来窜去，而后它又跳上雪橇，在它们被允许踏上雪橇之前先宣告了谁才是这里的老大。当本在它们身边跑来跑去，试图引起它们的吠叫时，这两只狗却表现得分外茫然，就像曾经的杰迪一样。突然之间，它们对这一切不堪忍受，朝着本狂吠起来，而本则自在地在空中上下翻飞，眼睛里闪烁着兴奋的光芒。此时，我看到厨房窗子里的乔治，因为笑得太厉害，有眼泪顺着脸庞落了下来。

"看来在你惹出更多乱子之前，我必须得让你进屋去了，本。"我非常严肃地对本说，而后把它抱回屋去。

但这并没能起到什么作用，本就坐在厨房的窗台上，乔治就站在它身后，它不停地尖叫，那声音几乎要把圣诞音乐都淹没掉。因而，等拉布拉多一走，我就马上把它放回了院子里，而乔治，自然难以自己地跟着本一同出来，想看一看它还会惹出什么乱子来。

"如果你能给那些小朋友们演示应该怎么做，那就太好了。"乔治站在门前的台阶上左顾右盼时，我抓住机会说道，"他们自己可能搞不定化妆舞会的衣服，我想你和本应该能帮上忙。"

本就坐在门口，看着乔治。

求求你了乔治，来吧，和我一起玩。你不要出来吗？会很好玩的！

乔治犹豫了两秒钟，便一脚踏进了梦幻的夜晚中。本朝他冲过去，兴奋地咕噜噜叫着。它现在完全就是得意忘形，因为它知道没有什么东西可能威胁到它，所以它趾高气昂地看着我。

我是乔治的猫。他才不会指责我。我把那些狗弄得很兴奋，他不会骂我，只会笑。

"你为什么不看一下那些化妆舞会的服装，看看它们是不是都已经准备妥当了？"乔治四处张望时，我对他说道。

于是，在本跳上雪橇的时候，乔治走向了放衣服的箱子，并且开始把里面的东西往外拉。

"本想拍一张照片。"我咯咯笑着对乔治说。

"它想，它不想。"乔治一面说一面把箱子翻了个底儿朝天，"它曾经是好莱坞的演员，所以它很擅长拍照，而且那个雪橇会带着它飞走的，因为它想要去拜访圣诞老人。"

那一晚之后，乔治每天晚上都会出来，而最棒的事情，就是每天晚上，在我们准备好开放"冬日仙境"前，这里的一切，都是只属于我们的。乔治、本，还有我，身处独属我们的魔幻世界，我们坐在雪橇上讲故事，或者就肩并肩站在一旁，全神贯注凝视着雪橇。我知道，被这样一个五彩缤纷的

"仙境"环绕，乔治很安心，因为现在它只是我们的，这种感觉能够帮他应付即将到来的陌生人。乔治有自己的一套方法来应对他们：如果有孩子不小心打翻了干草桶，他会在告诉我不要担心之前，先发出长长的叹息声。他会自己去把干草桶扶起来，摆正，而后再回到服装箱子旁，目光越过那些站在他面前，等待得到东西的孩子们。

"你可以穿这件。"他递给一个孩子一套驯鹿套装，说道。

"你可以穿这个。"他又对另一个孩子说。

如果他们的妈妈匆匆瞥一眼乔治，我也不会介意。人们既然来到我们的"冬日仙境"，那么就得接受乔治本来的样子，就像我们会接纳所有到来的客人一样。

"明天再来，记得带上你的奶奶。"孩子们离开时，他都会这么说，而后会转向我，"我觉得他们会回来的，因为他们去不了大商场，妈妈。"

"没错，乔治。"我对他说道。在这个寒冷刺骨的十二月深夜，我觉得很温暖。

乔治把一切都控制在自己的节奏里，我为他感到骄傲。他对任何造访的人都没有什么反应，要知道，我们的客人真的形色各异，包罗万象。有一个带着五个孩子的妈妈，她会在孩子们面前口无遮拦地说出我几乎没有听过的脏话，但是在他们离开时，她会大声地感谢我。还有一个酒鬼爸爸，他和孩子们一同出现的时候差一点吓到我，他酗酒的名声在这一带人尽皆知，可是最终事实证明他非常友好，而且还捐赠了五英镑。如同旧日公寓里的人们一样，这里的邻居也同样给我带来了许多意外惊喜。而我，仅仅看到乔治和本在一起就已经很开心了，他们肩并肩站在一起，守护着盛放服装的箱子，也照看着满满的糖果桶。

"只能抓一点。"有些孩子试图抓满两手糖果时，乔治会说他们，并且会给本一个有些恼怒的眼神。

你能做什么呢，乔治？有些孩子就是喜欢糖果，不是吗？现在是圣诞节，他们想要开开心心的，所以我们就别管了。这是本的回应。

随着圣诞节一天一天地临近，本当仁不让，一马当先，主导着我们的"冬日仙境"。它会去嗅每一个上下雪橇的人，会在车道边的圣诞树上跳上跳下，还会扑进盛放舞会服装的箱子里去。看起来，它似乎已经把自己当成是"冬日仙境"的负责人了。乔治看起来则要犹豫得多，但他绝不是唯一受不了这么多人以及噪音的那一个。在一个忙碌的晚上，一位邻居带着他的孙子们来到这里，他们来自爱尔兰，他们希望能够一起挤上雪橇，拍摄一张照片——除了其中一个小女孩，差不多七岁左右，她退缩了。而且，在大家齐心协力想给她穿上舞会服装时，我看得出他们费了多少力。

"如果你那么想让她穿上这衣服的话，为什么你不自己先穿上一件呢？"我对爷爷说道。

"把舞会服穿上，亲爱的。"他面带笑容，提高了声音说道。

待到爷爷扮成圣诞老人之后，他和他的妻子一同爬上雪橇坐了下来，孙子们也都爬上雪橇，环绕膝下，而那个小姑娘依然独自站在一旁。

我在她跟前蹲了下来。"不用担心爬上雪橇的事情。"我说道，"你可以做点别的，为什么不试试看喂一下驯鹿呢？"

于是，在她用干草填满驯鹿面前的空碗时，我给余下的家庭成员拍了照片。我绝对按了不止三十次快门才拍到刚刚好的一张。而后，这家人便离开了。

第二天，这位爷爷又回来了，而这一次，他只带了那个小女孩一人前来。

"她想要拍一张照片。"他对我说，小女孩则爬上了雪橇。

她坐在那里，美丽的脸庞和卷卷的头发看起来仿佛是白雪公主。我用胶片捕捉下了这美好的瞬间。现在，她已经觉得很自在，能够笑出来了。

遗憾的是，并不是所有人都高兴于我们在做的事情。"冬日仙境"开幕数日之后，我打开门，发现一个女人站在门口。

"我来自房屋委员会，"她自我介绍道，"我接到投诉，说你这里的灯光太亮了。"

我很诧异，觉得她简直是在开玩笑。究竟是怎样的吝啬鬼企图破坏大家的圣诞节？女人解释说她必须要对投诉进行调查，因为有人给他们打去了电话，这是她的职责所在。我实在不明白，为什么仅仅因为一颗烂掉的苹果，就要毁掉其他所有清甜的苹果，我也不知道，究竟是哪个讨厌的家伙在同我们较劲，但是我很肯定地知道，他们就是想找麻烦。

于是我很详细地告知这个来自房屋委员会的女人，我和乔治还有本正在做的是怎样的事情，而她也很认真地听了进去。只是有一些公务上的流程必须要解决：当我告诉她我给所有到来的孩子拍照时，她告诉我她必须要和自己的上司核对，看看在属于房屋委员会的公寓里做这样的事情是否被允许。很快我就得到了反馈，只要孩子们有成年人陪伴，我的"冬日仙境"就可以继续。我很高兴，他们能够有自己的判断力。

"这对社区来说是好事。"之前的女士打来电话说。房屋委员会甚至还给了我一张一百英镑的支票，作为他们的捐赠。

这笔钱当然是很棒，然而真正把我的圣诞推向高潮的瞬间，还是看到乔治和本一起在外面，对陌生人表现出浓厚兴趣，乐在其中。这么多年里，我一直都在努力把乔治带往外面的世界，而他也同样一直都在抗拒，难以在人群中安然自处，可是现在，他终于做到了。他和本就像是布奇与日舞小子[1]：他们是最佳拍档。

我不会再让自己失望了。这些年，我一直都在参加圣诞音乐会，我有点不敢相信自己竟然还会纠结于乔治无法参与其中，竟然还怀抱期待。在

「1」《虎豹小霸王》中的人物，1969 年上映。

普通学校度过的那些年，我会去看每一场学校组织的音乐会，我看着乔治的同学们走上舞台，目光投向观众席，寻找自己的爸爸妈妈，期待看到他们宽慰的笑容。在乔治还很小的时候，我一直都希望他也能够同他们一样，但是随着他渐渐成长，我也渐渐明白，他不可能同他们一样，但是每年的那个时候，我的心都会觉得绞痛。此刻，我对那样的自己感到恼火：为什么我就不愿意接受那根本就不能是乔治做事的方式呢？我不可能把他变成他不可能成为的样子，而且乔治知道我是在观众席中的，这就是最重要的。虽然他在舞台上只有短短一分钟，但他知道，我在台下看着他。而后，我们会回到家去，和本一起享用一些饼干，再一起离开屋子，点亮"冬日仙境"的灯光。

乔治已经练习了好几个星期。一开始他对我说，他不想参加音乐会，因为他讨厌别人盯着自己看。之后他又告诉我，他对放弃午休时间参加排练感到腻烦。马乔里·金南每年圣诞节都会来，所有的孩子都要加入联欢。现在，这一天已经到来了，我觉得自己的肚子里蝴蝶乱飞，脑袋因为紧张而嗡嗡作响。乔治会唱歌吗？他会拒绝唱歌，沉默地站在同伴们中间吗？在家长们等待音乐开始的时候，一部分孩子弹奏乐器，作为序曲。当孩子们陆续登台时，我坐直了身子去看乔治。我不知道他会在什么时候上台，所以我的眼睛紧紧盯着每一张出现的面孔，直到我发现了他。

乔治低着头。他身穿红色 T 恤，一只手里举着一盏灯。我实在太希望他唱歌了，当他在舞台上站定，当音乐响起，我凝视着他，在他的同伴们开口的时刻，我希望他也能够开口。突然间，乔治张开了嘴巴，激动的电流瞬间贯穿我的全身，我犯了所有妈妈都会犯的错误，那就是举起手来，朝他挥舞手臂。就是这一瞬间，我回想起那些他从来没有参加过的音乐会，那些他缺席的演出，想起他总是缩在最后，沉默地观望，想起这些，我就更是无法控制自己激动的心情。现在，乔治终于能够参与进去了。

在他看到我举起的手臂时，他的眉毛也跟着扬了起来，我连忙停止了挥手：我不希望影响他。在看着他歌唱的过程中，我努力地控制自己的情绪，但这真的很困难。当音乐停止，表演结束，我从座位上跳了起来，用力鼓掌，双手几乎要拍得脱落了。而乔治就站在舞台上，环顾满是听众的音乐厅。我知道，他不会喜欢人们的欢呼与鼓掌，不会喜欢这些被制造出来的噪音，但我还是因为兴奋而飘飘欲仙，他就那么看着我，在他的目光里，我觉得自己要幸福得爆裂开来。最后，当他的目光与我相撞时，他的嘴角牵起了一条向上的弧线。

这是从未有过的，最好的圣诞。

音乐会结束之后，我必须要让自己不那么大惊小怪，以免乔治再也不想参加这样的活动。我们回到家中，打开前门，有点意外地发现家里出奇地安静。通常本都会跑到门口来迎接我们，但是今晚，却没有一点它的动静。

"巴布？"乔治呼唤他的名字，我们开始四下寻找它。

本不在客厅，也没有在厨房，我楼上卧室里的椅子也是空的。它没有躺在它的枕头上，在乔治的房间里也同样没有它的影踪。我继续在楼上搜索，乔治则跑下楼去想再检查一遍。

"它正在装饰圣诞树。"我听到乔治大叫起来，随后便爆发出一阵笑声。

我连忙下楼，冲进客厅，但是我并没有看到本。

"它在那儿！"乔治说着指向走廊角落里那棵傲然挺立的圣诞树，它足足有六英尺高。

我用力搜索，眼睛上上下下，反反复复打量那棵树，直到我看到本那双绿色的眼睛，在树顶放射出光芒。它坐在树顶，被霓虹灯和装饰品所环绕，俯瞰一切。它是名副其实的圣诞猫，被闪亮的金属片和小礼品包围，端坐圣诞树的顶端，它的目光投射向我们，并且喵喵叫起来。我和乔治忍俊不禁。

"我觉得它喜欢那棵树，妈妈。"乔治说。

"可能有点喜欢过头了。"我回应道，"现在，我们是不是可以把它弄下来了？"

第三章

失去本之后

14. 旅行，噩梦的开始

　　或许，"冬日仙境"之后的几个月，对于乔治和本来说都是最好的日子。他们相处融洽，其乐融融，又或许，这是我记忆中，他们在一起时应有的情形。

　　2009年九月，我们已经做好准备，外出度假，只是我有点担心乔治不愿意把本一个人留下。相处至今，他们始终形影不离，很难同彼此分开。这些年来，我一直都在照顾一个健康欠佳的朋友，所以这一次，他想邀请我们一同前往埃及。我深深地知道，对于那么热爱蓝天与游鱼的乔治来说，这无疑是美梦成真的一次旅程。所以无论如何，我都要说动他去旅行。起初我并不是很顺利：乔治拒绝出行。他就是不愿意离开本。所以，直到我告诉他，在我们离开之后霍华德会来照顾本，他才勉强同意。他知道，本待在自己的家里会很舒服，这些得到保证之后，他才对我说他愿意去埃及。此刻，我们的行李已经等待在门口，我们要上楼去，和本说再见了。

　　我们走进卧室时，本正睡在它粉红色的毯子上。它睡在床上，看起来很平静，让人不忍心唤醒它。看着它的时候，我的心不禁揪了起来。两个星期，对于站在床边的我和乔治来说，这种分离，将会多么漫长。

"我再也不会离开了。"乔治说道，"它知道我要离开。本很难过。所以它才会睡觉，它知道我们要丢下它了，是不是？"

"它会被照顾得很好的。"我安慰乔治，"爸爸会和它一起生活在这里，它会很开心，不会察觉到我们离开。我们可以每天都给它打电话，爸爸会用免提，这样它就能够听到我们的声音了。它会很好的。"

乔治小心翼翼地贴着床沿坐下来，本睁开了眼睛。它看着我们，发出悠长的叫声。这叫声，是它通常用来打招呼的，是包含两个音符的绵长叫声，只要我和乔治从外面回来，它就会这么叫。还有一种叫声，也很绵长，但声调平平，这表示它不高兴了，如果叫声比较短促，就是它在说"你好"或者"没错"。

"我会带很多礼物回来给你的。"乔治把本抱了起来，"我还会从海边给你带沙子回来。"

它的眼睛里充满泪水，这一刻，我很犹豫，犹豫我们是不是压根就不应该离开。我认为这是我和乔治应当一起去做的事情，这样想是不是根本就错了？我是不是应该留在这里，哪也不去，因为在这里，乔治和本都会开心。但是我告诉自己，千万不要心慌意乱。我知道，我们一定会很想念彼此，但这将会是让乔治终身难忘的旅途，我们怎么可以不上路呢？一旦他到达埃及，他一定会爱上那里，会享受这次美妙的旅行。

而我也同样有自己的理由，乐于离开。这是因为邻居里有一个男人，看起来总是对我和乔治很敌视，我一直搞不懂为什么。虽然不知道原因，但我能感受到，他的目的好像就是想让我和乔治觉得不舒服。事实上，事情还要更糟糕，我已经开始害怕离开房子。无论我何时出门，他的眼睛都仿佛是盯在我身上，这让我心神不宁，非常不自在。

起初，我试着忽略他，希望他在得不到任何回应后能够自行放弃。直到一天下午，乔治的校车停在门口时，发生了一些事情，使得我再也不能对此睁一只眼闭一只眼。

当时我正在楼上叠洗好的衣服，校车的喇叭在门口响起，我走到窗边准备挥手时，本就蜷缩在我的脚边。正当我准备大声喊乔治时，那个男人正好从我家门前经过，他停了下来。乔治从他面前走过，走上家门前的车道时，那个男人突然开始笑起来。

"嘿，窗户怪兽，"他突然大叫道，"今天在学校学到什么东西了吗？和那些白痴一起坐在那辆滑稽的巴士上还愉快吗？"

我僵在了原地。

"那是一辆特别的巴士。"我听到乔治一边朝前门走来，一边对那个男人说，"是我念的特殊学校的特殊巴士。"

"哦没错，确实很特殊。只给窗户怪兽们坐。"

看着这个男人的笑脸，怒火在我的身体里熊熊燃烧起来。他怎么能够那样同乔治说话？他怎么能够对一个小孩子说那些？我打开前门的时候，乔治什么也没有说，只是默默地走了进来。

"你为什么不看看电视？我给你拿饮料来。"我说着关上了起居室的门，而后气冲冲地冲出门去，冲向依旧站在原地的那个男人。总有一天，乔治要学会为自己而战斗，但并不是今天下午。今天发生的事情已经够了。

"我听到你刚才说的话了，这令人厌恶！"在这个男人正要继续走他的路时，我冲他大声喊道。

他转过身来，哈哈大笑。我感觉到身体里的怒气正在上窜。我知道他是哪种人了：是那种喜欢与人结仇，与人争斗的人，他们挑选的对象总是那些比他们弱小的人，他们在房屋委员会都留有坏名声。

"你应该为自己感到羞耻！"我厉声道，连体温都跟着升高，"你就是个耻辱！你怎么能够那样对我的儿子说话！"

男人看着我。他现在的样子看起来似乎少了几分勇气，他能够看到我燃起的熊熊斗志。

"离我儿子远一点，"我对他说，"你那样同他说话让人非常讨厌！如果你再让我听到你那样对他说话，我决不会放过你。我不知道我们做了什么事情惹到你了，但不管是什么，我都觉得你没有理由做这种令人厌恶的事情！离我们远一点！"

说完这些，我抬腿就走，回到了屋里。我可能给自己找了新的麻烦，但我决不会再保持沉默。那个男人必须要知道什么可为什么不可为。

回到屋里时，乔治正在等我。他一直站在厨房的窗边，他听到了一切。

"不用烦恼，妈妈，"他对我说，"我不在乎。把我巴士上的人喊成窗户怪兽让人难过。"

我深深地吸了一口气，试图让自己平静下来。

"车上有些孩子确实生病了，"乔治继续说道，"但是我没有。"

乔治回到了起居室，一边走一边和本说："他的名字是懦夫。他总是欺负那些无力还击的人。懦夫。懦夫。"

我们再也没有就这件事情再说些什么，我希望乔治能把它忘掉，因为一旦乔治焦虑起来，不经过好几天时间他是不可能平静下来的，而且在他处于焦虑的那段时间里，他很难入睡，也很难进食。可是，尽管乔治没有再提那件事，但很显然，他因此沮丧了。

"他能明白吗？他能明白吗？"那之后的第二天，他对本说，"他知道那对其他孩子来说意味着什么吗？他知道吗？"

这样看来，并不是这个男人让乔治自己觉得沮丧，而是他不明白那个男人怎么可以说他的同学们的坏话。当他奚落乔治的时候，乔治知道他是残忍的。所以，几天之后，我决定和乔治谈一谈，谈一谈究竟发生了什么。

"有些时候，你就是会遇到像那个男人一样的人，乔治，而你要做的，就是忽略他们，无视他们，当他们不存在，不要在意就可以。"我温和地说。

乔治一面看着本一面大摇大摆地走进起居室，而后把目光落在了我们两个身上。

"我一点也不担心。"乔治说道，"他们都有美好的灵魂，对不对？"

"谁？"

"在我巴士上的那些孩子。他们难道自己想生来就是那样吗？不，他们的灵魂是美好的。"

"你知道灵魂是什么吗，乔治？"

"是的，我知道，它是一种存在，存在于每个人的身体里。"

本跳上沙发，蜷缩在了乔治身边。开始咕噜噜叫起来。我知道，我没有办法问出乔治的感受，所以我决定和他说说我的感受。

"那个男人说的有关你朋友的那些话，让我很想发火。这一点也不美好。"

乔治看着我："不用担心，妈妈，人们觉得他们是窗户怪兽，是因为约书亚把口水弄到窗户上去了，但他仍然是美好的。我喜欢他，本也一样。"

在乔治说话的时候，本的爪子在他的腿上缩进去又伸出来，反反复复，仿佛是在宽慰他，告诉他一切都会好起来的。

"好吧，我觉得如果你和本都喜欢车上的那些朋友，这正是最关键的。"我说。

"他们是美好的灵魂，他们是。"

"我知道，乔治。"

"美好的灵魂。"

虽然在那天之后，乔治似乎已经忘记发生的事情，可是那个男人却没忘记，而且事情变得愈加糟糕，他甚至企图将本也卷入纷争。

"如果没有那只猫，你的孩子会怎么样？"我从他身边走过时，他就会怪声怪气地这么说，"如果没有那只猫，他就会不知所措，会找不到自己，是不是？"

有时候，我能够听到，在他经过我的房子时，就会发出奇怪的笑声。

"这儿，小猫咪，小猫咪，"他会对本大喊大叫，"你要来看看我吗？"

本从来不靠近那个男人，因为他知道那是怎样的一个人，我也没有再和他正面冲突过。反正他也不和乔治说话了，我希望我们的无视能够让他觉得无聊，从而放弃他正在玩的无聊游戏。

虽然如此，但是当我知道我和乔治将要暂时离开这里，去埃及的时候，还是长长地松了口气。而且我也听说，在我们去埃及期间，这个男人也将从这里搬走，这就意味着，那些糟糕的感觉也将从此结束。看着乔治与本拥别，我急不可耐想要离开，因为再回来时，一切都会变好。

"我爱你，你爱我。"乔治牢牢抱住本，说道，"你想要一个吻吗？我要去度假啦，去看像小丑鱼尼莫一样的鱼。你会留在这里，但是你会很忙很忙，因为你要和爸爸一起玩 X-box。"

我走到床边，蹲下身去亲吻本，因为吻得太用力，所以本直用爪子拍我的脸。我会很想念它的。

"我们得走了，乔治。"我说，"我可不想错过飞机。"

"我已经开始想你了。"走出卧室门的时候，乔治对本说。

我们停在门边，最后一次，对它露出笑容。

"我们会很快回来的，巴布。"乔治对它承诺。

本躺在床上，用它那双平静的眼睛，给了我们长长的，最后一瞥。

旅途愉快。我在这儿会很好的。我会想你们的，不过我更希望你们能够拥有前所未有的愉快假期。

"我已经开始想你了。"我轻轻带上了卧室的门，而乔治则一遍遍地重复着。

现在，是我们来到埃及的第二天晚上。到目前为止，乔治都表现得极其享受在海滩上度过的每一分，每一秒。几个小时之前，我们回到了公寓里，他刚刚帮我喂完流浪猫，他们现在已经是朋友了。

"本会很高兴我们照顾这些流浪猫的。"我把火腿放在这些流浪汉们的盘子上时，乔治对我说。

我能够明白他的感受，因为我对本的思念同他一样浓烈。前一天晚上我们刚刚抵达这里时，我做的第一件事就是给妈妈打电话，确认本是否一切安好——妈妈帮着霍华德一起照顾本。

"它有没有在傍晚的时候吃午饭？它上床睡觉之前有没有吃过夜宵？"我急切地询问着，"它看起来沮丧吗？还是和平时一样？"

"本很好，茱，"妈妈对我说，"放轻松点。"

今天早上，我甚至还收到了温迪发来的文档，她说本一切都好，让我放心，所以，当我在沙滩椅上舒展身躯时，我告诉自己，放松下来。没有它在身边的感觉真的很奇怪。我甚至会期待它突然出现在某个沙丘上，或者别的什么地方。

现在，我的手机响了，而我的脑海中，是本穿着阿拉伯服装骑在骆驼上的样子，所以我完全是心不在焉地接起电话。

"茱？"一个声音自耳边传来，"我是霍华德。"

"你好！"我回应道，此刻乔治正从厨房里晃悠出来，"巴布怎么样？"

"嗯，这是我打电话来的原因。"他说。

我的肚子突然不太舒服："发生什么事了？"

"我不是很确定，茱。但是自从昨天晚上之后，我就没有见到它了。

"我能喝点果汁吗，妈妈？"乔治一面问我一面走近厨房。

他盯着我苍白的脸庞，我一个字也说不出来。我得回家。我得去找本。它一定就在某个地方。它绝不可能就这么蒸发在稀薄的空气里。我不能告诉乔治，本不见了。

"妈妈？"他再次询问我。

我看着他的脸蛋，那么欢快，那么平和，我要怎么告诉他这件事情？我该用怎样的词语去解释本不见了，去宽慰他一定会找到？即使是在我看着乔治，彷徨无措，不知道该说什么时，我也清清楚楚地知道，根本没有语言可以阻止整个世界的分崩离析，因为它已经崩塌了。

"巴布！巴布！"

我和乔治沿着河岸摸索了一通之后，天色已经渐亮。数小时之前，我和乔治搭乘临时航班，紧急飞了回来。我知道，很多人都不会为了寻找猫咪而结束自己的假期，但是我们别无选择。在我脑袋里那种尖锐的疼痛告诉了我一切。对于我和乔治来说，本远远不止是一只猫那么简单。我们对它的爱，是对一个家人的爱，所以，在知道它失踪之后，我没有办法在埃及多逗留一秒钟。

乔治发现我在同霍华德通完电话之后，手里依旧握着电话，这个消息就无法瞒住他了。在对乔治说明这一切时，我止不住地哭泣，浑身颤栗，我的呼吸也极不稳定，断断续续的抽泣声越来越响亮，而乔治，只是看着我。在此之前，他从未看见过我哭泣。

"本失踪了。"我冲口而出，无法考虑得更清楚。

乔治沉默了几分钟，才开始说话。

"它很可能死了。"他说完就走开了。

他的话如同匕首，深深刺进我的身体。他走进浴室，关上了门，而我却动弹不得，瘫在原地。这是不可能发生的事情。就是不可能发生。本是不会死的。我知道我必须让自己冷静下来。我深深吸了口气，努力让自己再次同乔治谈话之前先停止哭泣。颇费一番口舌，我终于把乔治从浴室里劝了出来，我让他坐下来，他看着我的脸，又红又肿，还挂着泪水。我知道这会吓到他，所以我更深地调整呼吸，试着像平常一样说话。

"我打算回家，这样就可以去寻找本。"终于，我说道，"我知道我会找到它的。"

乔治站了起来，一分钟之后，他再次出现在我面前，并且伴随着轰隆隆一声巨响，那是他的行李，就被他粗暴地拖在身后。他的手里还抓着两件 T 恤，我明白，我必须尽快让我们两个搭上飞机离开。

我们用了两天的时间，才把所有的情况都汇集起来，而在焦灼等待的过程中，乔治几乎一个字也不说。时间沉默地流逝，我们都陷入了自己深深的思绪中。唯一能够把乔治的痛苦与恐惧传达给我的讯号，就是乔治垂在身旁，僵硬地攥紧的拳头。这是小时候的他在感到焦虑时会做出的举动。我一直在努力劝慰他，告诉他只要我们回到家，就能够找到本。但是他什么也听不进去。

在回英国的航班上，以及在驱车回家的路上，我们谁都没有说话。在我打开前门的瞬间，乔治就飞快冲上了二层，去检查所有本可能躲藏的地方。我想不出还有别的什么可以做，但我必须要做，而且，对于这件事情，我思考得越多，就越是肯定，一定是有什么人把本带走，和我们开玩笑。它不可能在一分钟之前就停留在我们门前，而下一秒钟，它就离开了。一定有什么人做了什么事情。

"没有人会这么做的，茱。"当我打电话把这个想法告诉妈妈时，她说，"这样的话就太残忍了。"

"如果不是这样，还有什么原因能让它失踪，妈妈？"我止不住又哭起来。

"它可能就是因为你和乔治不见了而气呼呼离家出走了。你知道猫的性格都是那样的。"

"但是本和其他的猫不一样。"

"我知道，茱，它会回来的。我知道它会的。"

自从我们回到家以后，我的心里还抱着一线希望，希望因为又听到我们熟悉的声音，本会突然冲进来。但是在花园里呼唤它的名字并没有能让它回来，而且乔治也没有能够在家中的任何地方找到它。尽管现在已经是凌晨三点，但我无法等到天亮才开始寻找，所以我穿上了外套，告诉乔治我要出去。

"它会在河边的。"乔治从楼上下来，说道，"它喜欢那里。"

相比其他地方来说，河边确实是搜索本的最佳起点，于是我带上了一盒本的小饼干，和乔治一起离开了家。去往河边的路上，万籁俱寂，没有一个人，也没有一只猫。仿佛我和乔治就是这世界上仅存的两个人，现在这两个人要去找寻他们的挚爱。

"我想本是藏起来了。"我对乔治说，"它只是在和我们开玩笑，我们只要找到它的藏身之处就好。"

然而乔治并不这样想，在我们的前行过程中，他一遍遍地重复着同一句话。

"它死了。它死了。它死了。它死了。"

他的话如同利刃，劈开我的身体。他看起来那么肯定，而我却根本不能让自己这么去想，去想本可能已经死了。我想阻止乔治再继续这么说，我坚持没有这种可能性，我们连续几个小时沿着河岸搜索，呼唤本的名字，在灌木丛下仔细寻找，然而，没有一点它的踪迹。于是，我告诉乔治，现在该回家了。在我们拖着沉重脚步回家的路上，乔治依旧一句话不说，然而一到家，他就直直冲进了花园，盯着凉亭不放，似乎是希望他的好朋友正如往常一样，就坐在那里。一切看起来都还是老样子——本的椅子被它的毛覆盖在身下，它的磨牙棒就放在玩具箱里，玩具箱就在起居室——但是一切已经完全不同了。没有了本的呼噜声，没有了它脚下的软垫，没有了它跑上楼索要拥抱的身影，整栋房子显得那么寂静，那么空空荡荡。

我走了出去，走到了乔治身边。太阳冉冉升起，空中的云朵被染成支离破碎的粉色。今天又是新的一天，而我会继续寻找本。它一定就在离我们不远的某个地方。无论到底发生了什么，它绝不会走远。本绝不可能就这样人间蒸发。一定有人看到它了。我必须要像一个侦探一样，抓住所有的线索，去找到最后一个见到本的人，这个人，一定会把我们引向本的所在。

在我走进花园时，乔治转过身来看我。他的目光异常冰冷。

"这是你干的。"他说，"是你。是你想要离开，现在本离开了。都是你的错。"

我的心瞬间冻结了。我很清楚地知道为什么乔治会怪我。没错，就是我，是我劝说乔治去旅行的。是我告诉他，就算没有我们在身边本也会很好的。悔恨席卷过我的心，或许乔治说的是对的。为什么我要劝说他去旅行？为什么我们就不能开开心心地在既定轨道里过日子？

乔治用力推开我，回到了屋里，在他从我的视线中消失的时候，我很想伸手抓住他，我想告诉他，我一定会尽快找到本的。但是，无论我有多么失望，我都不能触碰乔治。现在本不在了，我们中间的某些东西也随之转变了。

一切似乎都静止了，生命力似乎已经从我的房子里被排了出去。这种感觉很不真实，很难相信。我不明白，本为什么没有喵喵地叫着奔向我们，为什么没有在椅子上舒展身躯，为什么没有去捕捉清晨第一缕阳光。我迈着温吞的步子，回到房间里，上楼来到乔治的房间。门关着，门后传来的，只有寂静。我深吸了一口气。

"我会找到本的。"我说，"我向你保证，我会的。"

门依旧紧闭。

"不，你不会的。"终于，我听到乔治说话了。

"我会的，我向你保证。我会找到本，把它带回家。"

我沿着走廊往回走，停在了我的卧室门口。本的毯子还在我的床上，和我们离开时一样，我还记得，几天前，我们最后一次看到它躺在那里时的样子。我又想到了乔治，还有我对他的承诺，一个我不知道自己能否兑现的承诺。我只知道，现在我唯一能做的事情，就是去兑现这个承诺，我只能这么做。如你所知，本不仅仅是一只猫：它是乔治通往这个世界的一扇窗，是打开他内心世界的钥匙。你可以说我是傻瓜，但它就如同我的另一个儿子一样，现在它不见了，我必须要把它找回来。如果找不回来，我知道，我就再也不会看到乔治眼中的光芒了，想到这一点，我就万分恐惧。而能够让一切回到正轨的唯一方法就是，我要把本带回来。

15. 眼泪

第二天，家里来了很多人，都是要帮我们来找本的，但是乔治把自己关在卧室里一整天，拒绝出来。温迪和基思都来了，妈妈也在，还有桑德拉和男孩儿，男孩儿为此今天没有去开出租，诺布也在下班之后马上就赶来了。我六神无主地在屋子里打转，他们都让我要冷静，不要这么惊慌失措。

"它不会跑远的。"男孩儿一直这么劝我。在他说话的时候，打印机不断地往外传送着海报，我在上面印了本的照片和我的手机号。

"在我们把这些发完之前，它就会回来了。"妈妈说。

我知道他们都觉得我有点反应过度，猫离家出走很常见，本一定会回来的，但我了解本，我很肯定它绝不会自己离家出走。到现在为止，本已经失踪四天了，我知道它需要帮助。否则它就已经回到家了，它是不会离开我们的，它是那么爱乔治。

早些时候我去看乔治，发现他坐在床上，面前放着一个箱子，那里盛满了他最喜欢的小玩意儿——水晶吊坠，耳环，瓶盖，都是他这些年来收集起来的。他拒绝交谈。我知道他会把这些珍贵的小东西一个挨着一个整整齐齐排列在架子上，每当他觉得混乱时，就会给这些东西建立秩序。他把自己关闭了，完全沉浸在自己的世界里，如果我没有办法找到本，我不知道我还能怎样，再次触碰到他的内心。

失去一样珍贵的东西只是瞬间的事情，而明白它已经不在了，则是另一个瞬间。昨夜，在我看进乔治眼睛的那一霎那，我已经知道自己失去了什么，也明白乔治和本的感情已经多么深厚。我已经对我们的猫调和欢笑习以为常，我习惯了乔治独特的拥抱，以及谈论爱的方式，也习惯了我们一起看电视或者一起唱那些老旧歌曲的夜晚，太习惯，以至于忘记对这一切心存感激，忘记要更为珍惜。但是现在，这一切都消失了，乔治因为失去本而责怪我，而我也在此刻才明白，能够拥有那些东西，是多么的幸运。我觉得很害怕，很恐慌。没有了本，我敢肯定，乔治一定会退回曾经，退回到本来到我们生活中之前的情形里，他又会变成我最熟悉的陌生人，而我也同样肯定，这是我无法承受的。

那天早上，我在失踪宠物网站上为它登记了信息，正式开始了对本的官方寻找。温迪和基思共同帮我完成了这件事情，他们还打算为本建立一个专属的脸谱网页面，只要是能够提醒人们是否曾经见过一只有着白色"围兜"的黑色猫咪的事情，我们都会去做。通过网络，我也同样获得了许多关于怎样寻找失踪宠物的有用建议。本的毯子现在被放在了外面，就挂在晾衣绳上随风招展，这样风就会把属于它的气味吹散在空气中，我们希望这样可以召唤它回家。我甚至用吸尘器打扫了整个房间，然后把吸进去的东西都撒到河边，也是希望它能够嗅到家的味道。我还把新鲜的金鱼用绳子串起来，挂在花园里，我在其他地方看到说这样会有帮助。

在制作海报的时候，我强迫自己集中精力，我在其中特别注明，会有250英镑的报酬送给发现本的人。对它的思念一直不断地在我的脑海中扩散，所以我希望酬金能够鼓励周围的孩子们都能倾巢出动去寻找本。昨天晚上，我是那么肯定它一定是被什么人故意带走了，但是现在，我却不能不去思考其他的可能性。它是不是因为受伤而躺在某条小沟里不能动弹？是不是有什么人开车撞到了它？每当我想到它可能受了伤，正孤伶伶地躺在什么地方等着我们去救它时，我就觉得无法呼吸。

海报做好了之后，我们每个人都带上了一包，分别去往不同的方向去把它们张贴起来，同时，我把乔治留在了家里，由妈妈照看。我们必须要确保这里的每一个人都知道我们正在寻找本，这样的话，等待持有相关线索的人打来电话，引领我们找到本只是个时间问题。

几个小时之后，我贴完海报，回到了家中。我去了咖啡馆和商店，俱乐部和邮局，学校和图书馆，在我下车的时候，我看到一个熟悉的家伙从我们门前走过，是那个我一直耿耿于怀的男人，自从因为他那样对乔治说话导致我和他正面冲突之后，我们就再也没有说过话，但是现在，我要同他说话，只要能有帮助我们发现本的机会，我愿意同任何人说话。

"我的猫不见了。"眼看那个男人从我们的车道前走过，我连忙开口。

他停下了，但什么也没说。

"我到处都贴了海报，如果你看到他的话，能不能麻烦你告诉我？"我问道。

在我忍不住开始哭的时候，这个男人却咧开了嘴，看着他的脸，我的眼泪大颗大颗落下来。

"本不仅仅是一只猫，"我继续说道，"它的意义远不止那样，我的孩子不能离开它，我们一定要找到它。没有它乔治会失去自我。本就是我们的一切。"

男人更深地盯住了我。

"祝你好运，希望你能找到你的小猫咪。"他说着，对我笑了。

我敢发誓，这种感觉分明就是看到我痛苦让他很享受。我站在人行道我想你需要知道。"

"这是什么意思？"

"我就像平常一样，把它放在前院里，结果几分钟之后我回来就发现它不见了。"

"这是什么意思？它去哪儿了？"

我不能明白霍华德在说什么。本从来都是哪儿也不去的。每天晚上，它都会沿着我们门前的车道，一直走到温迪家的车道，而后再回到我停车的地方，最后，就会回到门前的台阶上。它每天晚上都会做这件事。

"我也不知道，"霍华德说，"昨天晚上我找了它好几个小时，今天也是。你的家人也都在附近找它，温迪和基思也在找。但我们就是找不到它。只是一分钟而已，一分钟之前它还在那儿，一分钟之后就不见了。就好像是它蒸发了一样。"

这太糟糕了，是糟糕得可怕。本从来没有离开过。它已经很老了，根本没有精力去冒险，它也不像其他一些猫一样，整天都在外面寻找猎物，或者只是出于喜欢变化而去别人家门前讨食。它爱它的妈妈，它最远也就是去花园里或者车道上散散步。一阵寒意袭来，我的身体开始颤抖。

"我不明白，"我低声对霍华德说，"本是不可能离开的。"

"我知道，茱，但它离开了。"

霍华德接下来说了些什么我一点也没有听进去，挂掉电话的时候，我整个人还是麻木的，脑袋一片空白，他说如果有什么新的消息，他晚点会再打过来。

本绝不可能离开。它不可能逃跑。我们不能没有它。这根本就不可能。它必须要回家来。

我无法自控，开始啜泣，呼吸也变得短促而起伏，我很难受。我不敢往下想。这一切怎么可能会发生。

而每一天，我都只能告诉他同一个答案："还没有，但是我会找到的。"

每当夜晚降临，我独自一人坐着，我总会不断地想念本。我渴望听到它喵喵叫的声音，渴望看到它蜷曲的尾巴倏忽消失在门边，渴望感受到它柔软前爪的重量，它总是会把前爪搭在我的膝头，而后跳上来，索取拥抱。想到它时的那种痛苦，和对于乔治目前状况的强烈恐慌，在我的内心并驾齐驱，共同燃烧着我。而唯一能够让我把这种崩溃的情绪压制在胸腔里的方式，就是接听电话。因为这些电话可能把我们引向本。电话来得越来越频繁，密度越来越大，有时候一天就有三十个打进来，我会接听每一个人的电话，问他们确认足够多的信息，来确定他们发现的猫并不是本，当我不能肯定的时候，我就会把细节记录下来，而后驱车前去确认。从乔治去上学的那一刻开始，直到他放学回来，这一整天我都在外面，在马不停蹄地寻找。因为很多时候，在他们告诉我发现猫的地方我都不可能一下子就看到那只猫，所以我总要一再去那个地方，直到看到猫为止。通常我都会带食物去，让发现猫的人定期投放一些食物，这样它们才有可能再次回来，我也才能多见到它们。有时候，我也请他们把猫咪引诱进车库或者小仓库，好让我能多看上一眼。但是大多数时候，这种方法并不奏效，所以一旦我接到一个电话，我就必须放下手中的所有事情立刻赶过去。因此，妈妈已经习惯于我们在超市购物到一半时，我的电话便匆匆响起，催促我出发。"该走了。"我对她说完便百米冲刺一样冲了出去，留下她一个人，站在超市堆满谷物的过道里。

有太多太多的电话，因为有太多太多的海报，而现在我已经开始把搜索范围向西扩展到费尔特姆和海斯，向东则拓宽到里士满和奇西克。我张贴了太多海报，以至于有个来自房屋理事会的男人对我说，如果我再不停止这种行为，我可能会因乱贴乱画而被起诉。虽然这不是什么好事，但至少让我知道，我已经充分把消息散播出去了。

坐在灌木丛中或者藏在某棵树上吗？我径直走向把铁路隔离开来的栅栏，我知道，如果我翻过去的话，肯定会因擅自闯入而被逮捕，但是，在我翻越路障的时候，我对自己说，这是一次不得已的必要犯罪。

"巴布？"我在黑暗中呼唤着。

我穿过成片的荆棘，它们似乎都刺在了我的脸上，有那么一瞬间的疑惑，疑惑自己到底在做什么：所有人都在自己舒适的床上熟睡，而我却在夜深人静的时候来到这里，孤身在荒芜的铁路路基上，努力去找一只很可能根本就不是本的猫。但是，如果只有这样才能够找到它，那么我愿意这么做，甚至做得更多，因为，无论如何我都不能放弃。我必须要追踪每一通电话，每一点线索，去让自己相信，我别无选择，我只有这一条路可走。

我沿着铁路路基来来回回走了好几个小时，呼唤本的名字，但是我感受不到一丝它的气息，最后，我不得不回家去。我又给那个喂过流浪猫的男人打了电话，拜托他如果再次看见那只猫，一定要让我知道。仅仅过了几个小时，电话就响了起来。

在我飞快钻进车子里的同时，我的心脏在胸腔里剧烈地跳动着。那个男人刚刚又看见了那只猫。它现在就在铁路的路基上。我加速前往奥斯特利的每一分钟，都仿佛一个小时那么漫长。停好车之后，我迅速冲向了路基边的栅栏，非常确定地在视线范围内看到了一只黑猫，正漫不经心，全然忘我地趴在草地上。我努力让眼睛聚焦，好看得更清楚一点。那只猫坐得很远，我看不出它究竟是不是本，可是我又不想很快就靠近过去吓到它。

"本——"我试着喊他："巴布？"

那只猫开始沿着蜿蜒的铁轨慢慢朝我的方向走过来，越来越近，当我看到它胸前的白色时，心几乎要飞起来。然而，就在那一瞬间，那只猫转了一下头，我看到了他脖子上一块非常明亮的红色痕迹。它戴了一个领结。那不可能是本。它不可能戴着领结，因为它总是把它们弄下来。兽医解释说，声音听起来非常高昂，甚至有点狂躁。打电话的人在说话时不停地咯咯笑。

"巴本在我们这儿，朱莉亚，它和我们在一起。它就在我们的公寓里。它是黑色的，它有白色的胸脯，它在我们这儿。它已经是我们了，你别想把它带回去。"

电话里的人们开始不停地笑，听起来有点疯狂，听着这通可怕的留言，乔治跌坐在了地板上。

"乔治？"我蹲下身去，"乔治？"

他躺在地板上一动不动，眼睛盯着空气，我在他身边坐了下来。我就这么看着他，恐惧如潮水，淹没了我的心。我一直以来都想要保护乔治，保护他远离那些想要伤害他人，避开那些令别人痛苦的人，可是现在，那个真实而残酷的世界正在渗透我们的房子，而我却无力阻止这一切，因为我要找到本。

在我同他说话的时候，乔治的脸变得惨白。

"别这样，亲爱的。要不要站起来？那些人只是想开一个不太让人喜欢的玩笑。本并不是真的在他们那儿。不要理会他们。他们不是好人。他们并不知道他们在说什么。"

在说这些的时候，我还要确定自己没有触碰到乔治的身体。现在，我已经不能够太靠近他，自我们中断假期返回家后，他再也没有与我拥抱，或者同我玩一些粗鲁的游戏。他同样也不再用猫调同我说话，有那么两三次，我不假思索地用了猫调，他会非常厌恶地看着我。

"我们不能这样做，"他会这么说，"本现在不在这儿。"

某一天，他不小心用了猫调自言自语，而在他开口的同时，他的脸色霎时变得惨白。

此刻，乔治蜷缩成了一个球，开始哭泣，躺在地板上，不住地抽泣。

"世界上有一些令人讨厌的人，"我尽量温和地对他说。"但是他们是不会得到本的。它是不会去到那种人身边的。你知道的，它能够看到人们的心。它绝不会信任那些残忍的人。"

　　可是乔治听不进去，许久之后，他终于停止哭泣，他站了起来，径直朝客厅走去。

　　"我必须要听留言，"我一面说，一面跟着他走进客厅。"我不能对那些留言视而不见，因为很快就会有真正知道本的下落的人打来电话，我们会找到它的。"

　　乔治打开了通往花园的门，走了出去。他踮着脚尖踩在垫脚石上，穿越草坪，而后停在了最后一块石头上，那里通往凉亭，那是本在这个世界上最喜欢的地方。随后，他张开了嘴，开始尖叫。

16. 支离破碎的心

当邮差开始说话时，我的胃里一阵翻滚。他在送信的时候，看到路中间躺着一只猫，好像是被汽车给撞了。

"是一只黑白相间的猫。"他说，"就和海报上那只一样。"

"你确定它已经死了吗？"我问道，这些词在我的嘴里显得那么僵硬以及不真实，但我还是问了出来。

"是的，它受伤很严重。它现在还在路中间。"

"谢谢你来告诉我。"

"很抱歉。"

我放下了电话，又再次拿起来打给男孩儿，让他同我一起去找那只猫，在我做这一切的过程中，我整个人还处在极度震惊的状态里。我无法独自去面对，因为我虽然很痛苦，却觉得那有可能真的就是本，这种感觉就如同我每一次接到电话，有人说在自己的花园里或者在路上看到一只差不多的猫一样，我都觉得那会是本。在心底，或许我一直都在等着今天这样一个电话。我知道猫咪们经常会在路上受伤，而且，随着时间一周又一周地

196

过去，我越来越怀疑，本是不是真的发生了什么事情。虽然我多么希望它是被什么人偷走了，这样至少还能够证明它是活着的，可是现在，我真的不能再自欺欺人地去假装没有什么更糟糕的事情会发生。此刻，我觉得很害怕。这只被发现躺在路中间的猫一定不能是本，因为经过我的努力，乔治真的开始走出绝望的阴影，开始希望本能够再次回到家里来。

那始于一场我们在一个非常麻烦的夜晚进行的谈话。现在，每隔一个晚上，乔治就会睡不着，几乎是每半个小时就醒来一次。在不眠不休的几个星期之后，我们两个都已经筋疲力尽。所以最终，我想说服乔治到我的床上来睡，看看能否有所帮助。一开始，乔治并不愿意，因为这会意味着他要睡在本睡的那一边。尽管我设法想要说服他，但他还是在上床后很快就又下床去，在窗前来回踱步，掀开窗帘，看着夜晚的天空。

"真黑，"乔治说道，"我不知道本能不能找到路。我看不到它，它能看到我吗？它现在正在别人的床上吗？它饿了吗？"这些问题不断被他重复。

我试着让他转移注意力："你觉得本已经和别的家庭生活在一起了吗？"我问他。

我还真的没有和乔治讨论过这个事情，但我自己却一直都会这么想，因为这种故事在报纸上经常会读到，有些猫走失了好几个月，因为陌生人的喂养，而再次找到一个属于自己的家。人们一直都告诉我这种情况是可能发生的，现在，我才觉得他们可能是对的。随着越来越多个星期过去，却依然没有任何有用的消息，我心里的恐惧也如高墙一样越筑越高。我开始相信一切皆有可能，本可能真的就是觉得我们丢下它走了，所以它就自己离开了。

"它有没有可能是钻进了别人的车子里，或者是跳上了一辆卡车，被带到了别的什么地方？"我对乔治说，"有时候你会在新闻上看到这种事情。"

乔治盯着窗外。"不。"他说，"它不会离开的，也不会和别人生活在一起。"

但是当我次日早上起来给他准备早餐时，我听到他这么说：

"本可能搬去了别的什么地方。"他轻声说道，"巴布可能有了一个新家。"

这告诉我，至少在他的心里，还有着若隐若现的希望，而我想要鼓励这种希望。我们仍旧确定不了任何事情，除非我真的能确定什么，否则，我想要乔治抱有希望，去扼制他心中的悲伤，那种悲伤正一天天将他消耗殆尽。

"如果本是和其他人在一起，那么我一定会找到它的。"我对他说，"只要它可以，我会让它回到家里来的，我要做的，只是把它带到你的面前。"

可是现在，当我给男孩儿打去电话让他过来接我时，我的心里却充满了怀疑。我一直鼓励乔治去相信，去怀抱希望，这种做法真的对吗？到现在为止，时间已经过去一个多月了，我们仍然没有一点本的线索，也许一直以来都是我活得太脱离现实。男孩儿来了之后，我们迅速赶往了邮差说的那条路，抵达那里时我的感觉很不好。而我们唯一能够看到的，就是在柏油马路上有一摊鲜红的血迹：猫已经被挪走了。目睹眼前的情形，我几乎要哭出来。在还不知道那到底是不是本的情况下，我们不能离开。于是我们去敲了马路两边所有人家的门，想看看有没有人知道那只猫被带去了哪里。在等待其中一扇门打开时，我想到了乔治，想到了他的希望，也想到了那只失去生命的黑白色猫咪。在我想到，如果那真的是本，这将意味着什么时，痛苦漫过了我的头脑。

"我希望你能帮帮我，"一个男人打开了门，我请求道，"有一只猫被撞了，我需要找到它。"

"它在这儿。"男人回答道，脸上的表情很严肃。

他的身旁站着一个男孩儿和一个女孩儿。

"我想，那有可能是我的猫。"我说道。

"不是的。那是我们的猫。我已经把它埋在了花园里。"

"很抱歉这么问，但是，请问您确定吗？有人对我说那只猫伤得很严重，所以，您有可能是弄错了？"

"不，我很肯定。"

有那么几秒钟的时间，我松了一口气，但很快我便觉得内疚起来，这个家庭失去了他们心爱的宠物，我怎么能够觉得高兴呢？

"很抱歉打扰您。"男人关上门的时候，我说道，而后转身离开。

当天晚些时候，我把这件事情告诉了妈妈，我告诉她我真的不敢想象在本的身上会发生怎样的事情，今天的事让我觉得非常震动。而后我转过头，发现乔治就站在门边，我知道他听到了我所说的一切。

"这个世界已经疯了，"他尖叫道，"那些车正在毁了那些树，再也没有新鲜的空气了。动物们应该自由自在走来走去，那些车怎么可以撞到猫咪呢！"

"因为事故偶尔会发生，"我告诉他，"这让人难过，但确实会发生。"

"我们应该买一辆手推车和一匹马，让人们看到，这比汽车要好得多。"

"我不太确定我们可以这么做，乔治。"

"但是我们的石油正在枯竭！人们无法呼吸。汽车正在谋杀我们。汽车正在谋杀猫咪。"

接下来的几天里，这个对话不断被重复。我试图安抚乔治的忧虑，并且真的希望他再也不要听见我和妈妈的交谈了。

然而，尽管我一直都告诉他我们并不能肯定到底发生了什么事情，所以不能放弃希望，但是，万圣节前的一天，乔治来和我说的话，让我觉得自己可能真的是大错特错了。

"别担心，妈妈。"他说。

那是本失踪后，他第一次这样同我说话，我有点疑惑，不知道发生了什么事情让他会这样做。

"本要回家了。"他说。

我不太明白这是什么意思。

"它明天就会回家了。"

"为什么是明天？"

"因为明天是万圣节。它爱万圣节。它不可能不回家的。"

我的心一沉。乔治还记得去年我们的万圣节派对，记得我们所有的欢乐。他很肯定，本会回家来同我们一起庆祝节日。接下来的一整天，他都陷在深深的思绪中，随着万圣节的早晨缓缓步入了傍晚，接着夜晚也降临了，我能够看得出，乔治又再次落进了悲伤的黑洞中。多尔一直让我鼓励他，宽慰他，别让他再继续绝望。但是我知道，一切都太迟了。当夜幕沉落，阴谋与欺骗叩响门扉，乔治不住地敲打自己的手指，焦虑地唱着歌。

"让他们走开。"门铃一遍遍响起，乔治不停地念着，"他不在这儿。他没有回家。"

最后，我不得不关掉了屋里所有的灯，好让过节的人们不要再来敲门。余下的夜晚，我和乔治就这样静坐在黑暗中。寂静的房间如同埋葬我们的墓地，我的心里充满悔恨。如果我不能找到本，我该如何将这一切复原？我该如何才能让乔治变回他原有的模样？我沉默地坐着，思索着，明白了两点：或许，鼓励乔治怀揣希望是我错了，所以从现在起，我必须要诚实面对本可能再也不会回到我们身边这种可能性。但是，除非我能够确定它再也不会回来了，除非我找到了真相，否则我会一直相信，它有朝一日可能会回来，并且我会告诉乔治我的想法。从这一刻起，我必须要担负起我们两个人的期望。

我在寻找本的过程中交到了一个非常好的朋友，萨利，她住在埃尔斯沃斯，就住在自己妈妈还有姨妈的隔壁。那里离豪恩斯洛非常近，沿着主路走下去就能到。萨利的妈妈打来电话说，自去年九月开始，她同妹妹就一直在给一只黑白相间的流浪猫喂食，所以我和萨利才见了面。

"我们很肯定那就是你的猫。"她说，"它同海报上那只猫一模一样。"

于是，我同往常一样，马上就冲了过去，见到了在家的两位女士和她们的斯科蒂犬，并且一眼就认出那只猫并不是本。因为它身上唯一有那么一点白色的地方，是在它鼻子的下方，只有那么一点点，仿佛是把鼻子浸在白色油漆里染上的。不过这只猫看起来非常不错，我敢肯定是一只家猫，有自己的主人。野猫同人类的宠物猫非常不同：前者枯瘦如柴，看起来营养不良，后者则营养充足，会胖很多，家猫愿意让人靠近，而野猫则会躲得远远的。所以我建议由我把这只猫带去兽医那里做检查，看看有没有植入信息记录芯片。

"别担心，"其中一位女士对我说，"我的女儿萨利现在去美国了，不过她很快就会回来，所以她可以帮忙。她在一家动物慈善机构帮忙很多年了，所以她知道该怎么做。"

我并没有期待再次听到她们的消息，但是萨利却在度假回来后给我发来了邮件，对于她们把猫咪弄混淆的事情表示道歉，那只她们一直在喂养的猫已经取名为蒂西。萨利一直在照顾她，直到当地的动物保护机构给她找到了一个合适的新家。就这样，蒂西的故事很快就有了圆满结局。从美国回来的飞机上，坐在萨利旁边的那对夫妇就住在离她家两英里远的地方，正是他们给了蒂西这个新家。

蒂西并不是我遇到过的猫咪里唯一一个遇到自己的恩人，被给予全新生活的猫咪。它们当中，最幸运的三只分别是，蒙提、索克和普鲁登斯。它们全部属于一位名叫梅伟思的女士，我和温迪曾在十一月的晚上造访过她。梅伟思打来电话说，她正在喂养一只流浪猫，看起来和本的外型非常相像。开门的是一位年届七十的女士，满头银丝剪成非常整齐的波波头。

梅伟思的打扮非常讲究，她的家也是一样，所有的一切都很考究，空气中散发着非常清洁的浆洗味道，厨房的角落里搁着她折叠起来的烫衣板。

梅伟思告诉我们，她收养的第一只猫咪就是一只流浪猫，它是四年前来到这里的，梅伟思给她起名蒙提。而后她又收养了一只猫，取名普鲁登斯，在被发现时，普鲁登斯被照顾得很糟糕，而且非常饥饿。

"我今天不能把你们介绍给普鲁登斯。"梅伟思对我和温迪说，"它已经聋了，而且太老了，不是很喜欢陌生人。它住在楼上的一间卧房里，从不出来。"

我能够看得出，梅伟思真心爱护着她的每一只猫，尤其是普鲁登斯。而新近加入这个家庭的成员则是黑白相间的索克。几个星期之前，它开始出现在梅伟思的花园里，从那时开始，梅伟思就一直在喂养它。它正是梅伟思想让我看的那只猫，虽然她觉得这很可能不是我要找的那只猫，但她依然希望我能够亲自来确认。

"马上就要到它吃鱼的时间了，"她对我们说，"它每天晚上都要趴在木板上吃鱼。"那块木板，就是放在门外的一小块木板。

果然不出所料，索克很快就出现了，并且，如梅伟思所想的那样，它并不是本。我感受到了失落的浪潮再次掀起。没有本在身边的日子已经快两个月了，而我仍旧希望每一个打来电话让我去确认的猫都会是它。我无法抑制自己去相信，只要我足够努力地去找，就一定能够找到它。站在原地同梅伟思说话时，我强压下自己的悲伤。我看得出，她非常担忧索克的状况，很显然，她非常肯定它在某个地方一定有一个家。

"如果我的蒙提走丢了，我会希望有人能够带它去检查它是否被植入了芯片，但是我还没有能够抓住索克。"她对我们说。

我完全能够体会梅伟思的感受。

"为什么我不能把它抓起来，然后带它去兽医那里做检查呢？"我询问梅伟思，而她同意了。

现在我可以说，我已经下了决心，想要尽自己的绵薄之力，尽可能多地去解决猫咪失踪的问题，并且，不会因为找到本而停止。在遇到了那么多的流浪猫之后，我开始去抓住它们中的一些，带它们去到当地动物保护机构建立的兽医院，去做芯片植入检查，希望能够帮它们找到自己的家。然而，令人沮丧的是，我带去的猫咪大约有一半以上都没有植入芯片，所以我不得不按照慈善机构建议的那样，把它们一只只带回我发现它们的地方。这就是为什么我愿意为梅伟思提供帮助。我告诉她我会在第二天再回来，同时会带来一些工具和手套，因为我已经学会了怎样做好充足准备去捉住一只猫。对于抓住索克，我并不是很担忧，我知道自己在做什么。

第二天，我又来到了梅伟思这里，让她放上一盘食物在厨房里，好引诱索克进来，而我则藏在厨房的门后。一旦索克进来，梅伟思就会把门关上，我就会进行抓捕。

我们的计划准得如同机械表。索克非常准时地出现了，它先是站在门槛处闻了闻，便踏进了厨房。梅伟思即刻以迅雷不及掩耳之势关上了厨房门，而我则轻而易举抓到了索克。然而，下一秒钟，索克便意识到自己步入了陷阱，它的野性被激发了。我从来没有见过像它一样的猫咪。它轻轻一跃，便跃入空中，跳上了餐具柜，而后再跳到地板上，朝我站了起来，露出他锋利的爪子和牙齿。这种情形就好像是在抓一只老虎。虽然经常会听到别人说"像一只猫一样吐口水"，但我从来没有真的见过哪只猫这么凶狠地做过，可是索克这样做了，充满攻击性。这场角力的最终结局是我把它按在了地上，拎起它颈后的那块皮，把它塞进了笼子里。这当然全都是为了它自己好，但是索克并不明白，在我把它的笼子放到车上后，它一路都在同其抗争，几乎要把笼子都弄碎了。它绝对是猫咪中不可思议的绿巨人。

我把索克送去了一家当地慈善机构建立的兽医院，位于特维克南的动物拯救中心，是萨利推荐给我的。他们告诉我，索克并没有被植入芯片。同时，它需要做非常全面的健康检查，还要进行阉割手术。兽医非常肯定它生性凶猛。在那之后，索克将被安置在某处进行休养，于是我决定将它带回自己的住处，因为梅伟思已经上了年纪，而且还有两只猫需要她照顾。不过我还是有点担心，因为不知道乔治会有怎样的反应。虽然此前我已经带过三只流浪猫回家过夜，而后在第二天把它们送回发现地，但是我还没有把哪只猫留在家里更长时间过。

"我的妈妈想照顾所有人的猫。"当我把索克带回家，并且安置在楼下的厕所里裹上毯子时，乔治非常生气地对诺布说，"她根本就一点也不在乎本。"

"我当然在乎。"我对他解释，"但是索克就和本来到我们家之前一样，过着非常悲惨的生活。它没有爸爸妈妈去照顾它。"

"你就是不在乎！"乔治大声嚷嚷道，"你已经忘了它了！"

他用力推开我，冲上楼去，而我只能眼睁睁地看着他消失无踪。乔治的怒气随着日子一天天过去而增加，这怒气时时刻刻提醒着我，在他很小的时候我们曾度过的暗无天日的生活。怒气与挫败感正从他的身体里源源不断涌出来，同当时的情形一模一样，而我是他唯一的发泄对象，因为我是让事情变成这样的罪魁祸首。看着乔治与自己的痛苦搏斗，我却无能为力，这也是我最难以承受的苦痛。

索克处在康复中的那个星期真是煎熬。乔治连看它一眼都不愿意。在乔治看来，索克是一只猫，而本从来都不是它们中的一员。

"我没有必要去看它。"每当我问乔治要不要去看看索克时，他就会这么和我说。

所以只有我来照顾索克，而每一次我去看它的时候，它都同先前一样非常紧张。我经常在从厕所出来的时候，身上到处都是爪痕。所以，当索克已经恢复得差不多时，我就把他带回到了梅伟思的花园去，至少在那里，它才比较自在。它在兽医院的那段时间里，已经被植入了芯片，我和梅伟思都作为他的主人被记录在案。当索克消失在花园里时，我和梅伟思都很开心，因为我都知道，它一定会在晚上回到这里来吃自己的鱼。为了那只猫，我和梅伟思共同经历了很多事，回到屋里后，她转向了我。

"你想不想见见普鲁登斯？"她问道。

我是知道的，梅伟思从来没有让任何人见过普鲁登斯，所以，当我们一同静悄悄地走上楼去，站在一扇被关上的卧室门前时，我觉得无比荣幸。梅伟思打开了门，出现在我眼前的是一间非常漂亮的卧房，有一扇巨大的飘窗，地毯是粉红色的，床上也铺着同样是粉红色的羽绒被。这间卧室实在太美了，连我都想要住进去了。

普鲁登斯就睡在一张粉色的猫床上，那张床摆放在卧室的角落，房门一打开，她便坐了起来，看看她的客人究竟是谁。当我看向她时，就完全忘记了这个房间里剩下的一切。普鲁登斯绝对是我见过的最美丽的家猫，它浑身毛茸茸的，有一双硕大的眼睛，它优雅地迈着步子，穿越房间，每一步都走得小心翼翼，仿佛芭蕾舞者。它高傲地仰着头，走向我们，而后漫不经心地向四周看了看，就好像是在问我，是否喜欢它的闺房。它看起来完全就是属于皇室的贵族猫，绝不同于我此前接触到的大多数被收养起来的猫，它们就算看起来教养良好，也不免有点暴发户的气质。当梅伟思俯下身去抚摸普鲁登斯时，我深深地觉得，只有这样一只以不幸开始生命之旅的猫咪，才有资格在这间为猫女王准备的卧室里结束余生。

我觉得自己已经成了一名猫咪侦探，最开始我只是想寻找本，可是最终我却更像是印第安纳·琼斯[1]。我现在唯一能够指望的事情，就是下一

「1」《夺宝奇兵》系列电影主角。

个响起的电话，是帮助我们找到本的，下一个让我冲出去看上一眼的猫，就是本。我必须要追踪每一点信息，无论多么不起眼，都有可能帮助我们找到它。

没有本在身边的日子从一个月变成两个月，十二月近在眼前，我的脑袋里充满了恐惧，我不知道会发生什么，我想得越多，情绪就会越极端。对于本能够回到家里来的期待，现在已经同认为它已经发生了什么不幸的恐惧感一样多了。但是无论是上述哪一种情况，我都必须要得到肯定的答案，才能最终对此有个了结。在我能够非常确定本不可能回来之前，我绝不能这样去告诉乔治，把他的心彻底打碎，并且永远无法修补。乔治需要一个肯定的答案，一个句点，为了把这个答案找给他，我什么都能做。我的头发都因为这些忧心的事情而开始脱落，医生告诉我，额前的脱发乃至秃顶是由于压力引起的。我心里很清楚，在我彻底弄清楚本到底发生了什么之前，我的头发是不会长回来了。

本失踪后不久，我就开始造访社区理事会的院子，因为所有的垃圾车和清洁队都驻扎在那里，而他们的职责除了清扫马路，清理垃圾之外，还包括，如果发现被车撞的小动物，也要带回来。而这些可怜的受害者，通常都是猫咪。他们在捡起尸体之后，都会装进一个大塑料袋里，带回院子里来，扫描一下是否有芯片，而后进行冷藏处理。如果猫咪有芯片的话，他们就会联系到主人，询问他是否想要回自己的猫。如果没有芯片的话，猫咪就得一直被冷藏起来，直到理事会确定它没有主人前来认领，之后便会进行焚化。这种事情时有发生，因为大多数猫咪都没有植入芯片。虽然本是有植入芯片的，但是我仍然摆脱不了自己啰嗦的想法，我总觉得在本这儿芯片可能会出了问题，所以无论它在哪条路上被发现，我都不会被主动通知到。尽管我知道这种想法很牵强，但是人的心并不总是受大脑控制，所以我每天都会去理事会的院子里确定一下。

我并不被允许去亲眼确认那些尸体，所以，总是由一个在理事会办公室工作的男人——一个可怜的澳大利亚人，向我描述每一具尸体的样子。我猜想，在第一个星期之后，他就已经快被我无休止的问题弄疯了。

"有只小猫是有芯片植入的，"他对我说，"还有一只黄色的猫，但不是你的。还有一只是在布伦特福德发现的，但那只是白色的。"

后来有一段时间他似乎非常忙，每次我去的时候，那个男人都在处理一堆事情，但我就是坐在那里不走，一直等他注意到我。我知道，人们一定都会觉得很怪异，为什么我会这么不顾一切地寻找一只丢失的猫。事实上，到现在为止，那些清洁工人已经跟我非常熟悉了，其中一个每次看到我都会喵喵叫。诺布告诉我，有些人开始对我感到迷惑，但是我却不会让这些影响到我。其他人怎么可能了解到本对于我和乔治来说的意义呢。人们可能会觉得我很可笑，很荒唐，但我只是在做我应该做的事情。

乔治会一夜又一夜地来到我的卧室窗前，他曾经站在那里，呼唤本进来，我只能看着他站在那，背对着我，在他哭泣时，他的整个身躯都在颤抖，肩膀猛烈地抽搐着。从他唇齿间迸发出的每一次呼吸，都向我传来一波又一波惶恐不安的气息。

"你觉得它在外面吗？"乔治会一面啜泣一面问我。

"是的。"我对他说，"我会找到它的。"

"我亲吻了它的鼻子，"他兀自说着，仿佛我根本就没有说话一般，"我摩挲着它的耳朵，我告诉它我要去度假了，我要去看鱼群，然后它就走了。他走了。"

有些时候，我试着告诉他我为了找到本所做的一切，但是他并不想听，所以我只能静静地站在他身边，有时甚至是站上一个小时，直到他停止哭泣。曾经，我还有本帮我一起劝慰乔治，让他从自己的世界里走出来，来惩罚他的任性，或者让他笑出来，抛开忧伤。可是现在，再也没有本能够帮助我了，只有我自己，可是我的声音并没有足够的力量来帮助乔治。

"它再也不会出现在这儿了。"当他终于转身离开窗户时,他会这么说。

"你想要一个拥抱吗？"我会非常温柔地询问他,希望他能够允许我离他近一点。

"不想。别碰我。"

"我会找到它的,乔治。我会一直找下去的。"

"它已经死了。现在让我一个人待着。"

这就是为什么我必须要继续这疯狂的寻找。我真的别无选择。

我是在去火车站的途中认识诺玛的,她是地方委员会的狗监狱长。她瘦瘦高高,有一头棕色的卷发,戴眼镜,她从事现在的工作已经很多年了。她并不是你们通常认为的那种可爱型的女孩子,事实上,她习惯于直言不讳,总是不断告诉人们应当给狗拴上牵引绳,确定他们都管好了自家的狗,一是一,二是二,从不奉承任何人。

"今天的冷藏室里有六具尸体。"我去看她的时候,她就会这么和我说:"它们当中没有一只是植入过芯片的。"

每当我开始为那些因为没有人认领,而即将进入贫民窟般乱葬坟墓的可怜动物们哀叹时,诺玛就会不解地看着我。

"你还好吗？"她面带惊讶地问我。

"不！我要哭了。人们为什么就不能为它们的猫植入芯片呢？"

"这就是人生,亲爱的。每天都有很多这样的事情。"

尽管诺玛并不能理解我对于这些可怜的动物们有多么的悲悯,可她有一颗很善良的心。我都已经数不清她帮我在委员会的餐厅里贴了多少张海报,她还给所有同她有工作往来的慈善机构以及动物组织发去邮件,告知了他们本的情况。

诺玛仅仅是我遇到的那些善良的人中的一个。有一位建筑师,把自己的午饭三明治喂给一只流浪猫,他打电话来给我,告诉他他是在自己工作的基地上看到那只猫的。还有这片社区的青年领袖，她也用自己给孩子吃的火腿来喂一只流浪猫，她以为那只猫就是本。那些猫中，没有一只是本，但我仍然感激这些帮助，感激那些在我发传单时愿意同我说上两句话的陌生人的好意。周六的一天，我正在一家超市门口派发传单，我觉得在卖宠物用品的通道里，一定能找到会注意流浪猫来来去去的人。

我一直在那里站着，派发传单，直到一个工作人员朝我走过来。

"我真的很抱歉，但是你不能在这里发传单。"她说。

"我不是要给别人推销东西。"

"我知道，但这是我们的规定，这是不允许的。"

而后她低声告诉我，如果我去商店前门外发传单的话，是没有人会来打扰我的，只要我不把商店的门锁上就行。于是我带着我那一大包传单来到门口，试着把它们发出去。但是人们根本看都不看我，他们心无旁骛地进出超市，都不会靠近我一点点。甚至当我设法把传单塞进什么人手里时，他们也通常都会随手扔掉，我觉得自己快要哭出来了。看着本的照片被人们踩在脚下，我的心越来越沉。我告诉自己，绝不能哭，绝不能表现出痛苦，因为这只会让更多的人感到难过。我必须要更直接一点。

我对自己说完这些打气的话之后，便开始对经过身边的路人诉说，大声告诉他们我在做什么，于是，情况都发生了逆转。当人们知道我究竟是在做什么时，他们都非常乐意拿走一张传单。一个挺着超大啤酒肚的家伙甚至走过来飞快地给了我一个拥抱。

"别担心，亲爱的，"他说，"它很快就会回来的。"

这一天，我遇到了许许多多的人，他们都来同我分享他们的爱猫，这让我的心情好多了，因为我并不孤独，并不特殊。最终连保安人员都对我报以微笑，他们通常都是不苟言笑的，不是吗？大多数人都能够理解那种对动物们的爱，以及失去它们之后的痛苦。有些人甚至有过同样的体会，当你爱的动物离开后，你会觉得世界也随之终结，就是这样的感受。

正是因为这种爱，我跑遍了威顿区某条街上的所有花园，去追踪一只猫，它总是在我跑到某户人家的草坪上时，一跃就跳上了隔壁家的篱笆。我还去了周围的每一座教堂，去把本的名字写在祈祷册上。在一个非常冰冷，雷电交加的夜晚，我走在布兰特福德的街上，满脑子只有本的样子以及乔治开心的面孔，因为有个女人打来电话，说她非常肯定自己看到的就是本。我四下寻找，四处张望，寒冷的气息渗透皮肤，我知道我是找不到它了，但我就是不能让自己就此放弃。所以我继续沿着街道寻找，直到筋疲力尽，再也迈不出去一步为止，在这种情况下，我才终于肯回家去了。

有些时候，我觉得自己好像一下子会接收到上百条建议，告诉我怎样才能找到本，所有这些建议都会在我的脑海里不停打转。有人告诉我猫咪可能会掉进水桶里，于是我每路过一个水桶就得伸头进去看看；另一些人告诉我，有些猫咪可能会趁某户人家主人离开时，想要穿过宠物门钻进去，结果卡在那里动不了，于是我开始留意这片区域里每一栋看起来没有人在的房子；我都没有办法清楚地告诉你有多少邻居因为我的这种举动而出门来确认我是否鬼鬼祟祟有什么不良企图，尤其是当我去到一个没有人认识我的公寓区时，我总拿着一罐猫粮在周围转来转去，呼唤本的名字，更是让人起疑。但是说实话，我无法理解这些人对我的疑虑，试问有哪个盗贼会反复出现在同一个地方，还不停喊着一只猫的名字引起大家对自己的注意？

还不仅仅是这样。本的照片已经传遍了网络，甚至在当地的报纸上也出现了它的照片，还有一个记者给我打来电话。当有人告诉我猫咪们很可能会被卡在树上好几周时，我开始盯着路上的每一棵树看，以确定在30英尺的高度里并没有那张我熟悉的面孔。我甚至会去一一询问邻居们，看看他们的家里是否来过什么客人，可能误将本载上自己的车带走了。

在我的心底，仍然有那种很强烈的感觉，就是本依然活在某个地方，虽然这看起来不太可能，但这种感觉依然存在，所以我也必须要去追踪每一条线索，不放过任何可能。有一天，我在路上看见一只猫，便追了上去，那天妈妈正好和我在一起。那只猫很快消失在了小巷尽头，我们只得回到车里，不知道接下来该怎么办。说时迟那时快，那只猫突然从我们的车子旁边冲了过去，钻进了一扇大门底部的小洞里。我连忙从车上下来，想看清楚它到底去哪儿了。

"我把它跟丢了，妈妈。"我大声冲她喊道，"我看不到它了。"

当我盯着眼前的花园手足无措时，突然有什么东西吸引了我的目光，我连忙对妈妈说："他们在这里做了点很可爱的园艺。"

正说话间，我看到大门的另一边出现了一双脚。我使劲儿向后趔，仰着头才看见一双硕大的鼻孔。是房主亲自出来了，要看看是谁在纠缠他的猫，我除了笑之外什么也说不出来，不知道该怎么向他解释我到底在做什么。

以上那些只是我在找寻本的过程中做过的事情的冰山一角，还有更多更多的事情，多得说不完。最糟糕的事情是什么呢？我想恐怕就是去往河边的每一天，虽然我极力说服自己这不可能，但我还是止不住去担心它会不会已经淹死在这里了。我几乎每一天都要去，而我要做的也不仅仅是沿着河边走一走，我还会下到河里去，没错，我就是会不断地给自己制造麻烦。第一次下水的时候我犯了个巨大的错误，因为我穿了雨靴。沿着河滩的延伸地带往下走了一点，我发觉河水开始渐渐变深，于是我决定在临近一座花园酒吧的地方从河里出来，那里还停留着不少人在抽烟。然而，就在我试着想要上岸时，水流袭来，漫过了雨靴的最上端，我的双腿一下子就因此变得沉重不已，根本抬不起脚。我不知所措地站在那里，任凭时间一分一秒过去，我仿佛站了有一个世纪那么漫长，最终，我决定无论如何也要把自己拖上泥泞的堤岸。那一小群抽烟的人正在盯着我看。

"是要游泳吗，甜心？"其中一个人问道。

　　"是在练习穿越海峡吗？"另一个人阴阳怪气地尖叫着。

　　"抓到鱼来配今晚的茶了吗？"又一个声音响起。

　　在那之后，诺布给了我一双防水长靴，用来下河搜寻。我每天都要穿过一片平房区，那里居住了许多老人。

　　"还好吗，朱莉亚？"他们只要一看到我，就会喊我。

　　"很好！"在他们一个个凝视着我时，我会大声喊话回去，不知道自己是否最终会在这些目光中丢盔卸甲，不再坚强。

　　我知道的，我每次带着一个垃圾袋来，把里面琐琐碎碎的垃圾沿着河岸丢得到处都是，早已引起了他们的侧目与议论。本已经离开这么长时间了，房间里他的气味也已残留不多，但我依然确定这些气味会有所帮助。当我带着吸尘器搜集起来的垃圾袋再一次经过那片平房区时，那些退了休的老人们依旧笑着看我。但是其中一位先生相比看笑话的其他人，则更多表现出了担心。每一次他牵着自己的狗出来散步时，都会看到我不是在河里，就是在周围抛洒垃圾。

　　"你还好吗？"他会问我。

　　"我只是在找我的猫。"

　　"真的吗？在这里？"

　　"哦，是的。"

　　"它是什么时候不见的？"

　　"两个月前。"

　　"好吧，如果是我的话，我就会从那条河里出来，我不认为你能在那里找到你的猫。"

　　我想我应当说服他，让他相信我很好，我没有问题，但是这么长时间以来，我已经学会了不管他人的眼光，因为只要这件事情是你无论如何一定要做的，那么为此，没有任何事是你不会做的，哪怕再疯狂又怎样。如果我现在停止寻找，那么我就必须承认，自己什么也帮不上乔治，而我永远也不会接受这个结果。我必须要继续前进，继续寻找，直到我发现本。

已经是十一月底了，我必须同乔治谈谈圣诞节的问题。人们已经开始为此张灯结彩，商店里也都是装饰品和礼物。马乔里·金南的老师和同学们也都很快要为圣诞音乐会进行排练了。关于这个问题，我已经一拖再拖，可是现在拖不下去了，我必须要和他谈一谈了。去年我们曾经说过，要在这个圣诞节再做一次"冬日仙境"，但是这一回，我们谁也没有谈论起这个计划，没有本，我们什么都做不了。通常我们都会在十一月中旬的时候就开始对房间里面进行装饰，到这个时间，客厅里至少也已经有两棵挂满小礼品和彩灯的圣诞树了。但是到现在为止，我们什么也没有做。

所以，十二月初的某一天，当乔治从学校回来，把自己关进卧室后，我爬上楼梯，敲响了他的房门。

"乔治？"我说着推开了他的房门。

他正同他那些诡异的收藏品一起待在自己的床上，他在重新排列它们。本离开之后，他总是一遍遍地重复这个举动。当我走进来时，他头也没抬一下。

"我有些事情想要同你谈谈。"我说着便在乔治身边坐了下来。

他往后挪了挪，让自己离我远一点。

"我想和你谈谈……圣诞节……"我小心翼翼地开口。

"不，"乔治斩钉截铁，"它不在这儿，没什么好谈的。"

"但是我很肯定，本希望你能快乐。"

乔治突然开始哭，非常用力地哭，大颗大颗泪珠沿着他的脸庞无声滑落。他现在总是像这样哭，无声而剧烈，我在给他刷牙或者穿衣服的时候，总能看到他湿漉漉的脸蛋。有一次，他甚至看着自己的大拇指在哭，我知道，他是想起了本有么多喜欢他。

"哭出来吧。"我说道，"我们都很难过，不是吗？"

"这是发生在我身上的事情，"他说，"眼泪是自己出来的。"

"我知道的，这也是我的事情。"

我们都没有再说话，就这么静静坐着。我已经黔驴技穷，没有任何方式能够安慰乔治，去向他保证让他相信我能够找到本。当我试着想同他说一说为了找到本我都做了哪些事情时，他依旧还是不愿意听我说。

我坐在他身边，想要握住他的手，却不能，眼泪也充满了我的眼眶。我为乔治而痛苦，我为我们曾经拥有的那些日子，为本还同我们在一起时乔治眼中绽放出的光芒，为我们还是三个火枪手的时光，而痛苦。

"走开！"乔治突然尖叫起来，为我仍然坐在他的身边而发火，"让我一个人待着！把我的门关上！是你弄丢了本！出去！"

在我起身离去时，心脏剧烈地绞痛着。可是当我走到门边时，我停住了。不能再这样下去，我必须要再一次抵达他的内心。

"你确定你不要过圣诞吗？"我问道，"我真的很希望本能在那个时候准时回来参加。你确定一点都不想为它准备任何东西吗？"

"不！"乔治尖叫道，"没有本就没有圣诞节！出去！"

没有什么可说的了。乔治比以往离我更远了，我很担心，可能很快我就再也无法将他带回我身边了。随着日子天天过去，他越来越像一个不真实的影子，这种感觉就好像是作为一个母亲，却只能眼睁睁地看着自己的孩子放弃生活。乔治的心脏正在他瘦弱的身体里日渐萎缩，而我的心，也早已支离破碎。

17. 希望，相信

无论电话在多晚响起，我都会冲下楼去接听。电话里有时候是孩子在笑，有时候是长时间的沉默。然而这一次，是住在公路边的某个人，在他说话的同时，我几乎都能听到背景音里嘈杂的车流声。

"我看见你的猫了，"他说，"它就在路中间。"

我的心又是一阵绞痛，同当时邮递员打来电话时的感觉一样。自那次邮递员给我打来电话之后，我又被叫去看过两次死去的猫，这两次同第一次一样，都让我非常难过。一次是在推肯汉姆，当我到达事发地点时，一位住在附近的女士已经把猫咪的尸体从公路上挪走了，因为那只猫是她的。我束手无策，只能目送她伤心地离开。另一起事故是在离此不远的金丝丽路，有两个人都给我来电话说有一只猫在那里被车撞了。当我到达那里时，尸体已经被社区委员会的清洁队收走了。我当即冲到了他们的基地，一直等到那辆收走尸体的卡车出勤回来。

"我能看看那只猫吗？"终于见到司机后我问他，而我的心脏则在胸腔里剧烈跳动着。

"非常遗憾，我们已经把尸体处理了。"他说。

听他这么说，我心里万分惶恐："你这是什么意思？你们不能这么做。我得知道那是不是我的猫。"

"它被撞得太严重了，"司机非常难过地回答我，"它的头断了，身体也被压扁了，我们只能把它就地处理了。"

"但是你们不应该那么做！你们应该把它带回来！"

"它伤得太严重了，没有办法带回来。"而后这个男人向我解释说他看过所有寻找本的启示海报，他注视着我的目光里充满了伤感，"我很肯定，那就是你的猫。"他说。

"你怎么就能确定，它伤得那么严重？"

"光看也知道了，亲爱的。我真的很抱歉，但我真的觉得那是你的猫。"

我觉得自己无法呼吸。我们四处寻找本已经快三个月了，而他它却死在离家只有五分钟路程的马路上？我不能理解它去那条路上做什么。如果他真的离我们这么近的话，无论如何它也会回家来的。我不能相信那是它。我不会听信这个司机告诉我的事情。

"本的鼻子下面有一小撮毛是白色的，形状有点像蝴蝶，"我依旧坚持那不是本，"那并不常见，所以你不可能认不出他。其他的猫都有些杂乱的斑点，但它没有。你在那只猫身上都看到了吗？"

"我确定那是他。"司机很低落地回答。

但是我依旧怒气冲冲地回到家，告诉自己这仍然不能说服我相信那只猫就是本，我也决不会相信那是本，除非我亲眼看到。就算这个司机是那么肯定，而且当天晚些时候他还给我打来电话，一再告诉我他的想法，我依旧不予相信。

"我希望你把自己的注意力从这件事上移开，"他说，"我知道你一直都在找那只猫，我百分之百肯定我们今天捡到的那只猫就是它。"

"谢谢你,但是我们依旧不能完全肯定,除非我真的亲眼看到,否则我还是会继续寻找。"我非常坚定地告诉他。

然而,虽然我努力想要忘掉那个司机对我说的话,但我根本做不到。有关那只猫的思绪一直萦绕在我脑海里,直到我接到另一个告知我又有死掉的猫被发现的电话时,它依然还在我脑海中挥散不去。

"是在帕德米尔路上。"男人告诉我。

"在哪儿?"

"是在一条小巷子里。"

如果温迪在的话,我应该可以在几分钟之内赶到。

"我现在就去。"我说。

五分钟之后,我已经坐在了车里,并且给那个男人打去了电话,告诉他我在路上了。

"我马上就到,"我说,"在我到之前,能不能麻烦您在那儿别动,帮我看着那只猫。"

"非常抱歉,我想我做不到,"男人说,"我得赶回家的末班车。不过有个酒吧的女主人说她可以在这儿等着。"

"好的,谢谢您的来电。"

"不用谢。我知道你是谁,我的教会都在为你祈祷,我们有一张画着你的猫咪的海报。"

当我推开车门,走进冰冷的黑夜时,我看到路中间站着一个女人。她的脚边就是猫咪的尸体。她一直在保护那具尸体,以免被其他经过的车辆再次碾压。我想她一定就是男人在电话里告诉我的那个女人,酒吧的老板娘。我在心里默默地感激着她,在跑过去之前,我从后备箱里拿出了几条毛巾。

"我很遗憾。"当我看向猫咪的尸体时,她说道。

它浑身是血，我蹲在它旁边，小心地挪动它的脑袋，检查它是否仍有呼吸。这只猫还有体温，却已经死了。它死了，它的生命就在这漆黑的道路上，被一辆疾驰而过的车带走，丢下它在这里，孤独地死去。当我把它抱起来时，我发现它并不是本，但是我一点也没有如释重负的感觉。我只觉得心里空荡荡的。这只猫很显然是被宠爱着的，它看起来就是被照顾得很好的那种，当我把它裹进毛巾里时，我哭了出来，我想到了它的家人。同样的事情也发生在了本的身上吗？它也是这样死去，而身边只有陌生人照顾吗？

　　我站了起来，温柔地抱这只猫在怀里。明天早上我会带它去兽医院，看看它是否做了芯片植入。

　　"至少你找到它了。"这位友善的女士轻声说道，并拍了拍我的后背，安慰我，"我知道这很难接受，但是你可以带它回家了，你可以给它一场合适的葬礼。"

　　我一直在默默地哭泣，没有力气去向她解释这并不是我的那只猫。几个月来的寻找已经让我筋疲力尽，所有的希望都一次又一次地被粉碎。让我还如何能将这一切继续下去？乔治现在想做的唯一的事情就是放弃，这让我如何能为了自己和他还继续怀有希望？为什么我就不能接受本已经不在了的事实呢？

　　"谢谢你的帮忙。"我谢过她，而后便离开了。

　　我朝停在路边的车走去，泪水在寒风中凝固冻结。或许，我就是应当接受我再也不可能找到本这个事实。已经过去三个月了，我知道人们已经开始觉得我还抱有幻想是在自欺欺人。自从那只被垃圾车收走的猫之后，连我自己都觉得我可能是错了，所以我同妈妈和温迪都谈论了我的想法。

　　"你们觉得我一直让自己去相信，一直告诉乔治本一定会回家，是不是错了？"我问她们，"我是不是应该接受现实，我不会再找到它了，然后编一个谎话告诉乔治，给他一个答案？"

妈妈和温迪当然没有办法告诉我该怎么做，但是我能够明白她们的想法。

"你可能需要好好考虑一下，茱，"妈妈对我说，"你不能再这样下去了。你的生活必须要恢复正常。你的生活除了这个已经完全没有空间留给别的事情了。你根本就睡不好觉，而且几乎没有一次能够完完整整地把超市逛下来，而不因为一个电话就半途冲出去。这种情形应当在某个时刻停止了，对乔治来说，这件事早一点结束绝对比晚一点有好处。"

那天晚上，我躺在床上，躺了几个小时，思索妈妈说的那番话。或许她是对的；或许我应当对乔治说一个谎，把他从未知中解放出来。我可以烧掉一张报纸，把灰烬放进罐子里，然后告诉乔治本已经死了，并且火化了。而后我们可以在花园里挖一个坑，把罐子埋进去，再为本立一块碑来纪念它。这样一来，乔治至少还能有一个可以同本待在一起的地方，而且他也会相信，本已经不在了。然而第二天早上，当我醒来看到窗外的阳光，我觉得我没有办法说服自己对乔治说谎。我没有办法对乔治说出那些话，也没有办法去承受他听到这些话后脸上流露出的痛苦，除非这一切成真，除非我必须这么告诉他，否则我决不会这样做。

此刻，我打开车门，轻手轻脚地把那只猫放在副驾驶上。现在做什么都已经太迟了，所以我只能开车回家，我把这只猫放在了一个纸盒子里，第二天带去了兽医院。送去几个小时后，兽医院打来电话，说那只猫有植入芯片，主人已经来将它带回家去安葬了。那只猫是个小男孩儿，它的名字是尼伯斯。兽医对我说，那家人非常感激我，因为孩子们有机会同他们的爱猫告别。他们想要对我说一声谢谢，我也很高兴自己能够帮到他们。但是兽医对我说的这些，再一次让我充满了怀疑。难道现在也是乔治和我对本说再见的时候了吗？我还能否紧紧抱住那日渐微薄的希望不放？

我坐在教堂前排的长椅上，身旁是妈妈、男孩和桑德拉。我们都参加了当地的唯心教会，因为爸爸的妈妈伊迪丝就是个唯心主义者，所以这也算是我们家的传统。爸爸的脚步是那样坚定，引领我们前往教会，在那里，人们会同已经逝去的人说话。在我们的孩提时代，这样的画面仿佛是被定格的背景，记忆深刻。我知道，爸爸的坚持是静默的，他一直默默地相信这世界上有超越生死的存在。我从十七岁开始会定期去教会，虽然宗教并不是人人都在意的事情，唯心教会更是鲜有人问津，但是我仍然很喜欢去那里。每个星期都有那么一小时的时间是平静的，当我们用歌声与微笑来祝福生命时，我很愿意看到人们舒缓的面庞。

　　但是现在，我并不能确定教堂是否能让我觉得好过一点。我来到这里，祈祷本的回归，每周如是，可是现在，发现尼伯斯的那个夜晚，在我的脑海中依然清晰如昨，我无法停止不去想它。乔治一直在同马乔里·金南今年的圣诞音乐会排练做斗争，他总是一再从排练里溜出来，而且我们也没法看电视，因为电视上全都是圣诞节目。乔治现在连圣诞节这几个字眼都不能听到。

　　我不由自主想起了去年的圣诞，想起我们曾拥有的欢乐，我从来不知道这些幸福会在今天带给我如此深刻的孤独，这种疼痛深入骨髓，这种悲伤无法通过睡眠或者说话去解决。我当然知道自己可以随时给家人打电话倾诉，无论白天黑夜，但是他们也有属于自己的生活，所以我常常要独自面对内心的某种恐惧感，这种恐惧来源于，如果我不能找到本，我真的不知道乔治会怎么样。

　　我的思绪已经不在进行的祷告上，也没有察觉到有个灵媒不请自来，朝我们走过来，同神职人员在说话。不过当他最终指向我时，我才恍然回过神来。

"就是你，穿白色毛衣的。"那个灵媒说道。

我朝四周看了看。

"没错，卷头发的那个。"他对我说。

所以现在你明白了，每一个灵媒都是不同的。有人从这种宗教集会中看到了精神的力量，而另一些则觉得这种交流和日常聊天没什么两样。每一次的祷告，消息是不外传的，如果有外人来，我也会觉得很高兴，因为整个房间的气氛都很平和，当人们同自己所爱的、失去的人说话时，会带来某种舒适感。但是当那个灵媒同我对上眼时，我有一种不太舒服的感觉。在那一刻，我特别肯定，他永远也不可能提供给我我想要的东西——本所在地方的邮编，来自另一个世界的消息往往没那么精确。

"事情要发生转变了，"灵媒用非常低沉的声音对我说，"在你的路途上，有好事正在临近。"

当他说话时，他开始挥动他的双手。

"我看到一个男人。很高，很英俊。"

他把手放在了自己的肚子上。

"他死于一场旷日持久的疾病，这病同腹部有关系。"

我僵住了。父亲死于胰脏炎。

"他刚刚离开了天堂，"灵媒继续说道，"他从未想过要离开你，而现在，他就在你的身旁。"

我一动不动，妈妈也是，男孩儿和桑德拉也同样坐在原地。

"你同他一样，有一双蓝色的眼睛。"他接着说，"当你们微笑时，眼睛里会闪烁可爱的蓝色光芒。"

我是我们四个孩子中唯一一个同爸爸眼睛一样的，他说的都是真的吗？爸爸现在正与我们同在吗？

"这样更好，"当我微微一笑时，他说道，"你这样做会让他离你们更近。"

当我想起爸爸，我又开始哭泣。我甚至想要大声尖叫，想要告诉他，已经没有时间了，我必须要找到本，我不能让一切无法挽回，失去父亲的悲伤此刻充满了我的内心，这种悲伤，同我第一次意识到我失去他时的感受一模一样。

灵媒往后退了一步，看着我。

"他现在离开了。"他说，"但是他希望你知道，他在听。所以，请把想说的话继续说出来。"

如果爸爸真的在这里，我知道他会同我说什么。这些年来，每当我的生活改变方向时，我都会同他聊天，告诉他发生了些什么，就好像他依然在我们身边一样。有些时候，我可以发誓，我觉得他真的就在我们身边。但是自从本失踪之后，我不再这么做，因为不断去想又一个我的挚爱离开了，是一种折磨。

"他给你穿上了粉色的衣服，从头到脚，"这个灵媒依然在说着，"你看起来就像个洋娃娃。"

随后他便大笑起来，妈妈和男孩儿也同样笑了起来，他们都知道那是什么意思。爸爸一直都把我唤作"粉红小公主"，因为我太喜欢这颜色了，如果可以的话，我甚至会把自己的头发和皮肤都给染成粉红色。

当灵媒坐下时，教堂再次陷入了寂静，我有点疑惑刚刚究竟发生了什么。现在我觉得自己镇定一些了，或者说是平静多了。

"我会一直在你身边的。"在我的孩提时代，每每从噩梦中惊醒时爸爸总是这么对我说，当我长大后，为了乔治而努力坚持时，他也会这么对我说。

随着服务的结束，我知道爸爸是在试图告诉我：我迈出的每一步都有他的陪伴，他会同任何时候一样关注着我。

　　当然，你可能完全不相信这件事，或者觉得同逝者交流这种事根本就是歧途，但是我们总有各自的方式去获得力量，不是吗？信心对于不同的人来说有不同的意义，对我来说，我始终相信这是一种能够让你的心微笑的力量，当我再次走入凛冽寒风时，我能够微笑以对。我必须要继续去相信。我不能够放弃希望，因为爸爸与我同在。

18. 来自远方的电话

十二月二十一日早上，当电话响起，我如同奥运会短跑运动员一般冲向了电话。这是本走失后的整整三个月。在过去的几天里，电话越来越少，这让我很泄气。我不明白为什么人们不打电话来了，结果妈妈告诉我，大家一定都在忙着准备过圣诞。

"我想我发现了你的猫。"接起电话后，我听到一位女士这么说，"它在我的花园里。"

"我能过去看看吗？"

"非常抱歉，我马上就要离开家去度假了。我要在外面过圣诞。"

"在你离开之前，我能不能赶得及看上一眼？"

"不行，亲爱的。我儿子要来接我们了，不过我回来之后会告诉你的。"

而后这位女士就挂断了电话，我茫然地盯着自己的房间，想要大声尖叫。如果她发现的真的是本该怎么办？等她度完圣诞假回来，本一定早就离开了。那真的很有可能就是它，而我，却很可能因为她不愿意稍微等上五分钟再出发去度圣诞而错过它。我气鼓鼓地坐在电脑前，登陆了失踪宠物网站。连平日里人声鼎沸的聊天室此刻也变得冷冷清清。因为圣诞节，世界停止运转了，可我不愿意这样。我希望每个人都能像我一样继续去寻找。

但是，无论我让自己有多忙碌，我都无法对圣诞节视而不见。它就在四天之后，我为此担惊受怕。我不知道我们该怎样度过这个节日，而且我没有为它做一丁点准备。不过话说回来，本来也没有什么需要准备的，因为我和乔治所拥有的只会是寂静的一天。我知道，尽管我会痛恨没有本在身边的这个新年，但是等圣诞节过去的时候，我一定会如释重负地松一口气。这种感觉就好像是，时间会以一个个非常微小而又具体的形态一天天过去。

日子拖拖沓沓地过着，度日如年，霍华德过来看乔治的时候，温迪也来了，差不多是晚上七点。她每天都会来一下，虽然她嘴上不多说什么，但我心里明白，她是想来看看我和乔治的状况。她总是耐心十足，会听我碎碎念，而后再拿上一沓传单，告诉我该休息休息了，再回家去。她是最佳朋友的典范。

当我们坐着聊天时，电话再次响起，我叹了口气，接了起来。早上那个女人的电话简直要了我的命，我不确定自己还能否忍受另一通徒劳无获的电话，或者是一个很快就会破灭的承诺。

"我想我发现了你的猫。"一位女士说道。

"是吗？"我用自己通常和两岁孩子说话时用的那种友好声调问道。

"是的，我想是的，你的名字是朱莉亚·罗普吗？"

"是的。"

"你的猫丢了吗？"

"是的。"

她一定是疯了吧。方圆五英里之内的人恐怕没有谁不知道我的猫不见了。

“你的猫是叫本吗？”

“是的。”

“好吧，它在我的温室里。”

“真的吗？”我叹了口气。

“是的。”

怎么总是发生这种事。戏弄别人很有意思吗？现在的人到底都怎么了？

“你的温室在哪里？”

“布莱顿。”

我几乎要从沙发上跌坐下来。布莱顿离这儿有七十英里。所以这个女人肯定不可能在那里看到过我的寻猫启示，所以她才会问那些问题。

“就是在海边的布莱顿？”

“是的。你住在伦敦？芯片上的信息是这样的。我也是从那上面得到你的电话的。”

在她说这些时，我一阵阵地晕眩。

“芯片？”

“是的，我的女儿卡拉看到一只猫在我们的花园里待了好几天。它总是来，所以她说服我们让它进来。然后我的一个在猫咪救助中心工作的朋友带了一台微芯片扫描仪过来，这样我们就找到了你的详细信息。”

我几乎已经听不到她在说什么了。当我聆听时，我简直无法呼吸，血液冲向我的耳边，轰鸣不已。她发现了一只黑白相间的猫咪，而它的芯片上记录有我的信息？

“我今晚能去见你吗？”我急切地询问道，温迪正不明所以地盯着我惨白的脸。

“我不太确定你能不能顺利到达。”她说，“这边下了很大的雪，路已经封上了。"

我看向窗外。在豪恩斯洛，连一片雪花也看不到。这个女人是在同我开玩笑吗？

"下雪？"我问道。

"是的，两英尺深。"

我回想起当天早上，我在洗衣服时听到的新闻广播，说部分地区会遭遇暴风雪的侵袭，人们陷在路上，不得不弃车离开。当时我一点也没把这当回事，可是现在，这一切显然同我息息相关。

"我会尽快赶过去的。"我说。

"好吧，如果你确定要这么做的话。"她有点犹豫地回答我，"路途会很长。"

我挂断电话，在起居室里手舞足蹈，温迪不解地望着我。我胡乱抓起自己的手提包和车钥匙就要走。

"我必须得走了。"我对她说，"那个女人说她在布莱顿，本在她那里。"

"布莱顿？"

"没错，我想这回可能真的是它，因为她说那只猫身上植入了存有我详细信息的芯片。"

"真的吗？"

"是的。"

我又给妈妈、诺布、男孩儿和多尔都打去了电话，告诉他们目前的状况。霍华德会照顾乔治，如果我现在就出发的话，我会在晚上九点半钟抵达布莱顿。我手忙脚乱到处乱窜的样子就像一只无头苍蝇。

温迪看着我，"我和你一起去。"她说。

"你确定吗？"

"当然了，茱。我不会让你一个人去的。你还好吗？"她问道。

"我想应该很好。"

但我其实并不确定。你也看到了，我是那么激动，那个女人所说的一切听起来是那么真实，但是我心里依然有疑问在盘桓。这真的会是本吗？经过了这么多个月，这么久的找寻，这一次真的会是它吗？它到底是怎样去了布莱德？这实在是太遥远了，而且本也不见了这么久了。打电话来的女士听起来很真诚，但这或许就是一次捉弄？如果本真的是被什么人带走了，他们可能是给其他什么黑白相间的猫植入了有我信息的芯片，目的就是想在圣诞节之前再开上一次最后的玩笑。所以，除非我亲眼看到它，我是不会相信的。

我来到楼上，告诉乔治我要出门。

"是一位女士打来的电话，"我说着走进他的房间，"她觉得她找到了本，那地方在海边，我要开车过去确认。"

他看着我。"那不是他。"他说，"是另一只被弄错的猫。"

我其实并不想让他抱太高的期望，所以我没有再多说什么。或许乔治是对的。我不能把他放上希望的高台，再把他重重摔下来。

"爸爸会在这儿陪着你，我会尽快回来。"我说完就冲出了房间。

在我坐进车里时，我的双手不住地颤抖，所以基思不得不帮我把地址输入导航系统，而后温迪坐上了副驾驶。我们还没开出这条路，我的电话就响了起来，我知道是谁打来的，一定是家里。

"你能同他们说吗？"我问温迪。

妈妈想知道我是否真的确定自己要去的地方，诺布则是想确定有人与我同行，而男孩儿则是担心这是否又是一次恶劣的玩笑。不过有一点是他们都认同的，那就是因为暴风雪，我根本无法抵达布莱顿。

"我们会很好的，是不是，温迪？"驶入高速公路时，我对温迪说。

她回应我一个不那么肯定的微笑。

不一会儿，密密麻麻的雪花就落了下来，那么密集那么厚重，雨刷根本搞不定它们。我从来没有见过这样的雪。从 M3 转 M25 公路时，我已经把车速降到了三十迈，而当我们开上 M25 高速，我才意识到情况有多么糟糕。有不少车都被弃置在路边，还有一些陷在积雪中无法前行。我伏在方向盘上，决定继续前进。我必须要到达布莱顿。一场暴风雪绝不能阻拦我。

　　我和温迪都不说话，我的所有注意力都集中在路面上，但是我依然无法控制自己的思绪。这一次真的是本吗？怎么可能呢？如果真的是的话，这么长时间它都去哪了？虽然我不由自主还是愿意相信这是真的，而且我的脑海中已经浮现出乔治和本再次在一起的画面，但我还是用力把这种想法从心中驱赶了出去。已经过了这么长时间了，已经历经了那么多次失望，我真的没有办法让自己相信我终于找到了它，而且还是在那么遥远的地方。这恐怕又是不知道什么人在我和乔治身上开的一个可怕的玩笑，我始终摆脱不了这种感觉。

　　我们总共花了五个小时，在深夜抵达了布莱顿，整个城市看起来一片荒芜。所有的一切都被盖上了一条厚重的白色毛毯，导航告诉我们，离目的地越来越近了。我按照导航的指示向右转，再向左转，这是最后一个转弯。当我向左打方向盘时，温迪和我相互看了对方一眼。那位女士在电话里说她住在一个陡峭的山坡上，事实证明她一点也没有夸张：在我们面前高高耸立着的，简直就是珠穆朗玛峰。

　　"我们别着急，慢慢来。"温迪说道，与此同时，车开始向后滑动。

　　"见鬼！"我大叫了一声。

　　"这又不是一辆陆虎，茱。"温迪对我说，"它爬不上去的。"

　　"我要再试一下。"

　　然而，我的车一直在缓缓地朝马路对面滑去，所以我不得不最终放弃尝试。我找到了一个停车场，我下了车，陷入茫然，看来我要靠自己的双腿爬上山了。

"你锁车了吗，茱？"温迪问道。

"没有。"

我折返回去锁上车，再回来继续朝那座山前进。积雪没过了我小腿的一半，我觉得自己需要绳索和冰镐才能继续前行。

"你带装猫的东西来了吗，茱？"温迪问我。

我忘了。我又再次折返回去，把后备箱打开，把准备装猫的箱子抱了出来。温迪把箱子接过去，我锁上车，开始了艰难跋涉。

"你拿上地址了吗？"温迪又问。

我又忘了。

终于，我们准备就绪，开始攀爬面前的山峰。温迪看起来足够镇静，但是我非常肯定，她一定希望混乱的我现在自行消失，别再给自己添麻烦。我们开始爬山，街灯照亮了积雪，在没有街灯的地方，全然一片漆黑。在这里，没有任何一家为圣诞点亮房屋。在我看来这很奇怪，因为我已经对自己社区的节日氛围习以为常。不过当我们爬得更高一点时，我们能够看到一幢亮着灯的房子。整栋房子都装饰着彩灯，给寒冷冬夜带来缤纷的光亮与温暖。当我们数下来那栋房子的门牌号时，才发现，那里正是我们所寻找的目的地。

我和温迪穿过了一扇大门，停了下来，静静凝视眼前的房子。这幢房子萦绕满了各种各样的装饰品，同我曾经为"冬日仙境"做的准备一样，有雪人，有星星，有贝壳，到处都是霓虹闪烁，就如同去年此时我的房子一样。

"它是来过圣诞的。"我一面对温迪说，一面走到了门口，"它选择了这栋房子，是因为它认出了这些灯光。"

我伸出手去敲门，却又马上停止了手上的动作，因为我的心里涌出一阵惶恐。我真的不知道自己还能否承受又一次的失望而归。

"我觉得很害怕。"我对温迪说。

"我明白。"她安慰我，"但是你不用担心。"

因为这种恐惧，我深深吸了口气，激动的心情将我包裹，我抬起了手，敲响房门。

一位英俊的男士面带微笑望着我们，我能够看到一位女士和一个小女孩儿站在他身后的走廊上。

"你一定就是朱莉亚了。"他说，"进来吧，我是史蒂文。这位是我的妻子，艾莉森，这是我们的女儿，卡拉。"

现在已经是后半夜了，可是他们对于我们的到来表现得非常高兴，似乎一点也不介意两个素不相识的陌生人一定要闯进来看看一只神秘的猫。

"是卡拉发现它的。"史蒂夫指着他的女儿说道，"她看到它一天天地坐在我们的花园里，只是盯着房子看。它坐得很坚定，而且一坐就是很长时间，雪都堆积在它身上了。它看起来很悲惨，所以卡拉坚持要把他带进屋来。她从小开始就那样，她总是能够很敏锐地发现失踪的宠物。"

卡拉有一头波浪般的金色卷发，看起来大约十二岁左右。当他们家那只有一头驴那么大的宠物狗几乎要把我扑倒在地上时，她一直在笑。

"你们想喝点什么吗？"艾莉森询问我和温迪。

"不用，"我略带紧张地说道，希望听起来不要显得很粗鲁，但是我连一分钟也无法等待了，"我真的很想看看那只猫。"

"当然。"史蒂夫说道，"它就在温室里。我们给它买了一张床，把暖气也打开了，确保它足够暖和。"

史蒂夫领着我们穿过厨房，来到房子的后部，我的脚步却越发沉重，几乎是举步维艰。我的心在狂跳，胸口胀痛，如果那不是本，我真的不知道自己该做什么，说什么。我真的太害怕了，我觉得自己几乎要晕倒在地上，并且再也爬不起来。仿佛所有的恐惧与希望、怀疑与相信都在这一刻奔涌而入。

我们终于来到的温室前，我透过玻璃门朝里望去。史蒂夫打开了门，我看到角落里有一张宠物床，却没有看到猫咪的踪影。我小心翼翼地走了进去。

"巴布？"我呼唤着，声音在颤抖，"巴布？"

我听到了一点声音，有什么东西在宠物床里挪动，而后一只鼻子从里面探了出来。是黑色的。我的心更加剧烈地跳动起来。那只鼻子又往上探了一点，我看到下面有一点白色的皮毛。是蝴蝶的形状。我无法呼吸了。随后一只黑色的脑袋出现了，我看到了它的胸前那块如同围脖一样的白色皮毛。这真的是本吗？

那只猫把脑袋转向了我，此刻我的眼中只有它的双眼，硕大的，绿色的，闪烁着智慧的双眼。

"本！"我双腿一软，蹲了下来，潸然泪下，而它则穿越房间朝我奔来。

我张开了双臂，这一刻时间仿佛被凝固，这等待仿佛会持续到永远，而它终于跃入了我的怀抱。我的双臂感受到了它的重量，在它摩挲着我的脸颊时我再次感受到它柔软的皮毛。我紧紧地抱着本，就好像我再也不会放开它一样，我不敢相信我竟然找到了它。但是它的重量，它身上的味道还有它柔软的皮毛都告诉我，我真的找到了。本用爪子圈住我的脖子，如同小婴儿一般使劲儿地蹭我。我能够感觉到它浓密的皮毛，也能够听到它如同狮子般咕噜咕噜的声音，我难以自己，哭了出来。

"巴布！你去哪儿了！"

本抬起头来望着我，我觉得自己的心脏快要爆裂开了。我所有的希望与信心都已日渐稀薄，以至于我开始不断怀疑自己是不是错了，是不是不应该相信这种难以名状的爱会把本带回来，让我们重新在一起。但是现在，我知道了，希望它回到我们身边，这才是正确的。本就在我的怀抱里，它也同样前所未有地紧紧抱着我，我敢发誓，当我看着它时，它笑了，它一定看到了当时我心中的唯一所想——乔治。

"谢谢你们，"我用浓重的鼻音同史蒂夫、艾莉森还有卡拉道谢。他们都在门边站着，"真的太谢谢你们了。"我看着卡拉。"你永远也不知道你做了多么重要的事情，"我说，"我真的不知道该怎么谢谢你。"

我再次抱紧本，眼泪落在了它的身上，它很高兴地发出了"喵喵"的叫声。如果找到本是圣诞奇迹的话，那么卡拉就是让这一切成真的圣诞精灵。本咕噜噜地叫着，卡拉再次对我微笑。它很安全，也很健康，我们终于找到了它。我的求索之路终于结束了。我现在唯一要做的，就是把它带回到乔治身边。

你绝对无法想象我们回家的路有多艰难。我满脑子想的只有尽快回家，能多快就多快，越快越好，我不想让乔治再同本多分开哪怕一分钟。于是温迪设置了导航，线路规划是回到伦敦最快的路线，而不是最好走的路线，于是它就把我指向了苏塞克斯郡的每一条国道，于是我们彻底迷路了。我们路上遇到的一些人都带了铁铲，随时准备把自己的车从积雪里撬出来，其他人则直接熄火停车。我们还遇到了一个警察，他对我们的行为非常疑惑，不知道我们到底在想什么，竟然想开着我那弱不禁风的小车穿越白雪皑皑的荒原。整个过程中，本一直在后座上自己的箱子里喵喵叫着，这让我很痛苦，我觉得它刚刚才结束了一场冒险我就又把它推进了下一次灾难。

在驱车回家的路上，我和温迪都不住地讨论这件事。这么长时间以来，本都去哪儿了？它独自对抗这个世界的三个月里，显然被喂养得很好，一点不见瘦。它是怎么从高速公路上下来跑到布莱顿去的？又是谁在一直照顾它呢？它绝对不可能是自己走了这么长的路，所以确实是有人把它带走了吗？回家的路如此漫长，我和温迪一直在讨论，但是我知道，我或许永远也得不到一个明确的答案。这恐怕会成为一道无解的难题，但是没关系，因为本回家了，这就是我一直以来的期望。

经过数小时的车程，我们终于回到了豪恩斯洛。我极其紧张，而温迪给了我一个宽慰的笑容，伸手打开了房门。在我踏进自己的家门时，我依然觉得头晕目眩。现在是凌晨四点，但我知道乔治一定没有睡着。我把本从箱子里抱了出来，站在楼梯口，我的心脏仿佛就在自己的耳边怦怦直跳。

"乔治？"我唤道，"它回家了。本回家了。"

我听到了脚步声，乔治的面庞随之出现在楼梯顶端。他看起来很犹豫，甚至是恐惧。

乔治猛地冲下楼梯，却在最后一级台阶上戛然停驻了脚步。他盯着本，本正四下张望，仿佛突然回到这个它已经离开太久的房子有点吓到它了。而后，它看向了乔治，他们的目光交织在了一起，他们凝望着彼此，一双眼睛里是绿色的光芒，另一双则闪烁着深透的蓝。

"巴布！"乔治尖叫起来，"你去哪儿了！"

"它去度假了。"我用猫调说道，"它去了海边。它在车里很累了，不过现在看起来它很好。"

乔治没有说话，也没有从我的臂弯里把本接过去。他就站在原地，就那么盯着我们，仿佛无法相信本是真实的。就好像是经过了这么漫长的希望与等待之后，乔治没有办法让自己相信，他的好朋友又回来了。他从我身边走开时，我的心在颤抖。

随后，乔治小心翼翼地让自己躺在地板上，抬起头来望着我。我轻轻把本放在地上，它朝周围看了看，便朝它的老朋友走去，偶尔停下嗅一嗅空气中的味道，再一步步朝乔治靠近。乔治就那么凝视着本，我从他的目光中看到了久违的平静，本失踪后的那些痛苦的日子里，我从未再见过这种平静。他就那么待在原地，直到本来到他身边，弯下腰去闻他，闻他的脸，他的耳朵，他的衣服，而后爬上他的胸膛，躺了下来。当乔治用双臂圈住本时，时间仿佛凝滞了，他开始温柔地抚摸他。

　　"你去了海边吗？"他问道，声音高亢而缭绕，再度充满了爱意与温暖，"你一定去冲浪了，还划船了，是不是？我知道你玩这些了。"

　　我等待着，不知道这会不会是他目前想用猫调说的唯一的话。乔治在盯着本看之前，沉默了很长时间，当那些话从他的嘴里说出来时，我的心脏猛烈地跳动起来。

　　"你有没有给我带一桶沙子回来？你去游泳了吗？海边有鱼和薯条。你吃的时候加番茄酱了吗？你见到凯蒂·普莱斯[1]了吗？她就住在布莱顿。你看到鱼了吗，好多好多可爱的鱼。还是说，你是在一条大船上当海盗？我想你一定是出海去了，去了蓝蓝的、广阔的大海，所以你现在才回家。是不是？你一直都在海上。"

　　我看着同本在一起的乔治，他说的那些话在空气中跳起舞来。

　　"你是个沙滩流浪汉，巴布！"乔治笑嘻嘻地说道，"你有一只桶，还有个铁铲，布莱顿的海滩有很多鹅卵石，是不是？船上有喇叭吗？你有没有出海去看鱼群？"

　　他抚摸本，拥抱本，一直在说，一直在笑，"爱"从他的身体里倾泻而出，如同往常。

　　"它之前曾和一个名叫卡拉的女孩儿生活在一起。"我说道。

　　"是吗？"乔治问本。

―――――――――――――

「1」英国明星。

"是的，那里就像是个宾馆。它有一张很温暖很漂亮的床，那栋房子和我们的房子一样，有非常美丽的灯光。"

片刻之后，乔治的脸色暗沉了下来。"我不想谈论这个。"他说，"我们再也不要讨论这个。本现在在家。它和我们一起在家里。它再也不会离开我们了。"

他俯身向前，给了本一个吻，当他拥抱本时，他的手指深深陷入他的长毛中。本发出喜欢的咕噜声，随后从乔治的胸口跳下来，跳到了地板上。它蹲坐在那里，仰头看着它的好朋友。

来吧，乔治。我们来玩！我现在回家了。我回来了，我实在太想你了。

而后它飞身往楼上跑去，乔治自然紧随其后。

"我们要玩捉迷藏！"乔治一边喊一边跑上楼，"本喜欢回家，妈妈，是不是？"

"是的，乔治，我想它很喜欢。"

"我也是！"

乔治顺着楼梯跑上跑下，在他同本玩耍时，我能够清清楚楚听到他的笑声。一种平静的感觉灌注进我的身体。在看到本的瞬间，乔治活了过来，我一直都知道他会的。他终于回到了我的身边，我们又能够在一起了，在本回到家中的这一刻，过去三个月里的种种悲伤已经烟消云散。我走进厨房，把水壶烧上，我等待着水的沸腾，我看着窗外漆黑的夜空，我听到乔治的欢笑。那是最甜美的声音。

而后我听到他跑下了楼梯，他的脚步声一直延伸到厨房里来。

"我们能把装饰品拿出来吗，妈妈？"他问道，"圣诞树呢？本希望圣诞节从现在就开始。"

"当然可以，但是我还什么都没有准备。"我笑着说，"冰箱里没有任何特别的食物，树下也没有礼物。"

"没关系，"乔治说，"你可以把去年的玩具用包装纸给打包好，就像我一直对你说的那样。"

他再次跑开了，我跟了出去。本回家了，我们在一起，当我走上楼梯时，他们两个正在等我。本冲进了我的卧室，我情不自禁笑了起来，它如同一匹脱缰的野马，跳上了我的床。它同我和乔治一样兴奋。

"妈妈？"乔治再次询问我。我则站在原地，思索着到底怎样才能及时把一切都准备好。

"怎么了，乔治？"

"我觉得这会是最好的圣诞节。"

"真的吗？"

"没错。"

乔治的话

　　乔治忙着装饰圣诞树，本在一旁蹦蹦跳跳，仿佛从未离开过一样，而我则思索着发生的一切——泪水与怀疑，失眠的夜晚与无尽的担忧。当我看着乔治同本在一起时的样子，从前我从未敢肯定过的一些东西，此刻全都得到了肯定。打从乔治出生开始，我就从来没有真正摆脱过对他的亏欠感，我觉得是我辜负了他，是我没有给他一个完整的家庭，在那样的家庭里，应当有一对结了婚的爸爸妈妈来照顾他，我也没有能够给他一个我曾经拥有过的幸福童年。但是自从本失踪之后，我才真正意识到，乔治是有家的。仅仅因为这个家的模式和容量同其他家庭不太一样，但这并不能就让这个家因此而变得弱小。本，乔治，还有我，就是一个家庭，一个完整的家庭。

　　一年过去了，我们仍然居住在豪恩斯洛，生活也回到了曾经的模样：乔治已经十四岁了，每天去上学，我们同本一起聊天，一起欢笑，一起玩耍。除此之外，本把剩下的时间全都用于在凉亭里晒太阳，或者追着狗跑。从它回到家里的那一刻起，我们的生活就回到了原来的轨道。乔治会再度拥抱我，并谈及爱。他现在提到爱的次数越来越多，要么就是在开玩笑的时候对我说他爱我，要么就是说本爱我。每当他这样说时，我都觉得自己何其幸运，能够听到他说这些。

那么我呢？好吧，我依然还是个宠物侦探。在本回到家后的几天，我接到了一通来自德文郡的电话，来电的女人说她的猫咪小傻瓜不见了，她和她的家人到豪恩斯洛来，陪妈妈一起过圣诞节，当时把小傻瓜也带来了。这个女人找到了我，是因为她在自己妈妈的冰箱上看到了我之前发的海报。

"我该从哪里入手？"她问道，"我过两天就得回家，我不知道该怎么做才能找到它。"

我怎么可能对她说不呢？我刚刚才找到本，把它带回家，没有它在身边的那种痛苦依然在脑海中记忆犹新。我告诉她，我会做我能做的一切来帮助她。

"你能帮忙真是太好了。小傻瓜的家人一定像我们一样哭得很厉害。"在我复印海报时，乔治对我说，"他们一定很难过。"

找到小傻瓜总共花了我九个星期的时间，不管怎么说，我找到它了。它被发现于一对老年夫妇家周围，他们一直在喂它，通过我的新海报，他们认出了这只猫。我过去的时候，发现小傻瓜正懒洋洋地躺在沙发上，仿佛身处五星级酒店一样。

在寻找桑巴的时候，我同时在为动物慈善机构工作，我的任务就是带着动物们去兽医那里做检查，或者是对收养家庭进行审核，看看他们是否适合收养宠物。我喜欢做这些事情，我知道我也会一直同丢失了宠物的人们一同去寻找他们的爱猫。因为我深深地明白，那些宠物对于爱它们的人来说意味着什么。从失去本的那一刻起，我们的生活就发生了巨大的改变，正如它再度回家之后，我们也同样经历这种改变，我始终都提醒自己，不要忘记感谢帮助了它的那家人，因为有他们，本才能够再次回到我们身边。

所以，我已经把我们的故事全部讲给了你听，现在，有一个人，想要给你讲一讲关于他自己，还有本的一些事情。

本喜欢食物和宴会。如果我想玩蹦床的话，它会特别乐意跟我一起。它会跳到蹦床上去。如果我玩电脑的话，它就会跳上我的膝头，吃我碗里的麦圈。哪怕是我在吃的时候，它也要来抢。本不会说谎。它始终爱我们。它从不悲伤。不过有时候它喜欢咬我妈妈。我爱它。它很有趣。它喜欢像我一样淘气。本非常友善，它喜欢我抚摸它。它咕噜噜地叫。它喜欢和我在一起，无时无刻，我用猫调同它说话，这样它就不会觉得孤单了。真的很有趣。我喜欢追着它跑，我一边喊它，它一边乱窜。很有意思。当我用猫调说话时，我很开心，也很兴奋。猫调让我和妈妈还有本的距离更近了。这让我觉得快乐，我们都喜欢本的那些大冒险。妈妈会给我讲那些本的冒险故事，不过我会讲给她更好的。妈妈说的都很滑稽。

当本不见的时候，我以为它死了。死了，永远离开了。我不知道它为什么就死了。我的妈妈一直在找它，人们会打来电话，把妈妈弄哭。整栋房子看起来很空。没有人和我玩，我就把自己关在房间里，想念它。眼泪从我的眼睛里流出来，每当我想到它不会再回来了，就觉得很痛苦。每天把我送上校车的时候，妈妈都会这么说："别担心，我一整天都会到外面去找本的。"我很想念同他的聊天，每一天我醒过来时，它都不在自己的椅子上。它能够回到家里来真是太好了。它让我觉得很舒服。

我喜欢的是：

Xbox——和看不见的人说话的感觉很好。我不会想看见他们。他们当中，有些十一岁，有些五十五岁。当我说自己很好时，我喜欢这种感觉。他们会觉得我是个非常正常的孩子。我不会告诉任何人，我有一些特殊诉求。不然他们会嘲笑我的。不过有时候，我会把单词拼错。我会说一个人是"禽兽"，但其实我是想说他是"最棒的"「1」，这种时候，他们会说我是蠢蛋。但是我真的是个不错的玩家。

学校——最开始的时候，我一点也不喜欢学校，因为我根本不认识整天围绕在我周围的那些人，还有老师。我花了不少时间才适应他们，但是我不去看任何人，也不会尝试同他们说话。我不喜欢那些椅子。它们会让你坐得直直的，所以我到现在还是不喜欢它们，也不喜欢校服还有校餐的味道。但是我爱我的学校，我想尽可能久地留在这里。我的学校是最快乐的地方。

闪亮的耳环，水，还有游泳，我也有相当长一段时间很喜欢糖果，伦敦水族馆，做百果馅饼，我可以把它们做得特别可爱，我还喜欢动物纪录片，磁铁，橘子味巧克力。

因为知道时间这个概念，所以我能够知道自己拥有多少小时。

「1」英语中，beast 是禽兽，best 是最好的。

我的床，但是我不喜欢睡觉。

我不喜欢的是：

说谎者。

那些在看着你的时候做鬼脸的人。

大喊大叫会让我心烦意乱。

小房间。

闻起来像薯片和咖啡的人。

玩笑，因为我理解不了玩笑。人们总是开玩笑，可是我不明白那些玩笑的意思。

看起来很低落，呼吸声很清楚的妈妈，当我说话她却不回应我的妈妈，还有她说她在思考的妈妈。

人们说"你看起来不高兴"，妈妈说他们之所以那么说，是因为我没有笑，但是我就算在心里觉得很高兴的时候，他们还是会那么说。

我知道我有些时候的表现与别人不一样。我想要适应别人，但是没有用，也让我很沮丧。在学校的时候，我从不哭，也不会表达出我的感受。人们并不理解我。我想要去看，去说，但是我做不到，或者一做就错。当我心里觉得很高兴的时候，我却笑不出来。我不喜欢把这些都表现出来。许多人都曾取笑过我，这让我觉得很难过。但是妈妈会告诉我，我在所有事情上都表现得很好，我很特别。我的妈妈让我觉得很好。她说我们每个人都是不同的，在我们的身体里，住着各种各样截然不同的人。我总是说实话，但是有时候好像会伤害到人们的感情。妈妈说，在我们说话之前，需要先想一想，对此，我现在已经擅长多了。现在我已经不那么需要妈妈总是给我指出这一点来了。

以下是我熟悉的人们：

　　米歇尔——她的身上有好闻的洗衣粉味道，让我觉得高兴。她会说："你想喝点什么吗，乔治？"她的公寓里贴满了瑞吉和阿什莉小时候的照片。她只喜欢穿软底运动鞋。她有五双。她喜欢牛仔裤，她爱吃吐司。

　　亚瑟——他是我的朋友，他每天都会敲门来找我。我们在蹦床上踢足球。他的妈妈很矮小。他的狗狗杰迪总是挂着口水。

　　外婆卡罗尔——她是我妈妈的妈妈。她是我出生以后第一个抱我的人。她是一个退休的老人，有公交月票，现在，她像一个十几岁的孩子一样生活，因为她有公交月票。她喜爱奶油蛋糕。她能一个人吃掉一整个生日蛋糕。

爸爸——他带我去游泳，他和我一样喜欢玩电脑游戏。

路易斯——他很友善，很可爱，他是个很棒的舞者。妈妈对他说："你会照顾乔治的，对不对？"但是当我们一同出门时，事情往往是反过来的，因为都是我照顾他。

诺布——他很严苛，也很友善。

男孩儿——他很悠闲。

桑德拉——她总是带着孩子。

多尔——她看起来很像我妈妈，但是不一样。

戴尔——他是多尔的丈夫，他是冷冰冰先生。

温迪——她的脸每天都是一样的。她从不改变。她说："你好，乔治。"

我的妈妈——在本到来之前，我不想爱任何人。我不知道什么是爱。我真的从来没有思考过爱。我唯一能够记住的，就是妈妈总是在那儿照顾着我。但现在，一切都不同了。

这只是有关乔治的冰山一角。有关他的事情，还有更多更多，而本，则是帮助他把这些展示给世界的那个人。这并不是一个有关自闭症如何被神奇治愈的故事，但这确实是个神奇的故事，是我们的故事，是关于本如何把乔治内心的嬉闹、欢乐，尤其是爱给释放出来的故事。本永远地改变了我们的生活，虽然乔治仍然需要同许多事物进行战斗。我相信他对本的爱，以及本为我和乔治所提供的，变得更为亲密的方式，这些已经将我们两个从噩梦中拯救了出来。如果一定要给本加诸任何意义的话，那就是，是它让我看到了在乔治心中蕴藏着多么强烈的爱的力量，如果没有本，他就会迷失自我。只要有本在，他就有定心丸，有自己的声音，也有自己的方式把自己内心所有美好的东西展现给这个世界。

　　失去本让我意识到，我必须要做好准备，因为终有一天，本会永久地离开我们，它会老去，会生病，会无法再陪伴乔治。所以我开始向乔治提及这一点，并告诉他本可能会有自己的宝宝，而乔治似乎对此也同样坚信不移，只要是有关本的事情，他都会相信。在不久的将来，我会带一只小猫咪回家，并告诉乔治，那是本的儿子，或者女儿。我希望他能够像爱本一样，爱上那只小猫咪。

　　而现在，我要把注意力集中在扑面而来的每一天。有些日子比其他的要艰难许多，但是跨越之后，我会为乔治和所有他做到的事情感到骄傲——读书，写字，关心同学，成为一个关心世界也关心他人的人，做一个充满爱心的小男孩儿。我可以非常诚恳地说，乔治绝对是一个妈妈所能要求到的最好的儿子了，我爱他的一切。他是真的独一无二，而这恰恰就是所有妈妈们都希望的。